# ÚLTIMAS DÉCADAS NOS CINEMAS

LIVRO-DE-BOLSA

Mauricio Salles Vasconcelos

# ÚLTIMAS DÉCADAS NOS CINEMAS

## LIVRO-DE-BOLSA

LetraSelvagem

Grafia atualizada segundo o Acordo Ortográfico
da Língua Portuguesa de 1990, que entrou em vigor no Brasil em 2009.

*O logotipo* Letra Selvagem *foi idealizado a partir de cerâmica Aruak, padrões utilizados nas bordas dos vasos, compilados por Koch-Grunberg em 1910.*

Coordenação editorial: Nicodemos Sena
Editora adjunta: Marli Aparecida Perim
Design editorial (capa): James Cabral Valdana
Design editorial (miolo): Marli Perim
Preparação de originais: Nicodemos Sena
Revisão: o Autor
Representante comercial: Marcelo Nogueira

Dados Internacionais de Catalogação na Publicação (CIP)
Angélica Ilacqua – CRB-8/7057

V448u

Vasconcelos, Mauricio Salles, 1956-
Últimas décadas nos cinemas / Mauricio Salles Vasconcelos.
– 1ª ed. – Taubaté, SP: Letra Selvagem, 2024.
356 p.

ISBN 978-65-89841-28-9

1. Literatura Brasileira – Romance I. Título.
CDD – B869.3



LETRA SELVAGEM
Rua Cônego Almeida, 113 - Centro – Taubaté-SP/Brasil. CEP 12080-260

Tel. +55(12)99203-3836
www.letraselvagem.com.br
www.livrariaselvagem.com.br
edirtoraelivrarialetraselvagem@gmail.com

*À memória de*
*Zito, Margot e Thereza.*

# ÍNDICE

Parelhas....................11

Extenso Carnal Alterno....................51

Caderno de Abandonos e Retornos....................107

Price Williams em Petrópolis....................139

Autor e Obra....................245

Créditos das imagens....................247

"C'est le monde entre deux battements de paupières, la tristesse entre deux battements de coeur, la joie de vivre entre deux battements de mains."

(J-L Godard, "Bergmanorama")

# PARELHAS

O CINEMA retorna.

Quanto mais se insula em reproduções tão apuradas quanto desfigurantes.

*STREAMINGS* SÃO INSTANTANEAMENTE SOLIDÕES. Quando a cena dos audientes, à sombra da fantasia projetada na tela e no convívio aleatório da presença pública, se faz doméstica. Agora, ao acaso, entre cômodos de uma casa, a menor que seja (destinada a uma só pessoa).

Através de um desfile infindável de títulos e acessos a imagens as mais diferentes.

Volto à cidade. Vou ao caderno. Visito as ligações imediatas traçadas nos dispositivos à mão.

Volto e vou. Não paro de mirar o que contém a bolsa. Lá dentro há sempre um livro. Sobre o já escrito e compactado não cessam de irromper anotações do que virá. Do que virá depois de feito, o qualquer livro da bolsa.

Hotel rumorento. Difícil acreditar que tudo rumado da família no tempo desemboca por cá (exigência de um espaço de recuo, entre estranhos, para o mínimo pouso, direito involuntário, imperioso, ao sono).

Entre filiações dissolvidas, de repente em retomada. Na reta final de uma vida marcadamente em seu início vinda pelo ato cego, à parte dos brinquedos e predileções comuns entre humanos e os seres nascidos homens: ver filmes.

Justo aqui, o hábito se acirrou. Cidade serrana – cerco de pequenos cinemas de ruas ou em nascentes galerias (arremedos de centros comerciais, tornando-se aos poucos *shoppings*, comigo apequenado, tímido, arredio em meu gosto e gesto apartados)

Mucho louco, totalmente *in loco* tal estranheza virar meio século depois:

Código-corrente, via prudente para se cruzar o próximo seguimento de tempo entre coletivos, desconhecidos nascentes sem cessar

Todos não passam de seres arredios, em larvares condutos e conexões. Entre salas, as mais apequenadas, e os amplos panoramas (das serras ao cerrados cinemas).

De um lado, a fixação em filmes, logo tendo uma aba aberrante à mostra, à revelia –

A formação de um padronizado modo de seguir a vida, quando vista de fora, tomada pelo olhar de outros como escolha impossível, imaginária.

Desde o tempo em que T se fez espírita kardecista e me recebia em seu pequeno apartamento serrano. Um rumo outro para mim se abriu (viagem Rio-Petrópolis conjunta à liberdade de ficar fora de casa, longe de mãe possessiva, espiã da órbita diária, logo me fez instalar em cinemas, em outro lugar).

Mal podia supor que o retorno, depois de quase 3 décadas, a Petrópolis – ponto de largada do frequentador de salas cinefílicas desde a adolescência – passaria a significar a despedida de um ciclo de familiares (T/Tide morre em agosto do ano que está terminando e a mãe deste que vai-volta aos cadernos dentro de livros de bolsa virá a falecer no mês seguinte).

## Morte Em Trabalho – Fins do Cinema
## Filmes Invisíveis – Vidas Virais

Enquanto mãe está sendo velada na capela durante a manhã em que será enterrada, anoto alguns trechos da programação cinematográfica que me cabe.

Um festival para o fim de semestre em Porto Alegre. Bem antes: Helsinki, em seguida virá a Cidade do México. Há a amiga de uma parenta (sobrinha) que parece descortinar o que acabo de viver (entre pessoas por demais conhecidas desde sempre e as notas da sucessão de filmes logo adiante em meu horizonte profissional).

Acabarei por conversar com essa mulher (Mariela) sobre a estonteante coincidência tramada por um acaso difícil de mensurar.

Desde o encontro das irmãs (Tide e Magu, minha mãe) depois de anos tornadas recentes moradoras uma ao lado da outra em Petrópolis (bem no Centro da pequena cidade), com o fito de uma despedida. Não firmaram vizinhança senão por 3 meses, porque logo uma morreria atrás da outra. (Mariela é terapeuta de crianças, enfronhada em Filosofia, mal chegada à Serra compartilha comigo o espanto, a escuta interessada nesse ponto de conversa em que atesto estar desnorteado por uma dimensão que também me ultrapassa e logo a envolve numa conversação que traz algo de impacto imediato e um súbito interesse de desvendamento, inseparável da atração que sentimos um pelo outro).

Sedução no decurso do sepultamento.

## Enterro e Seus Arredores

"Tenho impressão de ter lido algo seu sobre filmes. Na Web, não é? Um site, sim, sim. Desde que Yona falou da sua atuação no universo do cinema, liguei algum texto a uma imagem talvez.

Imagem sua, o rosto veio na memória. Matérias na TV, talvez uma entrevista. Logo ao entrar aqui identifiquei alguém conhecido".

Ponto de ignição – o assunto criou uma borda bem distante do lamento, da repetida, imemorial cerimônia (posta além, alheia) apontada dessa vez para nossa família. Fatalmente, enterrar os próprios, cada vez mais próximos, mortos, alcançou outra margem de sentido, principalmente porque Mariela está presente.

Mãe se distancia dos presentes quanto mais a marca mortal queria ali se imprimir, principalmente porque Mariela estava presente –

Uma visitante em reverência a um âmbito bem preciso, movida, por sua vez, pelo engenho de uma passagem nunca restrita ao senso dominante. Ainda mais quando a mortalidade se implanta e também para total, nunca local desconcerto, não se enraiza.

Mariela aqui comigo: eu mesmo tomado pelo sedutor sentido de surpresa ao compasso de uma visitante inesperada, fiel ao rito do enterro no mesmo movimento em que ela desbrava novas relações (não apenas concentrada em Yona, melhor amiga sua, minha sobrinha), dando início a um elo interessante com tudo que vivi até ali, abeirado da história materna em dissolvência. Quando a mulher recém-conhecida se revela afirmativa de um instante inteiramente avesso ao funeral. Por mais que muita gente, toda gente esteja aqui.

Tão súbito em sua afirmação vitalista quanto fugazmente levado na mesma caravana de pessoas em saudação ao fim de um ciclo, o momento de convivência com Mariela (cerca de 3 horas) atenuou a perda materna. Embora em meio ao desejo despertado em mim houvesse também o sinal de impossibilidade de ser atravessado o colóquio daquela circunstância.

Ela estava totalmente imersa em outra cidade, tínhamos atividades diferentes e abarcadoras, sem nenhuma chance de reencontro além da duração do contato no correr de uma cerimônia estritamente endereçada a uma finalidade. À medida das muitas pistas deixadas sobre o quanto íamos revelando interesses aproximados, numa vertigem de pontos lançados na pressa de ser firmada uma afinidade nunca antes vista.

Porque despontou o ponto-limite dos vivos, o que apenas ocorre agora e assim mesmo se descarta. Limiar mortal faz pêndulo e paródia. Entre o por demais visto e o que, de fato, nunca se cumpre, vive de ser atiçado no mais extremo da imaginação e, então, nos seduzimos.

## FILMES INVISÍVEIS    VIDAS VIRAIS

## VEIOS VERÍDICOS    ESCOAR, EXISTIR

*Escrevi há pouco – verei na bolsa as notas, depois da cerimônia, feitas antes do contato com a visitante atraente, até então desconhecida – "fim de um ciclo de familiares". Mas há mais, quando tudo parece encerrado. Um fio de gravidade se entremostra, cria desdobra, na mesma vibração estirada que me leva a buscar asilo no que há de vazio e por demais aberto.*

*Porque agora, sem ter mais nenhuma referência nos mais antigos, sou bem eu quem toma o lugar na ponta extremada de uma época a sinalizar seu fim.*

*No preciso instante em que considero ter se estampado um sentido de fecho, ao perceber a sequência em andamento já comigo embutido (no encerramento da existência materna) –*

*Salto marsupial, cerzido por mim em um invólucro interditado de mensuração, ainda aludido a um gesto ilusionista fora de qualquer alcance. Como se outra mãe ou mão (espetáculo autista de um mago, feito antes de tudo para si mesmo) tecesse o corte abrupto, imperceptível ainda*

*Toma este livro*

*Toda vez que ouço ou leio a palavra livro a associo a um tomo (uma pré-determinada totalidade em doação). Depois vem o volume em mãos. Assim, foi quando conversei com T pela última vez.*

*Minha vida/ida incessante ao cinema (fora/dentro de casa como se dá agora com tantos suportes e plataformas projecionais), incorporado como programa irrefreado e solitário, tem início no mesmo instante do ingresso dela (Tia, T) no universo do Espiritismo. Ali foi se abrigar desde a partida do marido, doze anos mais novo que ela, após um ciclo de casamento quase impossível (tão criança ele era quando se uniu a sua chefe de Repartição). Fim de um elo conjugal concebido para que ela não ficasse solteira (por tal razão, escolheu o primeiro que apareceu, aquele em serviço, seu imediato garoto-assistente ainda em treinamento).*

*Um dia, num repente, estava descasada à beira de um abismo chamado realidade: no feminino (um grito fatalista emitido por detrás). Uma filha, ao lado. Ganhos de aposentadoria jamais deixariam em desamparo a mulher sem homem. Um livro kardecista veio lhe bater à porta.*

*O CONSOLADOR*

*Será por isso a razão de imprimir toque de Princípio de um Ciclo na oferta insistente de um Livro do Espiritismo, algo com toque datado, no entanto renovado com abordagem de questões da atualidade? Menos de um mês antes de morrer, passei a ter entre notas do* Último Cinema *(preparação de palestra em Festival) a obra* EU SEI DE MUITOS AMANHÃS.

*Timbra a 4ª de capa (como adendo 4ª dimensão do retângulo vertical encadernado pronto para ler):*

*HOJE ONTEM SEMPRE ATUAL*
*O LIVRO DOS ESPÍRITOS*

*(Faço uma pergunta, enredo-me com a oferta do Tomo, precisamente "este" tão finalista, ponto alucinante feito talismã do Positivismo entregue enfaticamente como conversa da mais antiga parente, em desfecho)*

Ainda não consegui abrir o livro. Nem mesmo o índice pude ler (talvez impressionado pelo dado de que a biblioteca de T é toda disposta por livros forrados com capa grossa cinza, parecida com antigo papel de embrulho fornecido por primitivas padarias). Toma. Este é teu alimento. Mal detive os olhos nos nome sobre-naturalizados dos Autores (transcritores automáticos, psicógrafos do Além *para que todos fiquem atentamente aqui*)

Terror – Bruxa T (assim a nomeio secretamente).

Cada conversa com ela após sua separação deixa sublinhar um andamento de palestra. Para lá das paredes que nos escutam. Muito além do além designado em letras de livros, como que desenrolada sua conferência hipnoticamente para o que seremos se não duvidarmos desses corpos, das precisas pessoas presentes no precioso momento transcorrido entre palavra oralizada e testemunho escrito (não importa mais por quem).

Sua feitiçaria é a de nos despossuir tão logo damos vazão a um confessado itinerário, com relatos rolados nas conversas comuns, corriqueiras (cumprimentos feitos, entre-si, por todos os vivos). "Tudo não passa de transporte (assumido por "você" antes de tomar a atual forma, embora a memória, lá atrás, da vida agora esteja perdida, mas não deixa de se apresentar apontada para o que não está à vista e vem de pronto de modo a ser entendida bem mais à frente)".

Recorro à bolsa como que fixada em mim, a tiracolo, para ver o livro que vai se formando *lá no seu "dentro"*.

Há um poema nervoso transposto em bloco-de-mensagem *whats up* (escrito imediatamente difundido) após o café básico do Hotel (demoro demais para acordar, não suporto ruído, desordem à volta do ponto onde repouso). Café. Ação à distância do torvelinho. (Sim, vive-se sozinho até o fim).

Sim, um hotel, uma vez que a casa de minha mãe, minúsculo ap, está totalmente ocupada por apetrechos clínicos pertencentes à sua existência como vítima de Alzheimer. Os poucos cômodos não são apenas invadidos por objetos/coisas tais como pedaços de seu (mama) corpo protético em atulhamento (privada portátil, cadeira-de-rodas, carrossel com antibióticos e fraldões). Não se pode deixar de contar duas cuidadoras dia sim-dia não no interior da residência/casa-forte da Serra. Dia simdia não, noite-noite.

PETRÓPOLIS.

Canais, deslizamentos fatais.

Verdemusgos europa e Afronascentes ao fundo.

Desalocada Soberba Desde Império. Recuo serrano impensável: retiro do tempo e de tudo (DO Rio-do-Crime, provavelmente).

Catedral (Cedro, colorista vidraçaria) só faz escoar Vivos Repetidos.

Como se fosse Moldura Natureza.

https://www.instagram.com/p/Cv0ZbNtv5wN/?igshid=MTc4MmM1YmI2Ng==

Estavam ali instaladas como vizinhas – pela primeira vez, muito muito depois da infância, passaram a ter residências individuais a poucos metros de distância –

De modo que fossem presenciadas por mim – único sobrinho (no masculino) da família para T e primeiro e único (homem) filho de Magu –

Eu, a aguardar o começo de uma convivência passados quase 30 (29, conta quase completa) anos, tendo as únicas pessoas idosas de uma família agregadas em torno de um lugar aprazível, turístico-histórico.

Voltei a Petrópolis para o fim (o meu, incluso) de uma época.

Se Tê ficava concentrada nos rumos depois da vida e depois da morte, a irmã era possuída por certa esquizofrenia. Meu pai, um chofer de praça arrebatador por sua beleza, apontado como Tyrone Power (acrescido de um tom avermelhado de pele, vindo de bisavós indígenas radicados em Pernambuco), o imponente Power do ponto de táxi central no Méier, meados dos anos 19cinquenta, significou antes e até o fim do casamento um polo louco de imantação e discórdia. Precisamente, por ser um homem (único, no vermelho de todo o corpo e os olhos caramelos) cobiçado, feito um táxi que se pega e grita quando qualquer passante bem entende. Como era comum entre machos de seu tempo, "o que cair na rede é peixe".

Assim, seu táxi, inicialmente um Plymouth preto com ondulações imitativas de rabo-de-peixe, era fonte de ganho para uma família nuclear e, também, sinal insidioso do sexo que se passa fora do lar.

"Tăxi!"

Antes, se gritava assim. Um único nome. Para o objeto móvel, veloz. O homem e seu carro paravam. (Gritantemente diferente dos transportes mediados por aplicativos).

Tăxi!

O sexo que passa fora-de-casa.

Magu exigia, por força da atividade diária de Jaime pelas ruas da Cidade, um passeio dominical ao seu lado, trazendo os 2 filhos (ela, na verdade, fez 9 abortos, tenho até vergonha de dizer porque mais do que isso – duas crianças – uma reunião de pessoas (a partir da união dum casal) beiraria o impossível, diante de tanto sexo desenfreado sem recursos de segurança anti-gravidez).

No rumo de uma volta por Copacabana, mãe percebeu na altura do porta-luva do Plymouth Preto (adaptado à função de carro de passeio, com o letreiro identificar por cima TÁXI),

A afixação de um decalque hipercolorido a exibir uma dona muito boa quase nua, entre plumas. Os seios se salientavam. (O que podia uma mulher imaginária a oferecer gozo escancarado em se desnudar contra um grupo familiar em reunião sobre rodas).

Foi um escândalo. Jaime explicou que aquela figura fazia parte da linguagem de profissionais como ele. "Pega bem, ter uma marca registrada desse tipo, até porque foi meu colega, Tutano, que distribuiu os decalques e eu não podia passar por mocinho bem comportado de família!

Esse carro, aí, é um instrumento de trabalho, não passa de uma máquina.

Dá alimento a você e nossas crianças, mas não significa uma casa, na sua intimidade.

É como outra pessoa, um passageiro, tivesse colado uma estampa para me identificar no meio de muitos, muitos muitos iguais a mim! Em trânsito. Faz parte do universo do automóvel. Esse Plymouth é particular e, ao mesmo tempo, não é. Está ao sabor de itinerários que eu mesmo desconheço"

"Aí é que eu quero ver a personalidade de um homem. Um sujeito com hombridade incapaz de se misturar com qualquer outro".

"Você não me conhece? Não estou aqui num dia de fim-de-semana bem do seu lado? Esse foi o homem que você escolheu!"

(Distraidamente, alguém na rua acena para o carro portador do letreiro Táxi, sem ter distinguido o automóvel já ocupado. O possível passageiro mirou bastante em meus olhos por trás do vidro, fazendo reconhecimento do uso familiar da condução).

*Magu chorou por dentro, mas amarrou a cara para nada mais dizer, nem demonstrar, a não ser o rosto contraído, feroz contra as próprias palavras incapacitadas de emitir. Até porque não sabia se havia escolhido Pai por ser mais belo do que T Power ou dado o fato de ser tão acessível seu homem a derramar rapidamente para todos os lados pregnantes olhos caramelos, na mesma velocidade com que se busca e é chamado um Táxi*

## *MULHER POR TRÁS DE BOND*

No dia seguinte ao passeio conturbado pela orla de Copa, mãe deu de revolver revistas.

*Sean Connery, menos pelo culto de 007 (recortado de uma página de* O Cruzeiro, *na pele do Agente contra Dr. No) do que pelo fator* sexy *radiado pelo ator; foi colado no espelho da toalete de Magu.*

*James (de Bond) Jaime (tal qual o nome do marido). Mãe não pensou na convergência. Ou, vá lá saber, por isso mesmo revirou seu homem por conta da revanche, dos abismos que surpreendem um espelho.*

Ataque nervoso contra a possível traição de J. Contraponto frontal a um decalque –

Dentro do Plymouth agora só se vê um *arranhado* –

A figura fêmea não está mais lá, apenas as marcas de tinta, cor, cola, unhas de meu pai (com auxílio de seu providencial canivete guardado no porta-luva) ficam à mostra –

Um pequeno caos cromático *não se torna invisível.* Feito um irrecuperável talho.

Entretanto, James B não saiu do espelho da toalete de mãe, a agente secreta do próprio casamento.

*THE VANITY TABLES OF DOUGLAS SIRK*, filme curto (2015) de Mark Rappaport, se dedica a captar a reincidência do espaço reflexivo cultivado pelo cineasta de *IMITATION OF LIFE à exaustão.*

Uma arguta sinopse (acrescentada por minha mera ação transcritiva) dessa realização pouco vista destaca:

*Um ensaio videográfico explora a frequência e o sentido de tal foco na vasta variedade cinematográfica de Sirk. Trata-se de um dispositivo que cria uma espécie de armadilha, ao capturar mulheres nesse artificial mundo a partir de um delimitado ponto-de-vista?*

*Quem sabe diga respeito a um portal para o passado e também o futuro, através de uma distorcida, no entanto pontual visão dos papéis que elas são forçadas a cumprir na vida social?*

*Escavação de textos e subtextos a uma simples mirada no espelho.*

Mãe tem olhos vítreos no momento em que é introduzida no caixão. Intrigantemente, ela recupera seu rosto quando muito mais jovem do que a senhora maltratada pelo Alzheimer e osteoporose, ano após ano sendo reduzida a pele-osso, deixando à mostra seu semblante desfigurado ano sobre ano.

Na hora da morte, Magu exibe olhos brilhantes, compondo uma inteireza há muito tempo não percebida. Apenas para os que a conheceram antes de residir em Petrópolis, na companhia da caçula Biba (única filha de dois, juntamente com Ivo, esse que aqui escreve), poderiam ter a apreensão completa da beleza daquela mulher. Justo, no processo de um cerimonial a ter fim no dia seguinte com o enterro. Bem ali, dentro de sua instalação provisória aberta ao olhar público, "ela parece ter se desprendido da matéria, ao expor numa só visada tudo que é e já foi".

Não veio de Tia T tal explanação, mas de sua única filha, Cássia, admirada pelo que transmite Maria Augusta, uma vez que a mãe, Matilde, havia falecido um mês antes. Uma após a outra. Tide, nascida primeiro do que Magu, morta antes, numa sequência estreita de tempo.

"*Mulher minha não trabalha*". Levada por tal coordenada conjugal, mãe deixou de ser a exímia datilógrafa das revistas da Empresa O Cruzeiro (propriedade de Assis Chateaubriand, que certa vez a elogiou em sua função transcritora), também estenógrafa tarimbadíssima (uma habilitação, àquela altura pouco exercida, atividade eminentemente feminina).

Reconhecida Taquígrafa (na realização de entrevistas para as publicações O Cruzeiro e A Cigarra). Antes do gravador, peça essencial do jornalismo, estava lá ela com impressionante velocidade no resumo de matérias a serem transpostas em páginas chamativas, agilizando o serviço de registrar depoimentos.

Insulada na casa-de-família, exigente no controle dos dois filhos, presa do próprio devaneio de viver com um homem bonito solto pelas ruas ao ritmo de um automóvel, ela imprime uma velocidade deixada para trás na datilografia/estenografia. O espelho da toalete – Mesa de Vaidades (de Sirk a Rappaport) – passou a ser seu volante.

No auge da juventude assim como no instante final, Maria Augusta deixa de se perceber, dispersando o foco da sua cena sobre o caixão de uma morta. Ela também é bela. (Talvez dissesse assim ao se pentear infindavelmente na toalete, ladeada por Sean Connery, uma figura do sexo). Tal como meu pai seus olhos são também caramelos.

O que pode uma imagem –

James (Jaime?) Bond não tem sua foto retirada do espelho da toalete.

O quê – Arranhão de um decalque delineia o lugar vazio de um casamento encroado.

Magu se espelha, em complemento aos vidros de um carro fechado com mulheres dentro, imaginárias ou não –

O que se passa na vida fora de casa?

Velocidade e multidão de seres e trajetos. O inverso do que uma casa trancada com família dentro lhe reserva.

"Mulher minha não trabalha". Quatro olhos caramelos se despistam, incapazes de uma focagem direta. Por tal motivo se atraíram? Ela, mirada no homem estonteante no volante/toalete.

MULHER POR TRÁS DE BOND.

MULHER ATRÁS DE JAMES.

MULHER PERSEGUE JAIME.

MULHER TAL QUAL SEAN CONNERY FIGURA UMA AGENTE (Estenografia, hoje traduzida, em âmbito hiperdigital, como Esteganografia, técnica de ocultação de mensagens, ESCRITA ESCONDIDA)

Transcrição encriptada –

A funcionária de Escrita Escondida – Esquizóide captura de sinais, falas (à distância). Por meio: Operador Espelho

Projeções milimétricas do que se pensa e fala, mesmo quando não há mais as pessoas de corpo presente para tal desempenho funcional –

*Um James ainda mais potenciado em suas rotas de trabalho e fuga, exposto aos seus serviços (espionagem, guerra-de-nervos). Através de um móvel (toalete) literalmente imóvel. Mulher   Por detrás*

*(Outras iguais a ela estampam seus mais íntimos pensamentos. São traduzidas, transcritas pelo modo como passará a conviver com o marido há mais de vinte anos)*

*A casa a insula, ao mesmo tempo que a insufla.*

*Décadas transcorrem. Ela foge para o cinema onde os amores da hora se projetam. Passa a ter o filho mais velho como companhia. Mas aí terá de assistir a chanchadas Disney* castles and fables *desenhos animados desastres sob as ordens de Lewis, Jerry Halley Mills (uma criança, do sexo que quiser; só pensa em férias,* féeries *infindáveis, mesmo somadas a desordens, dentro da aparente idade livre não cessam fantasias imperativas)*

*Decalques (Pura Anima, antes de ganhar tal designação os* cartoons *fílmicos) em busca do vivido ao extremo de uma história de paixão (na ponta dos anos, os filhos crescem e vão ao cinema, pouco a pouco sozinhos)*

## *E S T E N O G R A F I A*

Técnica de decodificar, por meio de sinais taquigráficos, a linguagem oral com a mesma rapidez com que se fala.

Técnica, desconhecida por muitos, ao fornecer informações sobre a taquigrafia parlamentar e judiciária no Brasil. (Continua em uso tal desempenho ferramental, quando não há chance de fáceis reproduções via gravação de vozes)

*Percebo, num repente –*

*No fundo de minha bolsa, tenho carregado uma espécie de livro marsupial (com coisas passadas, reativadas, não importando se mortas ou não). Tudo por nascer pelo toque do estenógrafo que sou em fazer captação de filmes e eventos de toda sorte embalados na rolagem, na película, até o alcance doméstico dos* streamings

*Surpreende, em tais gestos transcritores, o invasivo procedimento da Psicografia, não exercida apenas na biblioteca de volumes cinzas de T, mas também nos papéis que passou a assinar a serviço de uma Ordem Automática, Soberana, Interventiva*

*Em nome do que acabou de passar e não deixa de existir onde nada parece passar (no eixo estendido desse tempo)*

*O passo-além, como poderia compactar Maurice Blanchot numa de suas narrativas (paralelamente, à produção de um imponente legado crítico-filosófico), não se daria somente como um estremecimento do vivido.*

*Faço a pergunta (sem o sinal interrogativo).*

*Sem ultrapassagem da margem q beira um foco aquoso, um fluxo avizinhado*

*Lodoso, como está justamente no filme A MARGEM, título-guia da filmografia de Ozualdo Candeias.*

*Nosso Ozu, abeirado de patéticos Brs prostitutos (A OPÇÃO OU AS ROSAS DA ESTRADA, de 1981), colhidos em manchetes mais que reais, efetivam périplos pelas telas. Assim como o lago para pedalinhos, cisnes nos extremos (ao redor do Hotel Quitandinha, em Petrópolis revisadas, revividas AS BELAS DA BILLINGS, represa-roldana do existir vida-cinema e do projeto industrial à volta, voluta imperante). Não fica sem alastrar o panorâmico imobilizante de um luxo, um* plus *etiquetado com data, ao fornecer um cartão-postal na borda do Rio feito de idílio vez a vez trazido à superfície pela visada do olho-musgo subjacente (aquilo tido como o mais fundo do que se vê e de quem vê).*

*Nada escapa ao recém-vivido, sempre vindo onde se estiver. Nada passa. Uma beirada com criaturas precárias, Pregos Humanos (por afora/adentro, caixões e corpos numa luta surda, silenciosa, batem seus martelos) em Círculos (Ciranda de Adivinhas sobre o que acontecerá quanto mais se envelhece e o lugar em volta se aterra, se fixa)*

A AGONIA, de Bressane, reatualiza a situação-LIMITE (de Mário Peixoto). De um barco, o vai-vem das águas por vezes se paralisa. O extenso pode se mostrar à toda por suas linhas fronteiriças. Ondulações entre o profético e o precarizado. O Prego (Todo Humano) e a Prece (Um Só-Vazio).

Transcorre, no filme, a presença da Vidente (Maria Gladys) na lida com o molde criminal mais personificado (o homem que ela passa a seguir porta em suas costas aveludadas, pontilhadas por letras de tafetá, o M, de Fritz Lang, em O VAMPIRO DE DÜSSELDORF)

A Vidente não subsiste sem o Módulo-Crime deste mundo... do modo como nas últimas décadas o capital pós-industrializado, globaltechno, sobrevive da teia econômica montada pela logística do abate ao social. Age pela supressão corrupta de ganhos e direitos coletivos (através de engrenagem subterrânea montada por políticos sociopatas totalmente avessos ao espaço ético, comprometido com o bem-estar e a produtividade nacionais, imante às representações/responsabilidades públicas).

São aproximadamente 7 décadas de anotações em meu livro-de-bolsa. Desde a fuga para Petrópolis onde passavam filmes liberados para menores (adolescentes falseadores da data de nascimento por força antecipada do ver o que está interdito), na casa de uma tia capaz de me salvar da superfície labiríntica dos espelhos de mãe. Contudo, as refrações psicográficas ditas e escritas por ela (T) acabariam por formar o restante do cerco.

"O humano chegou a um ponto saturado, tudo se deforma, regride" – pergunto a T, em nossa despedida (à altura de seus 93 anos de idade), quando eu estava pensando que seria uma retomada de nossa convivência antiga, adolescência reengrenada.

"Então, a Sra, o que diz sobre Vida, Terra, em retrocesso. É o que parece, pois já estou para encerrar minha sexta década. E: NADA"

T responde instantaneamente sobre o lugar especial preparado para os terrenos ou terráqueos (como se queira, neste caso prismatizado pela focagem em um fora-do-planeta, na mira de uma já habitável Outra Vida).

“Meu querido, a regressão significa provocar um limite até o abismo, de modo que daí tudo renasça. Eu sei, eu sinto, está por escrito (em linhas lidas há muito muito tempo de Psicografia)”

Foi esta minha questão, depois de 30 anos quase (pois me afastei dela por conta de sua prevenção contra casais após o desaparecimento de seu marido, tão logo tiveram uma filha, porque motivada por uma verdadeira fobia não quis me hospedar juntamente com Águeda, com quem estou casado desde a primeira metade dos anos 1980). “Pode vir aqui, sim, Ivo, mas não te convido para dormir aqui em casa”.

A porta de Petrópolis (bairro Bingen) se fechou para o homem casado há pouco, animado em rever na companhia da mulher trajetos de garoto entre o lar e a liberdade do cinema (na cidade onde tem marco sua alegria de viver, entre filmes, ao ponto de fazer do lazer uma atividade profissional). A viagem foi feita, mesmo assim (não fomos Águeda e eu até sua moradia). Os cinemas de rua não existem mais. O corte com T se prolongou como uma privação de presença e visão até esse momento (bem quando a visitei por uma única vez, por conta de sua idade avançada e do apagamento de obstáculos que decidi impetrar no curso dessa Vida, por aqui mesmo).

A última questão – à beira dos últimos dias daquela que, interrogada, fala com fluência, passando-me em seguida o livro (talismã ou testemunho por meio de emissões e escritas indiretas) –

Agora se lança: "Por que tanta regressão numa esfera como essa chamada Terra onde nada parece mudar (já estou encerrando minha sexta década ou época. Nem revelação nem transformação. Muito ao contrário)"

O esplendor após o estertor. Há segurança no colóquio com Tia (estará recebendo uma mensagem?). Na sequência de sua voz escorreita, ela pede que Cássia, a filha, retire da estante o único livro ainda não encapado por papel cinzento de padaria primitiva (ou seja, tudo que vem do pão diário, do óbulo, da palavra sustentada entre pavor e progressão)

: Espelho avesso, os humanos se mostram mais precarizados do q são, no entanto cria-se daí aura inexistente, incapaz, mas não impossibilitada totalmente, de ser olhada de frente

Cartazes – O adolescente fica fixo. Aficionado, ficcionalizado, diante de tanta figura e promessa paralela ao que se vive ao rés da rua, no rumo do real.

Tudo o que diz T logo fica impresso. Eis o que faz transparecer. No fim-de-vida (avança o nono decênio), ela não psicografa (mesmo antes, quando passou a eletrizar o uso de papel e lápis não orientado apenas na escrita de cartas para Magu, entre Petrópolis-Rio, T não sabia da parte de quem transmitia ditos admoestadores, tantas vezes ameaçadores da Roda Cármica Roldana Voraz dos Vivos). Por tal razão, aquilo surgido na conversa parece ser uma redação de Ser Anônimo, incorporado por ela mesma em coincidência com a Matilde/Tide que é, apenas assim, em resposta à questão-limítrofe.

"Diante do cúmulo do horror à vida, que se tornou a existência...abeirada 7ª década...o que é isso...um infernal término de tudo chamado humano faz apelo a quê?

"Perfeição. Harmonia. Desde o regresso do que se assiste precisamente nessa hora. Humano tem de avistar seu Fim por aqui; o mais extremado acaba por irromper seu oposto, dado como Impossível, jardim a jorrar dádiva de um a um, nascido do mais cru, concreto, direto"

T resume o movimento de sua réplica durante minha última visita a ela, numa outra casa, outro momento, como que parecendo não poder falar mais nada. Não somente por força da idade, mas por um impedimento do conhecido e do que é colhido em sombra, sumidouro do presente e da ideia mais além.

Ela quer perder seu próprio nome no desenrolar da indagação, inquirição que seja. Ao modo misto de colóquio familiar e provocação a uma história-de-vida, como a dela, protegida do corpo, dos outros tantas vezes (eu mesmo impedido de visit*á*-la na condição de casado). "O que vem mais?

A senhora vai, de fato, falecer?" (Essa pergunta virá depois, em diálogo comigo, nunca feita, de fato, diante dela. Nunca mais diante dela). Porque ninguém acredita no fim. Ninguém credita ao fim uma palavra pessoal, necessitando de um aporte em outro lugar, texto e voz alheios nunca prontamente acessíveis

Até esse momento, temo abrir o livro dado por T (sem-saber que, ainda em vida, seria testamento do que morre e pode desdobrar o presente oferecido, principalmente quando se trata de Obra Espírita).

Ali há (não sei bem onde) um nó já há muito antevisto. Nódulo, algo xipófago x do problema –

Vida Morte Matilde Maria Augusta –

A arrastar (a origem do que continuo a ser) minha mãe, falecida na sequência de apenas 1 mês.

Texto temerário/por obra de uma última visita a Petrópolis feita às irmãs, ainda em vida, uma parelha à vida da outra

Em *Sisters* [1], Brian De Palma, argumentista-roteirista e diretor de um de seus mais impactantes filmes, reengendra o *transfer* e o esvaziamento da problemática da irmandade siamesa.

Uma bateria de reengrenagens aciona o *trauma* – como hoje se disciplinariza a problemática-evento tornada estrato topológico em universidades e organizações culturais-institucionais – da separação dos corpos xipófagos das irmãs Breton[2] (Danielle/Dominique). Pelas instâncias de Sexo – Programação *Peeping-Tom* da Grade *Voyeuse* da TV – *Clínica* enquanto Saber Médico e Corporação Técnico-Procedimental – Jornalismo-Denúncia – Hipnose mais Psicanálise passa o corpo tão espontâneo quanto mortífero das Irmãs vitimadas por mal congênito, viragos do mal-estar civilizacional.

Nada permanece no dilema de um ou 2 corpos, entre a simbiose e a ruptura dos elos parelhos. Existe um próximo um a recepcionar os rastros desviantes do corte feito à acoplagem naturalizada desde o nascimento anfíbio de criaturas. Acrescenta-se sempre mais (alguma Coisa indômita a irromper) um âmbito de cognição/conhecimento ao desmembrar vitalista/fatalista de uma-outra criatura.

Biba? Minha irmã. Com ela ocorre tal acoplagem simbiótica (dessa vez, envolvendo Magu, nossa mãe)?

Eu em relação a ela, a despeito do grande afeto e da nítida semelhança física que nos une, sempre tratei de me desgarrar dos tentáculos que minha mana, à sua revelia, carrega por conta dos valores maternos (pois Magu, de certo modo, a aprisionou como filha/mulher às suas decisões de divórcio e compartilhamento de uma vida solitária, de forma a ter a presença de Biba como sua companhia, até o fim, reservando a minha irmã o lugar de Cuidadora).

Ainda que Biba (Belinda) tenha se casado, gerando filhos (de diferentes uniões), agora com netos, nunca deixou de estar ao lado

1. Deixo, a partir de agora, de dar ref. aos anos dos filmes aqui citados. De modo que sejam sempre incisivos, incidentais, eminentemente combinatórias, mesclagens indiscerníveis sem marca-de-data.

2. Sublinhe-se o sobrenome, impressivo toque automático/psicográfico a unir Surrealismo a Kardecismo no rolar deste *raconto* à volta de De Palma.

de Magu. De certo modo, Mãe interferiu em suas composições conjugais, interrompendo a duração da convivência com os homens/pais-de-filhos.

Atualmente, estamos rompidos. No dia da morte de nossa mãe, partimos para um verdadeiro quebra-pau. Algo (*post*) punk, com endereçamentos ao que persistiu entre nós até aquele dia (velório vespertino-noturno de Magu), horas antes do enterro, acabou por explodir. (Lembranças de Gary Oldman, ícone *British* de toda uma época dentro e fora do cinema, vieram à tona, especialmente o único filme dirigido por ele, *Nill By Mouth)*.

*Não sou relicário do cinema, por mais que escreva a respeito. Pois não há separação entre o projetado e o assistido, imediatamente transposto para o corpo dos vivos.*

*Nada de coleta cinefílica aqui se pretende, quando as existências se racham, deixando ver as ficções que as nutrem, de modo desabalado, desde sempre. Em extensão ao que parece ser de um domínio-culto, de uma arte específica, de uma área refratária a alusões a não ser por tratamentos de* experts

Cinema é da ordem da possessão. A vida não passa de repetição ilustrada. BIBA foi sugada por MÃE. Grito para ela no instante em que o mínimo ap se encontra vazio, ostentando apenas as peças de ferro, outras metálicas, do corpo-prótese daquela que nos pariu.

A irmandade pode desfiliar-se, perder a fibratura (quesito-desfiação).

As "Relações Naturais" – parafraseio aqui o dramaturgo Qorpo-Santo, endereçando o vínculo que tem com um cineasta de Petrópolis, caso de Haroldo Marinho Barbosa, realizador de uma versão, em forma de curta, da peça *Eu sou vida eu não sou morte* –

Pois é isso, preciso afirmar para Biba que não dá mais para arrastar o grilhão da culpabilidade e da responsabilidade em família. Por debaixo do horror da morte partilhada.

Só porque ela ficou como enfermeira em tempo integral de nossa mãe, por escolha própria – pelo fato de ter subsistido e criado seus filhos com a pensão de Magu, divorciada de um ex-pracinha das Forças Expedicionárias Brasileiras. Dói muito, não é?, nesses últimos anos dar uma volta no parafuso (com algo de terror real para aquelas que foram crianças, eu e ela, muito depois do conto malsão de Henry James, *The Turn of the Screw*).

Não há mais assombração.

O assombro é verídico, gritado para libertação do fantasma recepcionado no interior das coisas mais vivas, desde sempre desde antes, na corrente dos anos (feito sombra do que por nossa conta pensamos). Acontece na noite do dia da morte de Mãe. Espantosamente, dou de falar movido por um verdadeiro despacho do que foi tido como vital logo fatalizado ao modo de um fado incapaz de ficar contido em apenas um, num possível motivo cerrado, central.

"Eu tenho pago, já por mais de uma década, o plano de saúde (aliás, estou sabendo que você se beneficia disso, sem ter me falado nada a respeito, ao contratar uma modalidade capaz de cobrir tratamento médico para a acompanhante, cuidadora, filha inseparável)

Estou gritando, é? Incomodada com a vizinhança? Engraçado, eu mesmo testemunhei seus berros no meio-da-noite, tomada pelos desarranjos orgânicos de Sua Mãe, essa que sustentou você e suas crias. Barraqueira Vagabunda,

Teve a falta de noção de dizer que eu estava me atrasando para chegar até aqui no velório. Pessoas comentaram, no bochicho, isso comigo! Você chegou a falar que eu, na condição de aposentado, levantei empecilhos, marquei hora de chegada. Como se eu fosse um paxá, um pai/pau pra toda obra.

Não entende que tudo aconteceu de repente e tive de desmarcar aulas no dia seguinte, compromissos dentro e fora de casa, ligar, p. ex., para Águeda com urgência (você sabe que ela está morando mais em Ipê do que em São Paulo e com minha viagem repentina nossa gata Guru não pode ficar sozinha).

Nem vem com a colocação de papel em mim de Arrimo-de--Família. Essa coisa nordestina envelhecida, eu cumpro por gratidão e partilha de toda uma história-de-vida agora no Fim!

Sem jamais piscar, faço pagamento todo mês, mas o peso de carregar mãe dia após dia para esse enterro se torna mais duro por conta do elo nunca dissolvido por você, sempre ao lado. Sempre no rumo da morte, da dor.

Se você tivesse trabalho, profissão, coisa que nunca foi de sua escolha, Dona Maria Augusta teria profissionais para cuidá-la das incontáveis doenças adquiridas (de segundo a segundo, quase).

Não é nem você ou eu, jamais Arrimo,

Arrimo quer dizer *Arrabal Amargo*, um tristíssimo tango de Gardel, enquanto xingo, escarro, vitupero a voz e a letra parecem vir inteiras enquanto Mãe não está mais ao redor.

*À Volta do Arrabalde Amargo – Não há mais arrimo, abrigo nenhum. As coisas vividas, ainda que perdura*damente pensadas, transbordam. Vão dar na orla do mesmo bairro (nosso Subúrbio de Infância, cheio de promessas, a ostentar o maior Cinema da América Latina, Imperator, arquitetura com vitórias-régias gigantescas e vasta sala cabível a orquestras e eventos avassaladores ao alcance de pessoas sem cessar festa para olhos, ouvidos, o corpo inteiro).

O Arrabalde está hoje decaído. Como acontece com todo Rio de Janeiro, onde a Zona Sul estampa um HiperSubúrbio por ordem do padrão de qualquer bairro e por mentalidades localistas, ilhadas em suas pretensas zonas de segurança e segregação (cercados territórios replicativos de um falso gosto tendente ao grotesco consumo seleto, sem nada oferecer de amplamente alternativo). Ninguém vive de Cartão-Postal. A favela não está mais na encosta, incrusta o entorno. Escancara o lixo provinciano ao Natural de um pacto indefensável, anti-ambiental, com a Noção de Defesa e Despesa sob o regime das milícias.

O Méier não é mais uma Cidade, recepciona em sua estação--de-trem mais um pouso de viagens para periferias que se somam, feitas de encardido comércio, pântanos-paisagens e empobrecidos modos monovalentes de sobrevivência.

Petrópolis surgiu como um ponto-de-fuga para a irmã e seus filhos, desde a abertura de campo de trabalho para AnaCris como professora da rede pública, contratada por meio de Concurso para atuação profissional na cidadela da Serra. A mulher de Vandré, filho mais velho de Biba, acabou por conduzir o resto da família bem para aí. Rua do Imperador. Coincidentemente, a volta de Tia T entre nós se tornou realidade, moradora desde 1970 na Cidade das Hortênsias e também do famoso Centro Kardecista Aura do Amor (tudo se entrelaça, flores, fugas da Barra Pesada do Rio, Arrabaldes convertidos em Província da Soberba Imperial, ainda remanescente entre os residentes, muitos deles assinalados também pela presença alemã, que não deixou de colonizar

Petrópolis). *Vou até a janela depois de urrar pela dor sobreposta àquela atribuível ao falecimento de Mãe. Uma sobrecarga maior ainda dá sinal sobre minha coluna. Houve* stress *(meu coração anda frágil), o corpo aponta.*

*Estou de novo em Petrópolis para encerrar coisas que estão aqui e vazam a imediaticidade. Lido com uma ideia fatal a percorrer tempos anteriores num instante em que a própria imagem final da mãe se mostra incapaz de selar. Pelo contrário, o que haveria de lacre arrebenta, toma todos os lados, os momentos mais díspares de vidas direta ou indiretamente implicadas*

*Minha irmã chora em dobro no único quarto da casa. A dona-da--casa morreu e seus filhos, entre si, estão nesse momento rompidos.*

Biba também chora por seu rumo incerto sem arrimo materno, de quem se diz ser arrimo atribuindo também a mim tal encargo. Uma encadeada sobrecarga vai de um a outro, remonta e desmonta cada membro da família em nome de um amparo ou asilo tão anterior quanto posterior, passado de mão em mão/da vida à morte, da morte à vida (àquela que está para fenecer ou renascer,

A motorista dá partida. Simplesmente, segue a sinalização do itinerário. A mulher não é, também, dada a conversas.

Estremecimento entre irmãos, Ingresso no morrer, em parelha por demais terrena.

*Somos exatamente esses dois, impossibilitados de burlar a barreira pedregosa de vivos dentro de um plano dotado de blindagem para nos cegar de modo delimitador por sensações e palavras numa dimensão aquém, simultânea à provocação da realidade mais adiante: invisível, incorpórea, a dominar todos nossos atos exatamente nesse instante a dois, desprovidos dos anteparos da origem* Algo acentuado pela comunicação realizada pelo religioso chamado Salatiel, um frei franciscano, portador de linguagem atual, referendada no mundo técnico, pontuada por menções a programas computadorizados e eventos à distância. Entretanto, há um embasamento filosófico, para além de qualquer dogma místico, bem perceptível em sua fala. Sua prece transcorre em 2 estratos –

*

Então, vem a aposta. Este é o momento. Pode ser outro, segundo Pascal. Tal desafio não marca data[1]. Precisamente, quando Morte – Deus – Homem criam uma tríade de força e fiação falha[2].

Ao despontar de uma outra gênese (intrincada, impossível de separar)

**

Quem será o próximo a morrer?

*Esta é uma espécie de gincana – talvez uma maratona – de que pude participar lá na Alemanha, onde fiz meus Estudos Superiores. Nós, enquanto Freis, nos víamos desafiados a pensar a continuidade no ato de um desenlace.*

*Desencarne, assim abreviam os Espíritas em face do processo desfigurador, que, no entanto, aponta para todos outra forma de viver.*

---

1. Nem se numera numa logística absolutamente operacional. Ao ser demarcada por absolutização de uma hipótese em confronto com a subtração de elos argumentativos. Convocação de um ato, em sua clamorosa concretude, a envolver, num só instante, a imaterialidade da Ideia-Deus, não-mediata. (Salatiel lança o jogo, sem tirar os olhos de Magu, mãe).
2. (Só possível pela imersão desmedida no lance/aposta sobre aposta, vício lúdico provado nas pontas, em mescla, do ludíbrio e da iluminação nua-crua).

sem ponto claro onde está o encerramento e se deflagra um prosseguimento dentro de um circuito vez a vez soberano-sucessor).

Porque vai ficar sem a pensão legada por Jaime Ferreira Salva, ex-pracinha (conhecido na Praça dos Táxis simplesmente como Ferreira), convocado para o combate brasileiro (na real, não efetivado) contra o nazifascismo alastrado desde a Segunda Grande Guerra. Combate até hoje não exercido plenamente quando tal realidade criminal-ditadorial está em nós implantada no correr de guerras sem número, novo século-milênio adentro.

Choro dobrado. Políticas finalistas findas, sem mais o anteparo da Guerra Fria...A irmã vem perdendo o referencial para manifestar de modo mais fortalecido a ira estimulada nos anos 2019-2022, pois reside apenas em uma única via (provinda das refregas e organizações coletivistas do século passado), o Partido dos Trabalhadores, um possível polo de socialidade e partilha. Há pátina, limitação nesse âmbito representativo do Político, não obstante se apresentar como formação contrária ao alastramento *fasci* em derivações de toda ordem – miliciano-policalescas militarizadas, religiosas, ideológicas (sob a égide de pseudopensadores midiatizados), jornalísticas. Um acúmulo feito de distorções do sentido de bem-público e compartilhamento fundadores de toda governança. Justamente, quando o comunismo sai de cena (embora sirva de argumento para as plataformas de ignorância e deformação da História criadas pelo Bolsão do Bolso Mínimo). Biba agudiza o choro, na mescla que ela mesmo impulsiona ao se reportar aos brados de Pai, gestados desde o Getulismo até ganhar contornos da defesa de Jango Goulart antes e durante a implantação da Ditadura Militar (por mais de 20 anos).

Perda de alvo no choro. Acúmulo de motivos impede o sono de Biba. Está na hora do enterro de nossa mãe. Saímos contritos do ap onde Maria Augusta morava na companhia de sua filha (a caçula de 2). Somos guiados pela intenção cerimonial, nada conversando mesmo quando a motorista do Uber para – inclusive no lugar errado, diferente daquele que digitamos quando da contratação da viagem – e nos indaga se estamos no rumo certo. Casa Religiosa? Aquela próxima do Cemitério? (Apenas balançamos, ao mesmo tempo, nossas cabeças, em confirmação da rota).

*Quanto mais nos vemos no centro do jogo da questão. Quem? Morrer? O fato mais próximo a circular sobre cada um,*

*Ainda mais no decorrer de um enterro. Ficamos inteiramente leves e ligados por um selo (feito brinquedo de figurinhas que batemos contra o chão de modo a ver a contraface do que ali se estampa).*

*A começar de Dona Maria Augusta, a morta de agora. A morte agora. Passamos a nos aliviar de um único formato de ver e permanecer no misto vivomortal. A partir da rodada impensável (Quem será o próximo?)*

*Tal qual o desfiar da Aposta. Como percebo ser essa senhora aí recém-falecida uma mulher afeita à festa, a encontros celebradores. Tenho essa intuição. Basta ver o rosto.*

*O que é mortal já se instalou, mas tem também o vivido a despontar (logo implanta seu começo). Desde esse momento.*

*Como se fosse, então, o mistério: decifrar essa existência a imprimir outro início depois de um conjunto vivido (de tempo-corpo-ideia de existência e fim)*

*Todavia, não percebido inteiramente. Parece, apenas quando mortos, a vida relança a chance de autonomia e aposta em seu próprio desenho, questão nascente, invertida.*

*Quem?*

# EXTENSO CARNAL ALTERNO

Sedução,

Mal saído dos olhos vítreos da morta, assombradamente revividos tal como encantaram em outra fração temporal, não aquela última de vida, passo a contemplar os óculos escuros bem grandes e chamativos. Começa daí meu colóquio com Mariela.

Mantenho minha posição, imóvel de algum modo, sentado no banco longo onde os visitantes se dispõem frente a frente ao rosto de Dona Magu em seu caixão. Por vezes saio da curvatura cabisbaixa em que me surpreendo contrito, conferindo aos poucos aqueles que chegam. Sem perceber, está lá a mulher jovem transparecida com certa pose – um distanciamento provocador, depois vou saber, em grande parte dirigido a mim.

Não demora muito a se desenrolar a conversa. Yona, sobrinha, já havia falado a meu respeito, "sim, o tio, pesquisador de cinema, claro, já li textos seus no site *ContraPanóptico Plano Aberto*"

Em meio à devoção silenciosa – tudo na roda da despedida de mãe –, também eu já tinha percebido Mariela, logo de cara muito atraente para mim. A pose, os óculos escuros contornados por cabelos castanhos claros em cachos, não se compunham apenas para uma apresentação glamorosa, afirmadora da Vida, diante de pessoas perturbadas pelo foco fatal de quem se encontra morta no ambiente. Posso dizer, talvez pela primeira vez – descontado o ato imediato de imantação feito por minha mulher ao levantar uma aba da saia quando nos deparamos na passagem de uma escadaria, ela descendo, eu subindo (Pirapora, Minas Gerais, à beira do Rio São Francisco, quando de um Congresso de Educação e Comunidade) – pelo menos depois do casamento, nunca outra pessoa mostrou estar compassada com o que eu via e logo podia manifestar de um olhar a outro. De um tal modo, o corpo de alguém é o ponto mais oculto do outro.

Levado, certamente, pelo contexto propício a rememorações de tudo que foi vivido – eletrizado por um momento curto, compacto, irrompido diante da cerimônia *Morte da Mãe*, sem chance de maior alongamento, prolongamento conversado –, manifestei uma súmula desabrida de meu percurso profissional no estudo do cinema –

Desde muito cedo, por ali mesmo, Petrópolis, lugar situadamente motivador de tantas idas solitárias no rumo de filmes. Resumo feito para Mariela (como se contivesse uma longa preparação e também não, só podendo despontar com ela e nesse recinto estrito), instigado pela bateria de perguntas lançadas pela mulher tão atrativa, especialmente quando nem penso e logo vou falando, desimpedido do breve entrecho de espaço/tempo favorecido pelo enterro.

Acabei por mencionar um início certeiro da atuação desempenhada entre salas de projeção e estúdios de escrita. "Eu via filmes, mas a princípio não sabia relacioná-los como uma forma de vida. Até porque meu passo para a produção de textos relativos a cinema, veio de um trabalho de conclusão de disciplina centrado em 3 autores literários – Salinger, Clarice e Silvina Ocampo –

Cursava Letras, nunca deixando de lado minha escapada para os ambientes escuros e, no mesmo movimento, reveladores de tudo que estava começando a se esboçar como um projeto (uma vida localizada em um esquadro preciso), a ficção, a projeção, o filme –

"Moral do conto, brevidade paradoxal" – Anos depois, a proposição do pequeno ensaio elogiado por professores da Faculdade, que puderam lê-lo numa publicação universitária, tomou um impulso interessante para expandir o que ali eu formulava. Quando passei a tentar ver a sequência dos *Contos Morais*, de Rohmer, captei o surgimento de uma chave de trabalho, abarcando cinema e literatura, logo percebendo um elo com Carlos Reichenbach na revirada da lógica da sexualidade e dos valores em curso acerca de História – Corpo – Narrativa e do próprio cinema"

*Tento nesse exato momento sintetizar para mim o que transmiti para ela, agora em trabalho de escrita sobre o encontro de nós dois, transcorrido em um espaço improvável para diálogo prolongado e atração súbita. Pois foi assim que tudo se deu, logo encadeando um encaixe com o imediatamente dito, então tornando-se pergunta sobre a vida de Mariela, seu ramo, seu resumo possível de ser comunicado numa ocasião esdrúxula, abrupta – Não há mais adjetivos para definir o relato exíguo, mas incisivo sobre*

"Pedagogia Precoce – Crianças e âmbitos nascentes de Formação"

"Pude publicar em livro a tese. Ainda me encontro embalada por tantas proposições ali contidas. Pois vivencio na prática o que até, então, vinha de observação (através de estágios e bolsas-de-estudos dentro e fora do País). A cada ciclo de tempo, o termo *infantil* toma outras direções. A designação *Precoce* avança como questão não mais relativa à *Pedagogia*.

Nada disso está mais numa área apenas, numa única noção de método e de tempo. Sinceramente, estou em aprendizagem, Ivo"

"É como se eu já imaginasse o que viria depois da Tese, sendo, antes de tudo, urgente escrever. Apenas na atividade real, posterior à pesquisa (ao exposto, ao escrito), fosse possível eu começar a entender o propósito –

A Pedagogia – A Precocidade – A Infância em Decorrência"

"Está sendo bom, estar aqui, me sinto "da família": Yona é minha irmã, a melhor amiga, entende? Sempre fui única em tudo (menina solitária à procura de um lar para além de um quarto). Engraçado, acabei só tendo também uma filha. Eu precisava de um intervalo – são sessões contínuas de aula e análise realizadas com crianças (enquanto escrevo, agora um livro, a contar das comprovações vitais, verídicas, da Tese, um livro por cima do outro) –

Quando minha irmã (você sabe como tio quanto Yona "é tudo de bom") disse da morte da avó, achei incrível a oportunidade de subir até a Serra. Moro no Caos de Copa. Parece que minha cabeça virou um círculo de questões tomadas por aquele entorno somadas a comprovações sobre meus estudos: a surpresa trazida com as crianças que estão nascendo.

A zona feita naquele bairro misturado com mar aberto, precariedade e crime não deixa de me atingir no que há de mais íntimo. Os recém-nascidos como continuarão?"

(Frei Salatiel está chegando. Interrompe-se o que ouço de Mariela.

*Nós últimos 3 anos, Dona Magu se punha a definhar numa transfigurada medida do que antes era referência em seu riso estendido para os olhos caramelos, toda festa capaz de ser feita entre uma conversa e o evento seguinte)*

*Ivo vê a uva*

*Ivo vê o ovni*

Eu mesmo brinco comigo quando *Ivo* estala, é enunciado pela primeira vez – o primeiro nome próprio aprendido nas cartilhas de certo tempo –

Fica ali impresso nos lábios de Mariela. Na verdade, transmite rapidamente que não haverá (uma outra vez mais) a interlocução comigo. Sobrevoam o adendo, o aposto ao homem que se lhe torna muito íntimo de um a outro momento.

*Que se lhe torna muito íntimo* – Ivo e a sintaxe, eu, sim, em sintonia com aquela. Ao compasso do que Mariela vai falando para fazer um encaixe poucas vezes sentido (eu homem ao lado de um/a outr/o, a mulher). Entre a pessoa recém-conhecida e os relatos emitidos por ela, tornados um só.

Literatura, Cinema, Pedagogia, Psicanálise – "Daqui a pouco, vou ter de sair daqui, só vou pedir uma sobremesa e pegar correndo o ônibus de volta. Estão agendadas duas sessões com crianças no fim desse dia" (Caverna do Chouriço, onde todos saídos do sepultamento querem logo se reunir)

Muito próximos, sem parar a conversa, gradativamente alcançando o momento da despedida (justo quando se estampa de modo gritante a constatação conjunta de afinidades). No ritmar do diálogo algo frenético, guiado pelo interesse de tudo dizer numa marcação mista de atração consolidada e senso de corte, de diferença e distância no que toca aos rumos da minha e da sua vidas.

Não há como pedir continuidade através de expedientes padronizados (trocas de números de cels endereçosmails), totalmente falsos e violadores da criação de uma harmonia merecedora de reverência (um intervalo verídico, um tempo para o acontecimento). Nada se afasta do rastro feliz, fortalecedor de mim e Mariela, deixado pelo fim de uma existência, entre familiares e convidados. Principalmente, quando voltamos de novo a falar na mensagem "inspirada" – feita de intuição, também de improviso que faz descarregar saberes, sondagens interiores e imateriais –, tal como disse e manifestou o franciscano Salatiel.

"Pascal, não foi? Que coisa forte, um religioso recorreu à filosofia, nada falando de sua devoção a uma única seita"

Mariela comenta, ainda tomada de surpresa. Eu, então, balanço a cabeça, comovido pela ambiência formada entre nós nos menores detalhes, em preparo de nossa despedida. Não paro com o balanço da cabeça, mas nada complemento, envolvido com a presença pascalina em *Ma nuit chez Maud*, de Rohmer. Sim, a balança é que responde (a cabeça). A aposta induz à escolha, num paralelo indesviável com o que há de mais privado, quando se pensa no não-matérico, no nome Deus tão replicado quanto esvaziado de sentido (ao surgir às avessas bem no meio de um chamado irrefreável ao sexo).

Sexo por fora de um casamento. Sexo no rolar de um sepultamento.

O ônibus, que desce a Serra, não espera por ninguém. Então, a partir daí, de agora, nosso cumprimento, na saída da Caverna do Chouriço, *não tem como ser posto em dúvida (tanto pelo que termina tão logo entabulado, quanto pelo requer novo enlace* para fora de tal contingência). É afetivo demais, berrantemente afirmativo de que sentimos o mesmo um pelo outro.

Os olhares trocados já à distância, quando ela se despede dos outros e revira o rosto para mim afastado do grupo em abraço com ela, deixa claro o compromisso com o contato que fizemos. De sequência a sequência, enquanto estiver por aqui, Mariela marca a correspondência com o que vivemos, sem nada deixar escapar (olhares, sorrisos, gestuais de comunicação quando definitivamente emudecidos, sem chance de novo colóquio ou de um endosso ao simples cumprimento).

Tanta ligação quer dizer também que não nos veremos outra vez. (Antes de dar as costas para as pessoas presentes, *para mim*, ela coloca seus óculos escuros e caminha decididamente).

Estou bem agora na tentativa de alcançar o ponto em que nossa despedida ficou sinalizada –

A memória dura bem mais do que o ocorrido, impõe infindo exercício –

No auge mesmo da enorme sintonia criada a cada ítem da conversa. Também me encontro no ponto em que busco alcançar o sono –

A cada noite, vejo confirmada a necessidade de pôr mira em algum elemento visual, o mais imaterial que for, surgido dos olhos quando se fecham para dormir –

Por vezes, demora tal concentração de foco, com predominância de algo completamente *óptico surgido com os olhos fechados*. Acima de qualquer vontade. Tamanho é o desempenho do pensamento sobre a demanda involuntariamente exercida (por alguém pouco a pouco desfigurado da pessoa real posta um tanto fora e um tanto dentro da vida em curso) para que alguém durma –

Até chegar ao campo livre da imagem liberado por olhos que se fecham juntamente com a pessoa (já não sou eu, mero invólucro do início de uma metamorfose soberana deflagrada com o apagamento de palavra/processo pensante) que os portam –

A dificuldade para repousar vem do ambiente formado à volta na casa de mãe sem mãe no dia de seu enterro, algo agravado com a indisposição entre mim e Biba. Mais se acresce, quando fico a lidar acima da paisagem perfeita para o sono com o momento de sutil ruptura para mim e Mariela no pico do pique de nosso desenfreado diálogo.

Tenho a viva percepção de que as questões a respeito da ausência de Águeda deram início ao senso de realidade *versus* a fantasia dos falantes –

N*ós dois desembestados por algo movido pela precisa circunstância de fim de ciclo familiar e* também pela abertura inopinada a novos conhecidos, criaturas recém-aparecidas para o cerimonial extremo.

O nome *Águeda* passou a circular entre nós.

"Ela não pôde vir, não é? Como está? Ficou em São Paulo?" Explico a uma pessoa familiar do modo mais breve a respeito de sua ausência. (De repente, com o anúncio da morte de Dona Magu, não houve chance de minha mulher se preparar para a viagem a Petrópolis, porque estava em nossa casa rural, a uma hora e meia da Metrópole LatinoAmérica, não podendo partir uma vez que temos animal em casa, necessitado de seus cuidados). Esta é a resposta-padrão.

Há, em silêncio, outro motivo (não quero tratar disso aqui, na última hora, contudo há instantes anteriores insuportavelmente dolorosos para rememorar ao redor da figura violenta que se tornou a mãe ao atingir com palavras brutais a mulher do filho).

Toda uma rede de filiações conjuntas a violações eu tento evitar. Novamente, sobe à superfície da Caverna do Chouriço a referência a Águeda como "tia". É Yona precisamente quem se refere a ela ao manifestar saudade da criatura vivaz, atenciosa, distanciada daqui, reaparecida dentro de um elo familiar estremecedor do que estava se criando com o tio e a amiga-irmã.

Ivo-Mariela-Águeda, uma tríade ganhou espaço em nossa conversação. Quase imediatamente à renovada emissão do nome de minha mulher, deu para notar o recuo elegante da convidada do Enterro.

Mariela finge consultar alguma coisa dentro da bolsa. (O que existe ali dentro, fico curioso, confirma sua reação de recolhimento). Em seguida, tecla os códigos do celular. Foi algo nervoso da parte dela. Nenhuma coisa surgiu, de fato, do interior de sua sacola de vinil. Também nada foi dito no recurso automático de amparo/anteparo através de toques no *smartphone*.

Fica confirmado, então, o envolvimento da gente – O que ela sente, eu percebo e tem a ver conosco. Naqueles instantes, estamos juntos e ninguém mais retira isso, esse duo.

No dia embrutecedor da morte da mãe, somado, no rolar dessa noite já quase clara, aos esporros anteriores com minha única irmã, fica impossível destinar aos olhos – chave para o ingresso imperativo no repouso a despeito do que se vive, pensa e *é imaginado* como alcance da paz – o trabalho esmerado de rendimento ao sono.

Foge a qualquer controle o toque decisivo na cabeça-do-pau: ali está irrigado o fio nevrótico instantaneamente transportado das bocas conversadoras pertencentes a Mariela-Ivo, amacia-se, fica bem comprido até jorrar na extensão das veias em gotas grossas; jatos longos celebram o fecho, a festa de um merecido sonho.

*Por três dias deixo de lavar o meio do meu corpo (para poder dizer o devaneio de ter ficado com Mariela*

*Para não poder dizer o que há de centro –*

Cabeça-de-pau, *aroma obsessivo, palavra substituída por estocadas autossustentáveis, anti-higiene do sexo liberado acima das interdições entre vivos e ausentes)*

*Poucas vezes – rolagem de história, data a esmo, encontro/agendamento, linha-de-tempo –, por razão de um instante tão breve, sem nada avançar (roupas sobre roupas, corpos mostrados apenas em diálogo) de uma evidente contingência,*

*Poucas vezes – digo, porém não mais repito pelo ímpeto irrompido em hora controversa, nenhuma chance de tato (a contar de um primeiro olhar expandido em provisória conversa) –*

*Estive tão próximo de alguém*

*À procura –*

(Dos contornos precisos da mulher impactante e também passageira)

Num repente, Mariela localiza meu rosto. Poucos minutos depois, ela se lança sem muito saber sobre mim. Yona vai esclarecer em seguida meu nome, o parentesco, minha atuação na escrita sobre filmes. Logo vêm o reconhecimento, as apresentações.

A Pedagogia – A Infância sempre retorna (em especial, quando algum/alguém está se equilibrando no fiapo final do tempo) –

*Bem nisso, penso quando começo a retomar uma linha de conversa com minha irmã. Inevitavelmente, o café da manhã em sua casa (depois da morte de nossa mãe) concede o que pode ser dialogado entre pessoas.*

*Por conta do que veio antes ou daquilo próprio de um amanhecer de certa forma incógnito.*

Psicologia – Filmes – A Precocidade

*A criança antes de tudo curiosa para espreitar o que está por-vir relança a aguçada antecipação do ser velho a sondar o* post-mortem *de uma morte-vida entrelaçada. Principalmente quando se inquieta com os códigos karmáticos de um* depois da vida *esbatidos num senso geral de que algo descontinua, ou melhor tem seguimento exatamente numa dimensão nunca sabida, de fato*

*Algo aponta um sentido pelo que prenuncia uma falha de extensão, um apagamento de limites.*

*(Uma sequência fica imposta, não obstante a descrença do chamado plano "espiritual" e a fé paralisante no vivo, a caminho de seu fim)*

Não presto atenção a mais nada. Inviável se mostra a escuta do pouco duramente falado por Biba. Seus cerzimentos de dor, pontilhados aqui e ali, com o corte do Pão de Petrópolis (um *must* entre os moradores do lugar) e o implacável Leite Nutren com que alimentava mãe e continua a se nutrir (acabo por bebê-lo levado pelo ritmo de reunião conduzido por elos básicos depois de nosso "esporro"), só fazem acentuar a presença irrecuperada de Mariela. ("Mamãe estava pele-e-osso, não tinha mais onde ir", tenho que repetir para a irmã, minha hospedeira, incapaz de se calar e ingressar na morte mais de dentro).

(Porque a irmã está vidrada no cenário, no mobiliário, ao redor do qual viviam filha-e-mãe até o dia de ontem).

A morte agora passa a bola de um jogo onde nos posicionamos como os mais velhos do que resta de família –

Perante Vandré, Yona (nascidos de Biba, mais os dois netos, Bento e Santiago). Certamente, Kique, meu amado filho não-biológico, se situa no extremo da nova partida: como que nos assistimos no campo (uma várzea, uma quadra, um alagado onde uma esfera qualquer, de meia ou plástico, couro/qualquer costura, rola).

No mesmo instante em que ficamos ocupados em não sair da para da (da "pelada", da pegada/pega-pega toda forma de jogar mostra seu impulso de atrito confundida com acasalamento tabelado).

Gosto demais tenho pelo que a bola faz rolar, mas não acredito em Futebol – Fiel até o fim, eu torço pela fluência de uma esfera, a menor que for. Contra fanatismo por partida finda (um dia, certa tarde vitoriosa), irrepetível, transformada em clubismo até a negação de um outro, duo a duo reprodutivo, sedentário placar pela violência mais veemente

FUTEBOL INFINITO
O REI PELÉ
NÃO-RECONCILIADOS
ROLLERBALL

Nova explosão entre os únicos irmãos, bem no instante de preparar meu retorno (dois dias depois do enterro ali permaneci para dar um certo conforto a Biba dentro da casa sozinha, quer dizer, pela primeira vez na vida sozinha)

Veio daí mesmo o estrondoesporro espinho duro de carregar, mas é preciso dizer: "Você pela primeira vez vai viver sozinha, porque nunca foi possível ver com seus próprios olhos: *mãe foi uma sangue-suga* (de vc, por inteiro).

Nunca deixou em paz os casamentos com o pai de Vandré e o outro que gerou Yona. Depois de divorciada, ficou a rondar e a se infiltrar na vida que é sua. Agora enfrenta. Dói muito, sim. Loucura: está aí, minha mana, a maior alegria. Pela primeira vez, estar sozinha".

Praticamente, há 3 meses não nos falamos. Outra discussão aconteceu pelo celular a respeito das dívidas finais relativas ao plano-de-saúde de mãe, de que Biba se beneficiou através do contrato como Acompanhante-Beneficiária. Agora não há mais sombra a se tomar com o fim de Dona Magu. "Vivo fazendo empréstimos ao Banco do Brasil. Parece ter havido até um pacto silencioso (tudo vindo da parte de mamãe). O valor pago mensalmente para os cuidados com Magu (Alzheimer Estereoporose Neurose) agora vai me livrar de uma linha-de-crédito tendente a ter fim. (O gerente do Banco já me comunicou. Estou chegando à cota máxima. Não posso mais contribuir com despesas relativas à sua vida).

Deixarei de fazer o depósito de antes. Impossível, transferir *mês a mês* a você a quantia contribuída há anos (na função *arrimo-de-família* desempenhada por nós dois, sendo o eu pagante e você a acompanhante).

Sim, fim, também para mim, irmã".

Em São Paulo, reconfigura-se o enfrentamento da ideia de fim. (De um certo tempo embutido na vida de casado há quase quarenta anos). Também por isso, evito a redobrada história vinda com mãe-divórcio-família emparelhada de Mãe Biba e seus filhos/netos – Tentativa de esquecer o quadro doméstico pregresso e, num só movimento, Petrópolis.

Também de Mariela vou apagando conversa, rastros no corpo, memória tresnoitada. Águeda aparece na porta para me receber com pêsames ao vivo (enquanto ela retornava para casa vinda do campo numa emergência, eu rumava para a Serra fluminense com a pressa de estar no velório materno). Traz no seu passo a gata Guru ronronante ao meu redor.

"Poucas vezes estive tão perto de alguém", porque foi tudo tão súbito e prontamente confirmado como encontro exclusivo a nós dois.

Busco afastar os desdobramentos do que penso. Em menos de uma semana, embarco para Helsinki, não tenho como dar tempo a outro passado momento, embora tão recente, o passado se mostra ancestral, com força limítrofe, letal (mãe, morte, no Alto da Serra). Percute um emaranhado de sonhos/insônias no corpo constantemente mal dormido.

Águeda manifesta ter sentido minha ausência, há algo raro ali no que vejo e ela fala. Não há como deixar de incursionar pela vida imediata que se abre

No entanto, tenho que destrinchar nossa vida em comum sob o travo do trauma (o nome agora impresso em todo afastamento porque passamos, já vai dar cinco anos) Trata-se de trauma, a língua da possível conversação se alitera. Instala-se por todos os lados da casa.

Saíamos do cinema no início do ano de 2018 abalados pelo desmaio que Águeda sofreu na sessão, especialmente por conta da cena de corte do pulso dentro de uma banheira (o filme húngaro *Corpo e Alma*, de Ildiko Enyede, deixou de ser seguido por nós dois).

*Testről és lélekről* ficou conhecido por conta – boca-a-boca – do bochicho em torno da sequência da seduzida suicida – amor e clínica se enlaçam até esse cume – Até hoje não quis ver o desfecho (faltava pouco menos de 30 minutos de seu término, quando Águeda desfaleceu)

A recuperação de minha mulher levou por volta de meia hora (o restante do filme, sublinhe-se).

Tratei de aquecer seus pés – de acordo com o que ela ia me pedindo com a voz débil, mas certeira –, seus pulsos.

Aos poucos, sua condição fragilizada se embebia da própria fala orientadora, cada vez mais clara, com que ia me guiando para chegar ao ponto desperto, pacificado, da vertigem acometida.

Para chegar até ela, eu a ouvia, no compasso gradativo do corpo em restabelecimento. Um embate seguido pela voz vinda de Águeda no rumar do repouso após o choque do desmaio dentro de uma sala de cinema.

Estar com Águeda significa desconhecer com crescente intensidade o que diz respeito a ela e a mim. Esse desmaio assinalou um marco. Também uma barreira ali se fixou –

Psicóloga, analista majoritariamente de idosos, ela, a partir da ocorrência sofrida no Cine Belas Artes passou a ter duas sessões semanais de terapia. Nossa vida sexual atravessa, desde então, um interregno indeterminadamente desprovido de trégua. Há mais de cinco anos, qualquer tentativa de contato é interceptada por referências a um trauma de violação (infância rural, logro feito por um garoto mais velho...o idiota da aldeia, ágil em tudo toscamente abarcar) ...ela mesmo cessa o assunto, a explicação, o motivo de impedir nós dois nus na nossa cama depois de quase quatro décadas de convívio e delícia, confiança e declínio por horror ao toque de um homem.

Já estou indo para Helsinki. Entre viagens e escritos, sufoco o real tão estreitado entre nós na fluência indiscutível de que estamos seguindo juntos seja como for, juntamente com um travo central, insidioso. (Há um temor pelos títulos de certos filmes, *Nous ne vieillirons pas ensemble*, Pialat, 1972). Feito um piloto automático, arrumo minha mala, mal chegado de Petrópolis, do ritual mortífero, do pega-pra-capar de irmão com irmã, da nesga sedutora aberta por Mariela, psicóloga, tal como minha mulher o é, dedicada ao setor infantil. Mais: a morte restante-retornante (na figura de Tia T) a rondar (sempre anterior sempre).

Trauma – Tema para a fundamentação da 4ª Onda Feminista no interior da 3ª ou 4ª Guerra dos Mundos internalizada, invaginada de cima a baixo no corpo dos humanos – Blindagem necrofílica depois do bloqueio dos fluxos culturais cosmopolitas pretensamente abertos com a Globalização – Toda uma tópica a ser disposta em minha fala na capital finlandesa. Além da coordenação da Plataforma Diária de Cinema (a mais vista, uma das mais prestigiadas), organizo o livro coletivo com novos e atuantes críticos brasileiros, também estrangeiros, empenhados no debate *Imago-Mundi – O cinema e as reprojeções de uma época.*

Apenas em tal ponto me concentro – eixo da vida (tão criticado por Águeda quando me atirei na Teoria em detrimento da parceria conjugal feita de performances de poesia e círculos de exibição em VHS, lá no início de tudo)

Trauma se mostra adversa a Teoria/Epicentro mais e mais fortalecido, especialmente quando em casa o silêncio corporal nos paralisa, mal nos tocamos, embora as conversas repassem tudo o que vivemos (cópulas, rodadas diante do videoclube doméstico estimulam mais transas, títulos diferentes filmografias nos fortificam sem que a gente saia da cama). De novo, o cinema me asila, numa proporção, com o rolar de anos, adquirida de autor/conferencista: estou de saída.

*Estou preparando outra saída, Águeda. Festival Helsinki – ganhos apenas para hospedagem (viro-me e vejo a prestar contas para o Soberano Abstrato mantenedor da linha de crédito para o arrimo de família). As viagens se somam umas sobre as outras. Ninguém para de filmar. Ao redor, mortes invadem o mais estável, estabilizam o involuntário paroxismo conjugado entre o findo e o filme.*

*Indistinto fica o entendimento em qual ponto o cinema me concede cada vez mais vida quando essa, aí, bem aí só consegue promover fugas autoimplosivas, frágeis prumos em algum solo, em uma mais que visível realidade, prontamente estremecida tão logo nela (essa, aí, promessa) nos enraizamos.*

*Amor, Palavra Prostituta*
*A Taste of Honey*
*Perdida*
*Jubilee*

Mescla dos 1960 aos 1980 – Parto deste núcleo fílmico para a conferência no Festival Finlândia. Na reunião dos títulos, há algo que vai de par a par à análise, pois as produções brasileiras e britânicas em correlação fizeram parte das Sessões VHS na pequena morada de um casal. Sim, o que significou um modo de difundir e ver cinema, viabilizado pela era videográfica, incide numa retrospecção/reprojeção de obras antigas conjuntamente com as atuais. Trata-se de cinema, carrega consigo um depoimento de vida. Fico elétrico, então, no hotel todo mobiliado em preto. Vem à mente um cerco ao modo de *Calamari Union* (Kaurismäki, 1985)[3]. Não há lago que impeça a barragem de gelo e atmosfera de recolhimento instauradas nos intervalos de uma fita-de-ação (paródia do cineasta finlandês, embasado nos terrores locais). Inexiste saída fora da quadratura quarto de hotel-bloco de notas à mão-banco de dados iPad. (O em-volta induz a mim, quer dizer, filmografia) Faço um registro, não regulando porém meu mal-estar pregresso, culminado aqui Helsinki Hotel fragmento filmado –

*O desprazer era anterior*

(Reengendro linhas de Ana Cristina César, "o prazer é anterior, boboca")

Ao lado de Águeda nas últimas décadas (temos mais anos juntos um do outro do que separados), dá para perceber que antes do prazer firmado entre nós, celebrado com sessões de cinema domiciliar propiciador de toques eróticos prolongados, entrecortados por algumas sequências de vídeos e mais vídeos buscados lá embaixo, no Flamengo VideoTeka (propriedade de Teka, traficante de fitas raras transpostas do modo mais pirata nos retângulos vhs). Lá embaixo, na descida da casa envidraçada – primeira habitação do casal, acolá em Santa Teresa (Rio Antigo Sempre Urgente). *Um conjunto de 4 filmes – feitos por Carlos Reichenbach, Tony Richardson, Carlos Alberto Prates Corrêa e Derek Jarman – apontam para um composto trilhado desde os 60's por um traço de conto, relato incisivo sobre dissolvências do familiar (A TASTE OF HONEY) – imobilidades conjugais (AMOR, PALAVRA PROSTITUTA) – desvios plenos da célula-mater (casa e trabalho) (PERDIDA) – painéis do caos intimista inseparável dos jubileus/aniversários históricos, patrimoniais (JUBILEE)*

*Modos de ver e de viver abrangem a existência do cinema indissociavelmente de seus receptores –*

*Esta é a minha tese para a conferência de amanhã. Pulsa um anotar de coisas sublevantes bem agora a cada ida ao cinema (principalmente no palco internacionalizado pelo Festival realizado numa Europa Menor, de onde fazer*

3. Refaço minha decisão. Importante é marcar os anos dos filmes em profusão desde o tempo em que foram realizados. Por mais que incidam inesperadamente em épocas posteriores, na distância, na disseminação implicativa, indiscernível. Pois não se emolduram em dado período ainda que marcas contextuais ali se mostrem mais e mais visíveis.

*filmes extrai a moral potenciada da continuidade de vida, seja onde for).* Há algum tempo, Águeda deixou de ser minha companhia em salas de exibição (mesmo em casa, apenas eu assisto, anoto, registro aquela sucessão confundida antes com a folia de nossos corpos)

O corpo de minha mulher se mostra como inviolável. O Desprazer. O Início. As nomenclaturas de como se emancipar e blindar outros corpos. Por outra via, nota-se o resultado de não ter ocorrido reposição hormonal quando de sua passagem para a menopausa). Um corpo. Ao lado de outro (casado, masculino, posterior às violadas cenas de origem). Falar/escrever sobre o cinema que corre ainda, reengendrado hoje em fluxos fílmicos à mão, à hora que for, não deixa de incluir os picos e as privações de sexo *às voltas* com um casal (ideal culminância de uma sessão-de-cinema).

Nervoso, cesso a escrita (a voz contígua a embalar as digitações aqui e ali suplementadas por nervuras da mão sobre pautas brancas ou pontilhadas). Abro a bolsa a tiracolo à procura de –

Outra caneta, um apontamento escrito por mim, mas à revelia do que agora sou –

Vejo ali a formação de um livro (não é aquele coletivo, sob minha organização, sobre o qual falarei no dia de amanhã às nove da noite no Forum Finlandês Filme). De um outro mais obscuro. No fundo da bolsa. De-bolsa, portanto. Portátil, que se diga. Em projeção indireta, incessante. A correr junto comigo anos afora. Invisível.

Despertada do desmaio. Tem por base um estado precedente, prevalente, de inércia quando se deitou comigo até aquele ano-lacre (2018) – No primeiro semestre de um período no Brasil, mais que tudo político, conduzido por distorções da História e das conquistas coletivas, guiado por facções, golpes-complôs contra os poucos atos/pactos de socialidade (por ordem de uma monção repressiva, regressiva, composta de neonecrofílico liberalismo com bloqueios miliciano-militaristas). Nada explica, no entanto, as vertigens primordiais, pontualizadas por Águeda no corte da vida sexual entre nós.

Quando da morte do sexo desperta e nada mais completa sobre um *continuum à altura do erótico sempre marcante em nosso convívio, intensificado sempre com prazeres pequenos do dia-a-dia, a fábula dos filmes a comemorar o gosto em comum. Um e dois. Um desmaio* dentro do cinema impede novas saídas para exibições de filmes e, também, a experiência de brincar com o corpo um-outro, diferenciado corpo de um e do outro (nascente prazerosa de descobrir o que encobre a carapaça de um casamento tornada parede-meia de homem-mulher sobre a cama interditada quanto mais ali depositamos sono X sexo, X versus X)

X X

Avesso dos filmes XXXX

Para onde foram nossos corpos?

Desde abril, a voz do analista ganhou as cenas originais.

Em simultâneo à ocorrência primeva de Águeda jorrada sobre mim a seco.

Volto a esse ponto com ele, Neme (Dr. Felício N.), mesmo quando distante. Sou eu quem deve falar para que as sessões terapêuticas tenham existência, carnadura.

Entanto, hotel Finlândia moldagem preta, metais nos interstícios de paredes-placas plásticas tudo escuro lago fundo de onde se foge no país do frio: é a voz analista a tomar proeminência (quando da cabine ou do consultório me distancio). Sou eu quem deve falar enquanto escrevo.

Enquanto escreve-se para ser fala. Amanhã já chegou. Ponho a me arrumar para a Conferência.

Todas as coisas vividas, vistas, conjuntamente, sem distinção de cronologia e primazia, partem do *conto moral*

*Assim são os microeventos transcorridos com qualquer um – Fazem* sets, *cenas, compõem um núcleo/noema que a literatura dispôs no gênero conto – sessões, sequências autogeridas, conclusivas em sua culminância incapaz de tudo saber/explicar depois daqui –*

*Corte de uma ética do breve e incisivo registro do que se pensa e já existe a despeito de uma síntese particular – Uma ruptura se deu, fissurou a lógica anterior sucessivamente direcionada para um engate vindouro*

*Não, a navalha contramoral desenha, desbasta uma outra via conclusiva, modo-de-ser feito de cenas-palavras antirreplicáveis, nada imunes porém a uma revisita à sua refratária região (por mais que se vá ali habitar pelo fecho de pistas)*

O lago finlandês atrativo e interditado ao lazer gélido de um povo, precarizada Europa não para de filmar/projetar películas.

O pântano das metrópoles nacionais não é diferente dos biomas ressequidos em territórios diversos de uma Pátria pirateada. Cartões-postais não fazem uma vida. O cinema, movente vida nada ilustrativa. Subsiste da moral de corte e continuidade. Lavar olhos de um plano a outro (Mizoguchi). "Me conta uma história com moral de fim" (volto a parafrasear Ana C. César). Nada escapa ao conto mais efêmero de uma história nutrida por fim obsedante e deslembrado reinício. Daí, a vida do cinema *(O táxi-monumento se mostra como um dos trunfos urbanos dessa Finlândia fiada a frio. É um ponto turístico em si, levado pela órbita das passagens, dos passeios. Está a ponto de despachar meu desembarque em frente ao Forum Fílmico)*

Daí, o efêmero do cinema provocadamente a rolar seu indeterminado registro. Arquivado fica seu próprio limite, transporte tênue. No tempo-que-for.

Como se fosse coisa de fundo, à toa (para ser esquecida porque firmemente guarnecida). Paralela, feita para não ser vista, de tão exibida e prolífera agora com a avalanche de *streamings*. (Tudo conexo com o poder de opinião público-planetária sob a fluência *fake* filiada tribuna democrática ao simples toque-dígito)

*(Tenho assim o começo da conferência)*

Por vezes, saía de nossa cama para ir ao banheiro (uma suíte na casita em Santa Teresa) e podia contemplar a bonita rajada de luz à tarde a espelhar janela dos cômodos sobre o chão irisado, fotocópia precisa de uma época incomparável, rara imagem a um só tempo auferido auge da vida (por um rápido relance). Mesmo com a privação de sexo agora, alguma dor encaminhada à solidão ainda que em sua companhia – Águeda (o nome é o que retorna não trazendo a mesma pessoa) –

Pouco importa, não há momento como o de agora (justamente porque vejo o transcorrido, o muito ido sem mais retorno) carregado da sensação de uma soma a despeito de ser feita por andamento simultâneo de subtração –

Retração

Ao indicar poucos anos pela frente – Só que o desenho se forma, nada igual como essa hora (não é por estar na Finlândia, preparado para continuar homenagens ao que comuniquei e será celebrado em torno do livro internacional de filmes, inclusive por saber da chegada em minutos de Aki Kaurism*ä*ki no recinto). Uma mostra coroa o diretor dessa Terra. Eu, às expensas de qualquer data autodirigida a um, algum que a (a) note, vejo o percurso de minha incompletude juntamente com a imersão irreversível na fantasia que me guiou a *non stop films*, numa indestrinchável via com a vida mesma.

A luz, na passagem para o banheiro de nossa suíte, ao ser dado intervalo *à*s maratonas VHS, me permitia congraçar algo como dádiva junto a você. Alegria, em ver meu pau espelhado no vermelho deixado por sua boca buça balbuciantes sílabas, acrescido de gotas e rija disposição para continuar. A esfera doméstica atinge seu átimo – Há um vitral naturalmente recortado dos espelhamentos geridos pela casa, pelo acaso astral, solar, do dia ao meio.

No instante indesviável – igual, tal qual, às roldanas aos reflexos às refrações – percutido por nosso corpo tão coeso, coevo, por nada cindido. Embora o intervalo entre nós se dê por anos de um casamento desfigurado. Prolonga uma situação incapaz de ser somente espectro passadiço, coleção fílmica, arrebato palestrante diante de uma pista espalhada por mundiais acólitos do âmbito exclusivo à visão, à mera audiência.

Inviável se mostra me separar do silêncio, do sexo ausente, da distância – um infindado listar de motivos intrigantemente confirmadores da permanência de sua presença (por percebê-la, Águeda, em ativo reenquadramento, pelo apagamento que vai se arquitetando de um segundo a outro).

Pouco antes do término da conferência, Kaurismäki se achega na direção da primeira fila. *Não é melodrama, nem ativada ação ao ponto do esquecido vínculo com a vida exterior. Nem tampouco o empenho denunciante irrecusável de toda arte o que mais define a trilha do conto (moral da película que se estende coetaneamente com o enfrentamento de seu próprio limite de fábula, sucessão de atos, vozes e paisagens durante um período preciso de transmissão)*

*Assim se sustenta o fio de um filme ao encampar como força o efêmero de que é feito. Deixar fluir o momento de dizer sim igual a fim*

Kaurismäki passa rapidamente sua mão na minha. Mais um sinal de chegada do que um cumprimento.

Signo em espiral do que cerca a todos quanto mais o cinema se espraia, depois de tantos anúncios de encerramento de experiência, artesanato, distribuição, plateia. Sinto algo vibrante, difícil de acreditar. Kaurismäki gosta de dar pequenas baforadas no charuto que carrega em uma bolsa-capanga algo *vintage*. Acende e apaga. Comenta com quem vem abraçá-lo basicamente a mesma coisa sobre seu retorno ao fumo[4] (depois da doença duradoura da terapeuta floral que o livrou do tabaco). Evita demorar sua mão dentro de outra. Não é de muita fala – detesta *boutades* (alguém me cochicha), bem contrário a qualquer tentativa de perpetuar um itinerário impressivo onde quer que esteja.

Sua acompanhante, uma loura de cabelo faiscante, revela um rosto bem velho. Isso choca, depois causando impacto pelos gestos reveladores de alguém que nota e anota o que foi dito à volta deles e do pouco porém estritamente expresso pelo artista-centro das atenções. Atma, se chama. Acabo por reconhecê-la como *crooner* de uma banda entre o *etno* e o *ghost gospell rock*, um estilo cultivado na surdina por alguns dos integrantes da filmografia-família. Alguém chega perto de Atma e sussurra a letra mais conhecida do vinil que acabou gravando num disperso decênio dessa vida e é disputado a peso de ouro nos bazares *on-line* do Continente. Numa das gravações feitas e distribuídas no dia seguinte ao Forum Filme Finlândia Festival, um *webdesigner* desenvolveu uma espécie de torrente cromática sobre as cenas do evento por onde vai rolando a letra-de-música *Ghost Gesta.*

Chego a aparecer de costas na imagem principal em difusão pela Web, rolamento de sonoridades intraduzíveis (linha a linha da letra) *Ghosts are Printemps – The musicists are flowers picks – Seasons in the air mean sessions of people leaving your own Planet – Don't pay attention to the fall or the flowers – Leaves are leagues – People don't stream ghosts – Point over point aren't ghosts all the people one Day in the Life screaming for Nothing, nothing more than streamings: Never never pick flowers in Printemps –*

-----------------------------------------------

*Ao ser colocado foco em filmes menores, marginais, o poder da microincidência se expande cotidianamente no suceder ano a ano de vidas e imagens. Entre o entretenimento e o envoltório visual definidor do que se segue e escorre bem além de salas escuras qdo não telas internalares, internáuticas/ internas aos lares*

4. Rolam rumores – legendas para tudo que A.K. faz por aqui e tantas vezes não fala.

*Contra o temático, o imagético montado por superefeitos para pregnância e imersão no arrebatamento do olhar visado ao central, ao consequente--causal-narrativo*

*Um corte interno afeito ao contar não deixa de acompanhar os desvãos já pertencentes ao dia após dia, contidos antes em um plano (sob o signo da problemática godardiana acerca da moral entre o que encerra e abre sequências)*

DESDOBRO o inciso Conto Moral,
Incluo *Crime e Castigo* (1983) no núcleo dos filmes que analiso

Ficaria deslocada qualquer mirada em produções cinematográficas (esta referência não contempla o bombástico, o espetacular, pede o pequenino orçamento para continuar a existir projeções/revisões de histórias e *takes*), caso eu não incluísse algo do *filmmaker* aqui presente.

*A MINORIDADE DO CINEMA –*
*Impacto CRESCENTE NO TEMPO*

*Máximas Minimais*

Raskolnikov de Helsinki não busca o dinheiro da velha *

Inevitável, seria um paralelo dostoievskiano com o pouco visto *Lo Scopone Scientifico* (Luigi Comencini, 1972), título vertido no francês para *L'argent de la vieille*. Bette Davis dá as cartadas em apostas geradas pelo dinheiro que é só dela e a si retorna a relativizar o afã da promessa, do vício, da roleta maníaco-monocórdica da humanidade (provocada sem trégua a desafios nunca acordados nada conclusivos). Todos à beira do carteado chegam a um único ponto: zero (mesmo o vencedor do final, instado que é a pôr na roda o dinheiro falho, simbológico, exatamente ela, a mais velha, A Velha do Jogo em substituição a A Regra do Jogo).

Enfim, o mais vincado logro: Forca ou Jogo da Velha
(Condução à morte, entendida como feminina, em vida,
No ápice *That's Entertainment*)

Não se trata, porém, em Kaurism*ä*ki (lá nos primórdios de sua cinematografia), desse tipo de crime, aquele praticado pelo ex-estudante de Advocacia, empregado em um Companhia de Frigoríficos. Recai sua ira sobre o proprietário do negócio. Por obra de um montante de motivos que o desorientam (uma vez que o industrial da Carne atropelou a namorada do rapaz, causando sua morte, mas a fúria para eliminar alguém não advém exatamente disso, morte sobre morte, desrazão contra destinação).

*Não há mira ao certo (sobre* ratio *e desvendamento do assassinato). Embora a morte do homem acabe por ocorrer logo no início O dinheiro roubado da velha rolou da Rússia romanesca para as gradações de uma história só minha, tomada pelo revés –*

*Sendo eu o filho a manter a saúde materna, em luta contra o velho representado por essa figura das origens, ativa nas estratégias para dissolver os afetos dos filhos por outras criaturas. De modo a manter tudo à sua volta, sem dispêndio de dinheiro fora-de-casa e outra energia a não ser retroceder para seu regaço nada vitalista, mortífero isso sim sob o embalo do abrigo domiciliar paralisante. Meduseu museu de mamãe morte (Litania ao modo Laforgue), mama morta a lançar seus sinais de sempre para o que estou vivendo bem agora. Quando menos espero, arrebanhado pela Vida,*

*Finlândia*

*Kaurismäki fumou todos os charutos trazidos na cartucheira-capanga. Fica espalhado no ar do Festival: O tratamento floral para cessar seu vício significa agora, com a retirada da Terapeuta, uma forma de adoecer junto com ela. K tenta empreender a volta a um princípio impossível De modo que tudo recomece no universo Floral rumo ao ponto conjunto (terapeuta e cineasta) do mal pela raiz Onde não se separa o primevo do perverso, o sequente do regresso*

Talvez venha daí sua combinatória para permanecer no espaço do Cinema. Não à toa, ele ronda essa franja caudalosa finlandesa em festa como aquele que pouco fala, entocado em sua própria história, esférica, excludente quase, curiosamente disseminada feito um segredo em luta para ser inseminado por onde quer que passe (de forma a solver-se, feito fragrância tóxica baforada do ar respirado, reexalados hálito e halo envolvente) *O nascente revolve pátinas, pântanos FALLEN LEAVES contêm o Floral* (Há um toco de charuto encontrado nas dobraduras da bolsa-capanga, a fumaça cinza entrecorta a fala, dá tosse e não para de subir pelas cúpulas do Forum)

Circuito de um único crime legado a todos (investigadores e passantes) –

Consciência busca equivalência com Certeza Matemática (CRIME E CASTIGO POR AKI KAURISMÄKI)

Há sempre um mapa (geograficamente pontilhado) por detrás da voz em julgamento interior e alheio. Uma só geografia da mente e do imotivado curto-circuito logístico posterior ao que-se-pensa (até a ausência completa do senso de quem busca matar o que não se mata, jamais cessando silenciado extermínio). Criado corpo até a carniça, carcaça em trabalho irreversível sobre o executante de um pretenso ato final.

(Até seu último dia, não morre quando está matando a si e o seguinte)

De tanto pensar, o Crime em órbita (numa certa fatia de tempo/lugar, Finlândia retrô velocímetro), na pele de um jovem irado irmanado a tudo o que imediatamente odeia (à altura do que se vê/vive num só/único momento) O Crime tão reconhecível e também temido pelos viventes (indiscriminadamente * o advérbio indeterminante carrega a menção escandalosa ao crime) como o despedaçar de vidas, sem separação do morto e do assassino acabará por ser confesso Justo, no instante em que Raskolnikov da Finlândia consegue passaporte em falso para sair do País e zerou todas as diatribes da culpa e do testemunho No auge da farsa, quer todas as coisas afirmar como originárias, retas-diretas por cima do rastro definidor do harmônico, exato, real-verdadeiro Em confirmação compulsiva de um Princípio a se esgarçar – a cada gesto farpado, capaz de rasgar a própria carne, sobre estacas de erguimento-destruição, enquanto por si só se pensa o ar puro-gradeado jurídico

Diz respeito a tal estremadura mortal-testamental a ocupação de um posto vago (o próximo a matar ou a morrer naturalmente, quer dizer, por vontade própria desviada ou viscosa

Tantas vezes direcionada a outrem, a oca divindade vitimista

A ser enfrentada até a cegueira da certeza)

"Matamo-nos" (não dá outra). Quem mesmo?

Aposta-se entre espasmos de vida trêmula e encorpada aparição finita

Não se morre de todo

O que faz matar é o menos provável (eu conjugado a atos automáticos, alheados de uma pessoa fatal, focal)

Tão acessível, anexo, está "Matar um Princípio" (Não o/um homem, masculino vocábulo para as feminas invasoras de qualquer bípede assentado com a sola na terra)

Lida-se, pois, com a instância falsamente improvável (morrer pelo que não é visto, nem tem uma evidente encerrada causa). Passa rápido feito uma estância prazerosa pantanosa fonte de poder. A questão aí reside (alheamento indesviável embutido na vida tal qual a abstração da forma-de-morrer)

Para logo findar (que seja logo, pois a Vida é boa, boa-vida abre a boca para dizer: É boa porque acaba!)

"Porque estive sempre sozinho" Fala finalmente, enclausura-se na relampejante conclusão igual ao volante motor-crime

O títere frenético de Dostoievski/Kaurismäki escolhe a cadeia por vontade própria, precípua

Porque estive sempre sozinho.

*A Consciência de Um embute imediatamente*
*Outro humano (Que não é ninguém – Finlândia 1983/2023*

*Caso eu volte a consultar o caderno (viagem real/transporte fílmico)*

*Cinemas mais antigos acabam por incidir sobre*
*Um Agora único irrepetido –*
*Neutro Nada* Leitmotiv

*Somado e somatizado ao que mata-morre*

*Eu mesmo nunca coincidente*
*Com esse vulto volitivo plenamente presente*
*Cruza (meu) campo-de-visão (eu excluso*
*Extenso endereçamento*

*/São Paulo Final do ano 23 século afora convexo convertido*
*Em processos anteriores tão logo*
*Expostos em meio a uma projeção) – Caderno de abandonos,*
*Retornos – como se viesse ainda um filme diferente*
*Intrínseco ao gesto de se pôr em busca, bagagem interrompida*
*(Exclusiva, estreita vida a transitar*

*Do modo mais acentuadamente solitário*

*Bolsa a tiracolo cruza multidões nascentes*

*Pessoas, títulos, palavras, passantes*

*Olhos fixos*

*Sobre o que não é não*
*Não é de cessar*
*Assim, num repente)*

Estou a envelhecer. Não, encaminhado aos pontos sobressalentes, os primeiros depois de serem afixados em certo patamar, pavimento epocal ou etário "vá lá se saber"

Ponho-me a seguir.

Qualquer hipótese não se separa da vindoura sequência

(Linha reta final de mais uma década e época, quando

Emerge o jamais presenciado e engata a fiação mais esquecida

Eu e Águeda) –

Há meses, não nos conflituamos, incitados a um bate-boca por qualquer pedaço de realidade ou razão...impedimento de contato com isso...talvez abra-se brecha entre estar-em-casa e outra partida. Em menos de 50 dias, depois de Petrópolis embarquei para um local ainda mais frio para fechar (Finlândia ainda estremece seu gume *gélid*o onde possa se manter) ciclo de cines e comentários ao que não para-de-passar. Tomo, então, a reta das tardes tórridas mexicanas

*HÁ UMA NARRATIVA INTERNA, INDESVIÁVEL, NO MENOR FOTOGRAMA EM REGISTRO –*

*Fazer cinema não se dissocia do composto documento-drama?* (Minhas notas procuram atender ao Seminário à volta de *Melodrama e Historicidade, Por um México-Filme)*

Águeda puxa conversa com interesse em detalhes sobre Helsinque. Toco no painel *geopolitik* adjacente à passagem da última leva de filmes naquele País. Inevitável, a fala a respeito da Finlândia insulada sob a égide EuroComunidade em guerra circunvizinha encarregada mesmo indiretamente dos restolhos de Comunismo dissolvente reengrenando-se nos ataques e bloqueios típicos do Capital corporativista e satelizado

"O dito Mundo se dualiza. Quando tudo poderia multiplicar os focos não só economicistas do projeto globalizador"

Ela conclui, pede combustão sobre o experienciado por mim na última viagem feita.

*Representatividade amiudada. MicroEuropa do consumo e do consenso.*

*Palavra de ordem é revirar os equivalentes termos-temas à Inserção a todo custo. Mesmo que se tornem Segmentos os Setores Vivos do Social em qualquer parte da Estratosfera*

Falo com Águeda e também anoto (mentalmente, às vezes, quando posso passo a ser elétrico bloco). Nunca estive tão permeado por viagens engatilhadas em teorias que se bifurcam pelas voltagens de uma vereda bem terrestre cada vez mais regionalizada. Sob escopos midiáticos, puramente técnicos, recortados em ilhas flutuantes de uma reivindicada Pertença mundial.

Isso mesmo, Águeda. Juntos falamos, numa convergência rara. Quem sabe (?) por termos alcançado tal etapa de fusionamento e troca, nossas palavras ficam sem se traduzir em tato, toque corpóreo tão necessário.

Subterraneamente estou dizendo para ela da inviabilidade de conviver com outro corpo senão o dela (mesmo há anos dele/ela, eu mesmo tão distante).

A loura Atma, por alguns momentos, mirou meu rosto (um corpo que vai de alto a baixo, medida visada), mas nada fiz nem quis. Talvez tenha me piscado. Já nem sei, "psicado o olho?" (Tenho comigo que sexo é psicopoder de posse de um sobre outro, não ultrapassando o sobrecarrego de uma história alheia capaz de baralhar os mais vivos e sequentes desejos de uma só pessoa).

Ao redor, na roda (de mim, Europa, Atma, Águeda, Festival de Falas, Filmes, Viagens), Kaurismäki é aquele que, mais e mais apequenado em seu embutimento existencial-cinemático, acaba por congregar a Europa Precarizada numa gradatura *tão paralisante quanto propositiva. Por dosagens micrológicas, o mundo se reúne numa só agonia e cria trilhas de desenlace*, bem ali Finlândia (A.K, no vórtice).

Ele dá mais outra baforada. Prepara sua retirada para um casulo só reaberto quando das apresentações do cinema que vem (nunca nega fogo ao grande incêndio de vincos enredados). *Não há* mais charutos embalados em sua bolsa-capanga. Autovicia-se mesmo quando nada inala.

Passa a observar o lastro ascendente do fumo a morrer numa voluta espiralada mais acima do Fórum fervilhante de gente sequiosa por tudo ver.

Fervor-Femina em México, Distrito Federal.

Espaneja a cabeleira. De fato, bem lisa, negra e provocativa, de acordo com uma ideia inicial do lugar e suas mulheres. Lustrosa, cabeça e garota formam uma só impressão.

Vai em minha direção o rosto pestanejante assim que descanso da chegada no hotel e tomo um café típico apimentado com carne, feijão, molhos incalculáveis no desjejum. A abertura da porta de vidro franqueia o sentido do seu olhar, logo saberei o nome. Wendy. Depois de dois dias a tê-la mirada na imediatez da vidraça do restaurante, compreendo o interesse e o posto tomado na praça diante do Hotel Alma Az. Diz que pratica meditação. Meditação e Arte Pública, a um só momento.

O assunto entre nós morre tão logo começado. Tentei obter dela alguma informação sobre a região em que há uma peculiar área de ritos indígenas. (Por que não pergunta aos funcionários onde está hospedado?). O gesto de mostrar a direção fazendo sempre reto com as mãos, ao economizar palavras, se completa com a ênfase em estar ocupada com o exercício contemplativo. (Não sou ninguém em especial, apenas o visitante por trás do vidro, hipótese ocasional de olhar e pensamento logo debandado, embora desprovido de causa, para um ponto fixo, nada seletivo).

No entanto, a frequência da posição de Wendy acentuada pelo olhar sem outra focagem além de mim confirma uma espécie de código direcionado para uma forma meditativa na qual estou incluída. A chegada de um rapazola de uns 17 anos acaba por tomar um contorno insuspeitado.

Joselito, simplesmente Selito, exercita igual postura. Agora são dois diante da minha rotina antes da maratona fílmica. Não ao acaso, Wendy e Selito sorriem entre si depois de esgotar a visada centrada no meu início de dia, atrelado que estou a novos hábitos matinais (sal constante sobre o café com pão costumeiro-brasileiro mais o prisma de observação revirado sobre alguém passível de degustar sua primeira refeição simultaneamente ao exame do que se passa em volta)

Wendy se levanta do assento metálico para criar uma alternância com a presença de seu acompanhante na Praça. Tão logo ela se ergue, volta a me olhar com senso transmissor de breve despedida. Pois Selito continua na função (dita meditativa). Realiza uma mescla chamativa com vigilância de pessoas descortinadas em espaço fechado: eu aos poucos sendo guiado para o motivo de ver repetida uma forma de chamado mudo, escancaradamente acrescida de pontos relacionados a esse alguém específico, presa da contemplação alheada, confluída com coisa alheia por inteiro.

Estamos já em conversa. No dia da noite em que farei a palestra, convido para que lá estejam. Apenas Wendy comparece, sem me dar chance porém para prolongar as poucas palavras que ela emite sobre a importância de

*O REINÍCIO DA TV –*

*Há algo de melodrama, sim, em toda forma de cinema, a mais veloz, cheia de ação, acessível em qualquer modo de transmissão...todo suporte possível*

Termina o comentário, mas não posso nada complementar, arrebatado com a chegada de Pacôme Thiellement, o propositor do Seminário, um dos participantes do livro coletivo que organizei com a participação de críticos e estudiosos de toda parte. ......... Este volume cinefílico e exegético numa só medida agora se desdobra no México com o adendo trazido por Thiellement sob a forma de Colóquio intensivo (com duração de 7 dias), tudo acerca de *Intercambiantes Plataformas – Cinema Cotidiano e o Habitat MondoTechno*

Participante da seção "O Reinício da TV", tenho alegria em debater com Olivia Cosentino e Brian Prime, autores de *The Lost Cinema of Mexico*. Pacôme T. atua como mediador e principal condutor de nossas comunicações tão logo são apresentadas.

*Reframing Media, Technology, and Culture in Latin/o America*
*The Lost Cinema of Mexico*
*From Lucha Libre to Cine Familiar and Other Churros*
Olivia Cosentino & Brian Price

*Imago Mundi – O cinema como reprojeção*
Ivo Arruda Salva (org.)

*La main gauche de David Lynch –*
*TWIN PEAKS et la fin de la télévision*

Nossas publicações estão à venda. Aproxima-se do círculo formado para autógrafos, uma mulher muito alta metida – depois vou saber da indumentária inseparável – em uma jaqueta curta de couro verde-lagoa quase por ruir. "Wendy já começou a fazer os contatos, não foi? Sou Romina Carmelo, temos levantado todos esses dias material para um *longa* sobre todo tipo de público cinematográfico, com registros vários a seu respeito. Todo um *centramiento* na agônica realidade de Economia tal qual Imagem –

Dominação Consensual no Mero Ato-de-Ver. Um filme está sendo gestado, portanto. Seria possível a gente se encontrar amanhã à noite em meu estúdio?"

Não há como negar o convite. Depois me informo sobre ela, colaboradora iniciante em títulos como *Japón* (2002), de Carlos Reygadas. "Isso mesmo, Reygadas feminizada, bem poderia me definir". Romina me dirá depois. (Quando eu pensava estar atraindo Wendy para meu universo, dentro de um projeto parcelado, revelando-se aos poucos segundo a sedução de meu poder físico, acabava por estar envolvido em um projeto/processo fílmico).

Só mesmo aguardando a noite do dia seguinte para de tudo me inteirar. Só que Wendy parece ter chegado antes de mim ao posto ocupado na Praça. Está, dessa vez, ao lado de outro garoto a adolescer, aliás muito parecido com Selito. Virei a saber que o rapacito tem o mesmo nome e apelido da companhia anterior de Wendy.

O novo Selito apresenta uma feição choramingas tipo nazareno, melhor dizer: Nazarin (ver Buñuel se torna imperativo) esgotado pelos anos de tumulto e descrença séculos sobre sequelas ao longo da imaterial milenar *passada* das horas.

Parece um jovem egresso de sacrifício religioso, liberado finalmente para a vida ao ar livre. Por tal razão, fita-me miuciosamente, abismado em um meditativo modo de convocar-me para uma folia sem palavras, feita de olhares paralisantes, irreversíveis.

Difícil crer no que vem da mímica ressoante por trás do vidro ALMA AZ (HOTEL). Um pulsar gradativo do diálogo de todo um dia: começo a entender o que é dito, soletradamente em outro idioma por ela (secundado pelo nome Selito)

T E Q U I E R O

Sou um velhonovo cabeludo aqui e ali grisalho pelas beiradas de um rosto cheio, sem rugas, desejável ainda (vez ou outra me dizem). Agradável talvez, morto de fome por outro corpo (só eu mesmo me digo, sem deixar de sentir sempre a insinuação de algum testemunho à volta do que penso pretensamente em segredo e quer escapar da clausura).

Assim é que sou percebido na reunião – Não sei desde quando Wendy não larga de mim. De mãos dadas, estamos prontos para o impositivo, porém incandescente rito. Velas compridas de todas as cores estão acesas. A cineasta em preparação ornamentou o estúdio com bolas de sopro uniformemente em cor negra. Fumaça de defumadores locais faz presença. Os dois organizadores do volume de crítica *The Lost Cinema of Mexico* acabam de chegar. Drogas e chás ocupam a mesa muito longa, como que destinada a uma ininterrupta família por mais que seus membros falhem aqui e ali, deixando de ocupar seus lugares, como intrigantemente ocorre em momentos festivos.

Tenho uma idade indiferenciada, as pessoas daqui não param de me dizer. Romina Carmelo "cantou" essa pedra, que foi rolando como peça convergente desse nosso encontro inteiramente filmado pelo mais novo Joselito.

A anfitriã-cineasta conta com um assistente de nome José, uma cópia perfeita do ator mexicano afamado internacionalmente Diego Luna. Selito tem, então, sua tríade. *Não apenas pela entrevista feita comigo no andamento de festa, integrante do material arquivado do projeto Campanário* e ainda em processo –

"Um *pool* de imagens, *posts*, falas de pessoas públicas e desconhecidas a respeito do ressurgimento do Cinema na rolagem do fim do Drama e do Mundo (segundo os modos-de-ser e passar no Tempo, em México)" –

O terceiro Selito (Diego Luna reformatado como réplica impactante depois da fama do ator e de sua proliferação incessada feito ícone) manifesta interesse em atiçar flagrantes por força do Mix México (assim, os 3 brincam e nomeiam o insurgido momento) de erva/mescalina/chamamento originário de povos fundadores e entidades derivadas de macumba afro-latina –

*SEM DRAMA*
*CINE/SINE IMAGEM FINAL*
*Alter Meditação*

"Em tal quadrante, damos aqui início à sequência de atos ao vivo, em correspondência com a suma do Seminário"

Nazarin choramingas deita lágrima no canto do olho quando começa a se excitar e encontra seu equânime corpo para a frutuosa aventura – Consideremô-lo o Selito II (sendo o novo José referido como Diego Luna III, pois acabam todos os 3 ficando com a cara 1 do outro sob efeito dos aditivos da região e da filmagem) – Do jeito que for – "Sexo

Do jeito que for" *A constatação se torna uma pergunta. Esta é uma realidade a envolver também o cinema hoje?*

*Ou seria um dado essencial a toda arte, a um ato plenamente criativo? Parece ser necessária a eletricidade vinda de uma autoria, incapaz de se distanciar do que é corpo em transmissão para muitos*

– Interessante, notar que o mesmo podia ser atribuído ao (melo) drama em México como dado indesviável.

Por outro lado, o melô nunca se aparta de uma dose *caliente*. Provém do arrebatamento de mulheres tão sofridas quanto fortes, emissoras incansáveis de um *plus* nervoso, transbordante. Algo incapaz de se isolar em um drama personalista.

Não à toa, fazem elas números musicais por extensão do fio confessional, lacrimoso, de suas dores impactadas em silhuetas dotadas de sapateado, pernas erguidas ao alto, danças incontroláveis nos quadris. Veja-se Ninon Sevilla em *Aventurera* (1950).

Algo muito intenso, complexo, é adicionado ao sofrimento amoroso. Já numa via de exuberância em que está incluído *o próprio modo de drama* se equivaler a *mulher*.

Põe-se à vista um ser vitimizado e excedido, sequencialmente outro. Assim passa por clamoroso calvário para transpor de corpo inteiro os limites de uma condição apequenadora orientada por soberana, imorredoura devastação.

Não se trata mais de uma mera fêmea e uma criatura localizada no território de *pueblos* e *panchos* (numa achatadora compreensão do que vibrou em companhias como Pelmex, Tepeyac, Mexico Films....)

Clamor no Studio – Laboratório do filme *Campanário*

A cineasta cada vez mais transmite uma condução de cena colhida no talo de cada emissão dos integrantes do Seminário sobre os itens de dramatismo/novelização/serialidade abarcantes do audiovisual dessa hora.

Tem algo irrefreadamente de Shirley Clarke no ingresso empreendido pela diretora de *The Connection* (1961)[5] aos *lofts* abarrotados por adicção, *jazz* negro local, executado entre desenfreadas *jams*. Até o sonambulismo de improvisos entremeados por um metacinema. Fica exposto o paroxismo de uma incursão pelo que é instantâneo, também interferente nos modos de existência e produção. Mais a captação de vidas em subemprego (sejam por tráfico sejam por expedientes efêmeros das artes em exibição de toda sorte) pelos becos da capital cultural u.s.a.

Um legítimo e muito tardio contrapolo, então, estala sob a órbita fomentada por Romina Carmelo, mais velha do que pensa na percepção de seus próximos. Bem mistura e tritura as divisas etárias aquele rosto talhado a botox e um perfil azteca hierático.

Núcleos em Ato –

Ao lado de Nazarin (Joselito número dois), Diego Luna redivivo no nome triplicado José/Joselito/Selito recepciona minhas respostas finais. Logo mostra a configuração de minha imagem no visor da câmera.

Não apenas na quadratura de uma conferência, os convidados do evento ainda a ter término na semana corrente – quando terá estreia mundial, depois de amanhã, um documentário sobre Nam June Paik – fazem parte de uma cerimônia cinematográfica disposta em seções. *Hacer cine en México y el mundo* no gesto mesmo de indagar-filmar.

*Não se trata mais do enquadramento de UNA GOLFA (Silvia Pinal, 1958) enquanto dramatização de um naturalismo fêmeo.*

*Muito mais o teor desestabilizador de qualquer assentamento em uma dada realidade ou identidade.*

5. Aqui, na capital mexicana, a lida de Romina C. é com atores-de-rua (Wendy e os 2 Selitos atuam em espetáculos públicos pagos com doação voluntária quando não participam das cenas relativas ao filme em preparo), também mestre-de-cerimônias de visitantes como nós, conferencistas do Seminário no interior de um espaço cavernoso, embora bem forrado com vinil, apresentando pintura recente. O muito referendado Estúdio Campanário convoca um *continuum* formado pelas sessões-de-fala aciduladas por um ritual tão délico quanto dévico (impulsionado por artifícios *druggers* e chamamentos primordiais às legiões mais arcaicas sempre influentes na atualidade da Fundação de um País, "um País-Cinema", frisa a diretora).

*Uma angústia inerente ao* fazer filmes *agora impulsiona o movimento das figuras extraídas de concepções prévias.*

*Daí, a ressituação do* melos *– o dramatismo de um ritmo irrompido, irresolvível, sobre qualquer intuito de impacto ficcional ou verista.*

La Golfa *resulta ser un punto de partida insidiosamente infinito La más carnal, palpitante en su origen verista.* Enquanto finalizo minha entrevista, Pacôme toca a campainha. É o momento de ceder meu lugar a ele na *Roda/Ronda de Comentaristas* – tal como a realizadora define a tomada feita em *travelling* nessa noite então/ começa a registrar a entrada do ensaísta de *A Mão Esquerda, David Lynch TV Fim* no recinto.

*À medida que me retiro do set*, R Carmelo resume as coordenadas a partir de meu depoimento:

– Vamos encadear um conjunto de *takes* com atrizes atuantes em melôs, pespontado por diagramas segundo os tópicos surgidos desde os anos 1940 a respeito de erotismo – convívio conjugal – comportamento urbano – luta por direitos humanos em nosso território – MacroEconomia e feminização das posturas coletivas, comunitárias

Quanto mais o cinema-de-fluxo impõe modelações sobre a época velocíssima pronta para consumo a partir de palavras-chefe, consensuais tribunas de opinião em rede info

Necessário se mostra arrastar o caudal de liberações instantâneas trazido por tais silhuetas demasiadamente femininas (muito além do hiperdramático que intenta solapá-las numa única causa, última falta)

*Depois de transmitir a mim sua exposição de texto e legenda, no mesmo impulso propositivo da filmagem, ela escreve em um bloco retirado do casaco verde-lagoa puído primordial para impor uma imagem de cineasta com seus traços intrincados, controversos, de exorbitância e despojamento. Completa seu* outfit *com uma boina de crochê –*

*Grande cão-da-pradaria ali se esboça por fiações grossas e encima aquele esquálido desenho de mulher, sustentado por um rosto totêmico, quase endu-*

*recido (caso não agitasse o topo de sua cabeça a couraça do animal em linhas trêmulas, hipercoloridas, dispostas sobre um fundo terroso, sépia espesso)*

*No decorrer de sua fala, confiro ao lado de D Luna Número 3 um sequenciado gestual vindo de minhas mãos sempre ativas enquanto penso e apresento o elo intrépido* – inquebrantável, *poderia dizer uma mulher fervorosa a me observar (entre Wendy, Romina Carmelo e Águeda, mesmo longínqua), quem sabe vislumbrada por acenos em meu horizonte – formado entre minha vida por uma torrente de anos e o animismo próprio do cinema. Quero dizer (assisto à emissão do que foi escrito):*

*AS ÚLTIMAS DÉCADAS NOS CINEMAS SÃO TBM SOLIDÕES/ SALAS ESCURAS (dentro da intimidade do lar de 1 apenas)*

*Onde consulto de memória o já visto antes e a emergência do que se movimenta: vozes e cortes cromáticos explosivos à minha frente como coisa íntima, projetada inteiramente do que foi vivido em silêncio, transportado até o instante da imagem inteira, irrefreada tomar sua impulsiva sequência*

*Onde também tateio um fundo de bolsa para envolver-me no arabesco ali contido aparentemente acessível –*

*Uma dobragem de coisas, dublados objetos vindos de mim (dispersos, tão logo nomeados). Do simples tato ao alcance de uma tão estranha quanto engolfante audiência.*

Antes de preparar Pacôme Thiellemant para o *set*, R Carmelo explica, impelida por um roteiro estimulante, irrecusável (trazido de cor, contingente ao gesto de rodar uma película), o propósito de nossa reunião no estúdio.

“Seria insuportável, estouradamente saturador, enquadrar as comunicações de vocês no formato irremovível de mesa-redonda e pontuações frontais.

Enquanto a plateia acompanha digressões e prospecções como se seguisse uma Novela – um dito de caminhão para o estradeiro lançado à linha reta da solitude, que é cada conferencista bem ali na consecução de palavras a serem emitidas pela primeira vez. Tudo aquilo que se mostra estranhado sílaba a sílaba ao texto antes concebido.

O Conferencista ou Ser Anônimo qualquer: gerado pela solidão do cinema. Agora está exposto em sua crença feita de devaneio e deambulação (em nome daquilo já gravado e ainda não percebido de todo).

*À* espera desse um vacante, a um só momento itinerante e preparado para tudo imantar, interiorizar como coisa apenas sua".

*Pacôme Thielleman se posiciona ante a câmera do filme* Campanário: "projeto concebido para exorcizar apequenamentos causados por salões sociais, para lá das torres eclesiásticas e dos céus à vista (bem comuns em México) –

Este será o texto inicial, Pacôme. Uma contrassenha –

Oração nos Bastidores do FilMéxico (Assim se abre em legendas imitativas do breu de longas velas o panorama-painel de que vocês todos por ora participam)"

– Não há dúvida de que vem desse ponto – como pude ler em sua mensagem – meu interesse em estar aqui e reeditar oralmente o cerne de meu ensaio sobre Fim da Televisão, Lynch ao meio de incessantes imagens-correntes (de toda espécie, a ponto de desenhar sobre o real um desnorteio de vias e a fragilização do ato de imaginar).

*A câmera é acionada. O grupo Calle, teatro-de-rua, encena figuras Lynch e outras extraídas do livro de Pacôme T. Wendy, dessa vez, larga minha mão e se junta aos dois garotos de nomes iguais, desmembrados de Diego Luna.*

Um transcurso extemporâneo se desafia ao longo de uma história existida por toda sorte de apelos. Confronta ideias de *transcurso = vida.* Desprogramam-se pautas em vigor tanto quanto pistas imediatistas. Isso, sim:

Como se percorre o tempo e sua tópica nada pacificada, prolífera, não dizendo respeito a uma única causa. Ou lógica final.

A reaparição do cinema ao longo dos dias –

Aconteceu assim com a última versão de *Picos Gêmeos* (Pacôme traduz o título do seriado original, em suas diferentes *saisons*)

Na era-de-ouro dos *streamings* e da cotidianização digitalizada de filmes (da informatização generalizada em honra a uma geral formatação de ver, ser, pensar/postar)

Transcurso – Tempo – Tópica: o prolífero presente até o final da ideia de Fim

*A Garota Promissora Assassinada (Laura) vem da morte naturalizada como uma espécie de aterrorizante síndrome na Cidadela Serrana (Twin Peaks)*

*Sai do tempo selado – revisto e redobrado pela sucessão de temporadas da Série –*

*A fim de exibir com todo horror de Monstro-Moça/Evangelista da Sedução o rosto do Pai em si, aquele defensor do Cabaço Primordial e da Seita Financista/Familiar tingida de dogmas demônicos. O Ser Guardião de um Núcleo Original se mostra capaz de matar em casa a ideia de profusão, proliferação de outros desentranhados dos corpos de seus descendentes*

*WENDY DESFILA o longo modelo desfeito à altura da vagina enquanto roda um véu enorme cravejado de folhas secas e musgo típico dos Picos –*

*Ela lacrimeja por meio de um colírio-purpurina a dor de tal cortejo. Entre a Aparição de Morta Renascida ao Sabor de Fluxos Imagéticos e a Garota Devotada ao Fenecimento de Si Mesma. Através de uma coleção de medalhas mortuárias em que se transformam suas incursões sexys* (flashes *de gozo,* picnics *provocantes com bustos despidos cobertos por* cream-cheese) *pela Província hipermontada: onde jamais falecem psicóticos fervorosos na moita, na encolha de todo-evento, e policiais* nonchalants *(jogadores de cabalas cruzadas a cada dentada de* donnuts *e rodadas vertiginosas de Expresso)*

*LAURA (MonstroMoça) é a mesma Laura de Petrarca – Pacôme pontifica.*

*Desde o Graal, a Rosa Kreutz dos Místicos, a Estela Giratória das Escalas Escolásticas Dantescas, se refolha até configurar um indício de violação grupal nos Picos Provincianos (insulamento feito norma, a* rosácea desmedida, *segundo o poeta José Emílio-Nelson, faz desfilar um microcosmo alucinado pelas criaturas-em-série de um circuito vicioso)*

*O espaço natural chamado de* Twin Peaks *desfibra seu cerne, filia-se ao patetismo de um* thriller *temerário, tendente à não-resolução de suas pistas sobre os descrentes habitantes. À volta de um charco estagnante, irrefreavelmente sanguinolento*

Penso comigo, eu enquanto audiente do depoimento como tbm participante do filme-evento (*Campanário*, congregação documental do ato-de-filmar hoje)

*Lírio Partido* sobe à mente no interior do cinemudo –

Lilian Gish & DW Griffith –

Subjacente à repetível sucessão de motivos, compreensíveis a cada movimento óptico-cinemático tal qual o desenrolar dos tempos humanos. Do cine silencioso à serialidade de *Picos Gêmeos*.

Um pêndulo se move do específico momento histórico-heróico das produções primeiras. Até galgar a gramatura de uma cena recorrível –

A violentação do *olhar virgem* (uma dimensão não só presente no universo fílmico, de Dreyer a Godard, de Bresson a Bressane, mas vibrante na escrita de Oswald de Andrade, para dar um exemplo, não sem assimilar de Clarice, Herberto Helder e alguns outros o pacto com a *inocência do devir* (na feliz formulação de Silvina Rodrigues Lopes)

Circuitocinema atuante, atualizado, ainda em silêncio (compactuado com diversos formatos e flagrantes, despido de divisas cronológicas, sensorial, exploratório por natureza, por força de sua disseminadora segunda natureza)

O Lírio Branco ou a Rosa Multifoliada logo desfeita de suas pétalas *tão logo aparece*: jamais se decompõe o pântano cintilante à beira de um corpo em matéria plástico enrolado juntamente com suas formas dentadas em predominante cromatismo cinza ao transpor-se para o que-há de-mais verde

Bem aí, se estagnou e formou padrão – girândola de vestígios e voragem de reproduções no correr das 3 décadas/épocas em que se desenrolou o Seriado, o Sequenciado –

A flor do musgo desponta em plástica sangria (orvalho e pele sorvidos num adentramento oclusivo, apenas restando a face de Laura Aura Amara da juventude assassinada) Alastra o padrão da desunida família humana manietada por fiações seriais do mesmo filme. Dentro ou fora de obscuras salas projecionistas

*Tomo notas e sou tomado pelas propagações do signo cabalístico contido no multifoliamento da Rosa: tudo o que preparo para o debate com Pacôme T. dá início a vínculos fortes surgidos aqui em torno de um filme-documento, onde sou mais visto do que aquele em análise Do Mundo e do Movimento das Imagens (de acordo com um livro-título cada vez mais presente)*[6]

*No interior do que parece ser*
*O externo, o aberto –*

*Ar Livre –*
*Todas as coisas se cinematizam: o auge*
*A orbitar, o ômega o*
*Mortífero em trabalho móbile*

*(O pântano musguento é também o que-há de mais-verde)*

*Cine, um colorista*

*Anti-ilustrativo, autogera un* guión

*(Quem o realiza não passa de implemento*

*Somático, sequencial)*

*Sobre o qual o filme se completa*

*(No mais vital dos silêncios)*

6. Jean Louis Schefer (1997)

*Um traçado horrorífico baliza os fluxogramas de um século-milênio virado em outro como força natural, boa-consciência ecoegóica representativa de um calendário feito apenas de fatos nomeáveis*

*Passar por anos de violado consentimento à volta de um único ponto de pretenso consenso. Quando as imagens seguintes tudo contrariam, logo desmontando o* grid, *o grau do que* acontecer[7] *significa –*

*Anti-Horário do gradeamento político situado numa só notícia (despistada crônica política das Cortes, nunca explicitadoras do Mal Diário daí advindo) Um Século Sobre o Outro (Vindouro Milênio amiudado em opiniões legíveis dentro de hipotética Rede rebatida por espelhamentos espectrais. Sob avalizados uníssonos)*

/Pacôme Thiellement pede um copo d'água, porém não volta a falar, pois o que suplementaria debate para a Cineasta Romina Carmelo em ação e seus convidados se torna conversa pontuada por intervalos, certamente filmada. Sem que haja mais necessidade de um foco central sobre o notívago ambulante conferencista

Uma nítida margem de acaso vai tornando o filme, o factual elemento em registro, um empreendimento infinito (do qual se saberá em décadas futuras não ter sido realizada a edição conclusiva)

*Quem está por aqui – fração de México e* Mondo Movie *– celebre sua instantânea aderência ao agora (arquivo sempre recorrível de memória aleatória e sinuoso silêncio*

*Filme Ambulante, Inerente)*

*Súmulas do Seminário –*

*Em imagens, se compõe um conjunto autônomo e também agregador do que poderia acabar em atas, livros co=organizados em Congressos*

Na pele de um Psicótico (Siderado por Saúde/Infinda Natureza) nutrido por sombras que árvores muito verdejantes refratam sobre moitas, Joselito N2 cede lugar ao Ambulante de Relíquias. Seu xará – aquele primeiro a aparecer para Ivo Arruda Salva diante

7. O compreensível como sequência/sucessão exibe logo seu logro. Nunca se afasta do intuito de reengatar a cena pretérita de olho-mente-tempo, numa só escorreita fiação automática.

do Hotel Alma Z – está vestido como Zumbi dos Países-Fundações, representante de magias e códices sacralizadores da mexicanidade enquanto Princípio reiterado, inviolável.

Selito Primeiro deixa de lado o Indiferente, o detetive *Twin Peaks*, totalmente embebido pela ambivalência do Lugar de Agonia Ambiente – tal como grita na figura de *O Anunciador das Tormentas* (o Psicô malocado nos tufos de erva fechada, também ecosófico peregrino Picos afora)

*Tomo aqui o título e o tom de um filme rodado em Minas, BR, pouco visto e hipersignificativo de uma época por vir, tbm daquela já em exasperado embate* (O ANUNCIADOR, O HOMEM DAS TORMENTAS, de Paulo Bastos Martins, 1970)

*Lost Cine*[8]

Olivia C. e Brian P. se assentam nos lugares indicados em *Campanário*

*ABERTURA PARA O POPULAR  pontuação não populista, contra segmentações de qualquer espécie  Desde Santo (ícone de mexicanos filmes Z) e zumbis da noite continental aqui em localização devastada pelos Western Chilis – Cinema só continua por mescla invariável com o presente e as surgentes formações culturais.*

---

8. Também sobre *Lost*, P Thiellement dedicou um livro cujo eixo é reorientar o seriado apaixonante dos primeiros anos 2000 para a chave arcaica da literatura, numa busca confluente com "Aproximação a Almotásim", de Borges. Quando se lê uma narrativa/exegese genealógica revivedora de um périplo tão mítico quando exorbitante, tão dispersivo no rolar imemorial de textos/eventos quanto convergente com uma fagulha de instante. Sob o signo *História da Eternidade*. Perquirição inseparável da Perda: *Jorge Luis Borges diz que a derrota tem uma dignidade que raramente pertence à vitória. Poderíamos acrescentar que o fracasso é o destino da maioria, enquanto uma rara minoria pode orgulhar-se de ter verdadeiramente realizado sua vida insignificante. Os heróis de LOST são, como você e eu, qualquer que seja sua classe social ou cultura de origem, fracassados. (...) O principal conflito no cerne de LOST não é, como os roteiristas há muito afirmam, aquele entre ciência e fé. Nem significa, como alguns personagens tentaram desajeitadamente sugerir, aquele entre o Bem e o Mal. (...) A polaridade central de LOST se dá em torno da confiança e do engano. E esta polaridade se mostra corolário do conflito entre a ficção e as suas regras, entre o mundo real e a sua anomia.*

*O narrativo persegue o que desalinha nomeações acadêmicas e notificações telenoticiosas*

*A partir do consumo do que excede* narcos ficheras chinas charros *CINEMA PERDIDO aí irrompe: por intensificação de todas as vertentes num sentido de busca*     *Por sinais ainda não vindos de um* au-délà (superproduções ao redor de Ciclos Crepusculares da Ciência-Ficção e do UltraTech Terror Regressivo), *mas das pistas tão cruzadas quanto interrompidas*

*O popular presente perdido, tão ensejado, mesmo inconscientemente – povoação do corpo sem-razão, porém sinalizada por um fundamento crescente (por obra, nada retroativa, da potência da perda)*

Trocam parágrafos (por certos instantes lidos de seus cels) conduzidos a jatos de fala os dois palestrantes mexicanos. Em certo momento do ato compartilhado, Romina Carmelo considera o silêncio de Brian Price o momento perfeito para enfatizar o dado de estar contido no livro organizado por eles um

*Painel não sociológico*   *Contra qualquer plano estatístico estratificador*

Examinador, "então", eu complemento silentemente: "guiado pelos Anjos Lunas Diegos nunca exterminadores. Imparciais criaturas reprodutíveis se limitam ao Registro do Fato-Cinema (venha de onde vier, da questão que for surgindo enquanto é feito inseparavelmente de uma audiência)".

"O exame exaustivo do que se passa apenas agora. Em detrimento do extermínio feito por honra a retrocesoss imperialistas ou salvacionismos depuradores do Horror Contemporâneo. Por força e obra do Originário, Pré-Colonial ou mesmo do Pós-Colonial, presas da Penal Colônia acorrentada à ideia restituidora de um anjo primevo-potencial da História na Próxima Sequência)"

Enquanto ouço os depoentes-conferencistas

Na sucessão de *Campanário*, eu tomo notas por cima:

"Algo pulsante em Glauber – *Idade da Terra* firma um levante de povoações e continentes/contingentes geopoliticamente liberados de fronteiras consensuais. Fuga de compartimentadas globalidades representativas por blocos, bloqueios de trâmites expansivos em tempo presente. A Terra tem duração. Mostra sua idade em insurgimento.

*Décadas depois*, vem Carlos Reichenbach (especialmente, o de *Garotas do ABC)*: o multiculturalismo acontece em recortes de lugares/triângulos fabris em agonia (nada aderidos a territórios cultuados para o crivo de especialistas). Traça vertentes vibrantes, solicita mapas sempre últimos, bem urgentes.

*Não se localiza dentro de um sistema cerrado*: de fato, o que se denomina *fato* faz despontar processo diverso convulso aberto em trilhas surpreendentes de pensamento e anti-personificação.

Deixam de haver escaninhos alinhados, legitimáveis para o que se filma e, então, se vê   Do Mexico para outros *fronts* – Diegos Selitos e Romina suplementam através de Arte Pública/Teatro Calle as plataformas verbalizadas pelos ensaístas locais"

(Paro de escrever, apenas penso. Não há como deixar de recopiar o que é dito e exorbita. De cabeça adentro.

Bem mais tarde, um Sítio Informático tomará o espaço do *site-sight-insight)*

*Sob o influxo, ainda, de* Garotas do ABC *– O senso politico se mostra senso do mundo.*

*Por meio de incisões micrológicas sobre um vasto enlace com possibilidades distantes, aparentemente deslocadas do marco-zero que é o ABC paulistano para as mutações políticas desde o final dos anos 1970.*

*O signo proletarizante se expande para intelectuais comunitários apartados de porta-vozes universitários e degelos/dejetos de comuns acordos totalitários. A força está no que não se engloba, deixando de ser encapsular em nichos temáticos, representativos de um segmento social.*

*Tudo faz política –*

*A horta em contraplano às últimas fábricas; o melodramático entrecho da operária mutilada se une com a exuberância da negritude contra o violador miliciano já em conformação (surgida do simples musical estilo* skinhead*) rebatido pela memória de depoentes locais, escritores-tatuado-*

*res da frase-guia Nós Somos os Políticos. Dispensam-se Atravessadores, Mediadores de Opinião.*

*Ao rés do mais simples gesto diário; combustão do que passou e não cessa de passar. Z , Y, X*

*Cinemas não são imagens vistas, muito mais, sim, as imagens que vêem. Continuam após findas e fechadas sessão/sala de exibição, em busca de seus comentaristas e mimetizadores (por vezes, em alternância, ora numa só pessoa), nunca mecânicos (diga-se, antes e depois do que foi escrito)*

ABC, a ave vê Ivo

H*á muitas horas os expositores (Pacôme, Olívia e Brian) deixaram a habitação onde tudo se produz fala e se filma.*

As cenas finais retidas por minhas retinas em franca participação, muda tantas vezes, passam a ser aquelas da fusão entre Zumbi do Arcaico, transformado em Ambulante Precário, e o Detetive Indiferente

Aquele, por ali, a se entreter com linhas decifratórias, divinatórias, não-imediatas. Tudo o que está a contrariar a implosão do *hinterland new american* com o poder original de envenenamento e traficação de tudo.

Os personagens – pessoas por demais indomadas em seus papéis quando trazidas à cena documental –,

Exibidos dualmente, então, se beijam.

O beijo se prolonga para lá de uma duração narrada em metragem. A câmera pouco se move em tal momento.

Um choque provocado pela mentora de *Campanário* traz *à* superfície as contiguidades temáticas colhidas nas figuras de Lynch, do ABC Brasil e de México Sempre Insurgente com tudo o que se passa nesse último registro fílmico da noite. No seio da menor florita contida nos Picos Geminados, uma compilação de fatores escancara sua *fatalidad.*

Essa é a loucura do cinema, consciência implacavelmente contínua. Porque se reserva a ser tal qual a criatura qualquer com olhos dilatados nunca voltados plenamente para si. Desconcerto emergente aliado ao sentido imperceptível de Ainda Não (vida e cinema têm sequencialidade e se enlaçam entre dever dominante, função financiada e pretensa diversão)

Outro Agora Aqui Realocado –

Romina Carmelo e seu Teatro-de-Rua vertido noturnamente para Estúdio-Usina, permanecem para acentuar o rasgo feito a um pressuposto pacto entre fim-início, dentro-fora. Justo quando uma maratona de cinema se encerra, confirma-se a legenda Fim

(Até mesmo – sem que ninguém ainda saiba – pelo dado de que *Campanário* jamais será editado e exibido)

Loucura, Fatalidade, Criatura jamais encerrada num único quadro. O fim se filia ao iterativo, inédito instante.

Vem um esguicho no término da cena. Não há mais ninguém no Studio. Vejo que estou acordando de um acrescido *continuum* de elementos em festa – sagração, adicção –

Um fio fino de defumador sobe pelo lustre do primeiro ap de R Carmelo restaurado como sua Usina de Produções. Apenas eu habito esse pedaço de moradia nas primeiras horas de um dia recém-findo de temporada cinematográfica

Cheiro de baleia esguichante em várias partes do meu corpo. Esperma, um *spunk* (melhor nomear assim o que agora me alarma depois do ensejo, quase sempre expelido involuntariamente)

Pois o pressentido prazer não para de gerar seus cimos e declives dolorosos virando doados dons, em perseguição ao sentido do que foi feito/feito só de sentidos. Não deseja término, à procura do próximo a se acoplar, mesmo sendo um, o mesmo eu pelo meio –

Os residuais do gozo cheiram a mar, organismo fundo, aquoso, amálgama de alga e alma abissal, arenosa, a compor novo corpo entranhadamente ao contrário do que é "seu", do que sei de um espiralado eu. Esperma irreconhecível. Não apenas na cabeça-do-

-pau, mas em meu dorso, meus lábios, em todas as coisas que chamo de corpo. Não para de se alastrar quando eu acordo e começo a me tocar como que recém-chegado a um espaço arrancado do que veio antes, alheio, publicamente devassado, por natureza.

Tudo que é eixo eis: esperma (reconhecido, tateado, visto ou não)

Não havia mais filme, festa apenas. Fortemente se imprime antes de eu fechar os olhos a réstia das vestimentas vindas de tantos personagens assim como os dizeres diretamente relacionados com os limites dos aqui presentes (convidados, emissores de vozes-textos).

Desvendamentos. Vestes de outras sexualizações, lembro-me da dicção castelhanada da mulher que nos dirigia (não somente para meta de arquivos num estúdio).

A partir de uma breve confissão, levado pela droga acrescida de atração por Wendy. Ao compasso da fome de outro corpo, arrastada há anos, sinto que fui despido –

Afeiçoado a um casamento perfeito seguindo-se/segundo a fagulha de um paraíso emoldurado por *pátina rememorativa, aí mesmo quero ficar e me acorrento*. Ao ponto explosivo de uma voz desabrida destituída de sujeito e objeto. T*ão logo erva doida macumba arquetipal velas chorosas*, transbordadas de uma *set*-de-cinema abrem portais à maneira de um recôndito, retorcido itinerário entre continentes e visuais eventos.

Atado a uma cópula primeira jamais repetida, apenas recorrida em retardo, arremedo anos adentro.

Desabrido, bem mais do que desabrigo (onde poderia haver lástima e látego)

Festa dos povos em um corpo

Por mais que o amanhecer seja recoberto por esperma inidentificável (o meu, incluso) e uma transposição do que foi dito do desejo se faça decifração de um ciclo temerário. Mais terrível do que a placa do sol a invadir as frestas da persiana. Nem mesmo a máscara de sono (negra, tecido grosso) arrancada dos olhos pode com a soleira surgida através das diagonais pontiagudas de luz onde quer que por aqui eu esteja e produza o menor dos movimentos.

"Olhos Caramelos, usted quieres ver el copi*ón. Más as filmagens de ontem*?

Aguarda-nos e te levo a Campestre para um belo residencial com piscina e sala de projeções (minha produtora está lá situada)

Dentro de 2 horas passo aí, te tiro da cama"

Não só por escrito ganha maior concretude o bilhete deixado por Ela (Carmelo). Reouço sua voz feito o encadear mais decisivo de minha mente; agora relembro (como quem ingere uma porção do recém-acontecido, mas infelizmente nada mais pode rejeitar em decorrência do sabor contagiante).

O registro do depoimento da cineasta, concebido como fecho de *Campanário*, teria um único *take*, para o qual eu disse sim, sim, antes de ir desfalecendo sob seus desígnios. Dentro do andamento de um rito.

"Não se preocupe: você terá olhos vendados com esta máscara negra de sono. Pode confiar, será apenas uma tomada, com direito à exibição privê amanhã mesmo sobre o que foi filmado.

Você terá domínio sobre o que hoje se tornou arquivo".

Recordo a ausência dos outros convidados. Wendy me seduzia, simultaneamente à condução, totalmente sob seu encargo, para um novo ângulo obtido no *set*.

Dias antes, tinha podido ler uma entrevista de Romina Carmelo sobre o projeto trabalhado há anos. Campanário *ou A Figuração da Mulher à Frente. Não disposta por um simples catálogo de dis-*

*cursos feministas sob "encanamentos" (bloqueios de origem) reconhecíveis como palavras-de-ordem.*

*Mulher é o muito mais do humano. O masculino só faz se evaporar a cada segundo (de um sopro de vela ou adensamento caótico da atmosfera erosiva del Planeta):*

"Vagina rodada, volátil (porém não de todo percebida em suas foliações e extremidades),

Não é mais o ausente onipresente *falo* por falta, fantasia e facticidade brutalista.

Revela-se, enfim, como a que engrena tantos/quantos seres *já sem nome ao certo*, faz mira sobre os retalhos de humanidade desde quando?

*É preciso atualizar todas as coisas (leiam-se, suas referências). Ela: faz mira por aí, bem por cá*

Você, quando menos espera, lê, esporra, crê em si ("seu" sexo) já foi *tomada*

Que tal apenas nos chamarmos por vocábulos declinados no feminino apenas"

*(A pergunta não segue mais a hipótese inseparável da interlocução apontada por um sinal gráfico interrogativo*

*A possível réplica é dada, inclusive, numa voz alternada, pouco a pouco irreconhecível)*

A cena de que faço parte traz a Fala Direta da Cineasta (*Off* Intermitente). Algo não mais compreensível como Movimento Mexicano a tipificar uma recauchutada Era dos Manifestos.

Testemunho Oralidade Ação –

Um rito brutal, embora vivamente elaborado. Em confronto com o boçal bloqueio das fronteiras coletivas e dos desnudamentos de corpos consentidos.

"Este é o corpo de um crítico de cinema. Ninguém jamais saberá seu nome, seu rosto. Jamais referência haverá a algo da "pessoalidade". Pois o que avulta na existência de filmes mediados tanto quanto hachurados (*backers* os refiguram), acaba por dar relevo e reflexo aos motivos dos que os realizam. Ao limite da sobrevivência daqueles em dissenso com seus receptores".

Eu reafirmo o desafio. Respondo para mim, quando antes de ter acesso ao material filmado:

"Aceito o sacrifício de doar-me
(À imagem, quer dizer,
Ao instante,
Quero dizer").

Quando deparo comigo desnudo (breve trecho fílmico) não tenho rosto nenhum (máscara me encobre, droga sevicia minhas mãos logo alheias em baralhamento do mais vivo desenho do desejo)

"Pelo cinema sempre renascente e também para trilhar as incógnitas do que quero juntamente com o que quer o sexo menos evidente (pois apenas assim uma criatura se aventura e pode dizer ter usufruído esse fluido vicário vitalista)

Reafirmo o desafio ao ter contato com a breve sequência de *Campanário*, filmada ontem"

*Máscara encobre um fragmento de homem nunca nessa vida integralmente identificável. Por mais que esteja ali a ponto de ser captado, despido, simplesmente visto.*

Não é bem comigo (o que assisto), mas estou na tela inteiramente (mesmo havendo máscara) dentro do que será por aí (desde quando) assistido (não mais/apenas por mim/ainda mais).

Trata-se da cena de meu próximo desejo (com o enlace e o embate de ser compartilhado)?

"Sim, sigo a fala frontal da Cineasta do México (sem uso de interrogações por sinais, a cada fôlego declarativo-indagativo)"

Trata-se da cena de meu próximo desejo, com o enlace e o embate de ser compartilhado.

"Seja com quem for?"
Seja com quem for

# CADERNO DE ABANDONOS
# E RETORNOS

Cada Fala abre um Portal –

Do mais simples enunciado engendra-se no talo do dito, do ocorrido,

Um FATO TOTAL

FALA-PORTAL *Não é preciso que seja olhado um e outro para haver contato* concreto, seminal. Principalmente, no rosto uma prazerosa combinação encontra barreira, porque tudo compreende e coordena o representante frontal (*Campanário*, claquetes-cadernos por Carmelo, Romina) Ante seu cortante retrovisor

Enquanto me ergo da cama com muito cansaço, guio-me pelos dispositivos e diagramas trazidos de cabeça: uma TV tantalizadora pensada por Nam June Paik –

O documentário *Moon is the Oldest TV* (Amanda Kim, 2023) deu encerramento ao Congresso e agora é somado à minha *panoramic view*, a alguns trechos do copião e da sequência em que apareço: tenho indescartável desejo por meu corpo desnudo.

Vedado por máscara, entrego-me aos comandos de uma direção feita por um estopim escópico. Um projeto capaz de desmontar ditos sobre mulher/homem na atualidade, ao mesmo tempo em que faz emergir a passagem de Shirley Clarke por Los Angeles – no filme de Agnes Varda, de 1969, *Lions Love* –

Tal como considera Clarke*: não se sabe nunca, quando está sendo feito um filme, se este veio antes ou o real resume a realização (aparente ficção fomentada por um olho-de-câmera)*

Não apenas eu estou sendo vendado por máscara. Carmelo usa uma tiara acetinada para cobrir seus olhos numa ativação de protocolo fetichista e feiticeiro: toma por base alguns procedimentos indigenistas para aplicação de sortilégios advindos de um caudal transcontinental de prédicas subterrâneas, subsistentes.

A diretora, dublê de personagem possuído pelo próprio filme em andamento, toca paredes para esconjuro de entidades obstrutoras de tempo-espaço.

Por fim, chega até minha figura sem olhos e já com o talo de carne eriçado, coberto de esperma (apenas minha? sim, essa é a intenção da encenadora-esconjuradora ao tencionar devolver ao corpo masculino seus jorros espermáticos direcionados, como cunham os pornôs em série, sobre mulheres)

Mesmo não ocorrendo da porra de outros (os 3 Selitos focados por trás de teia de plástico assistem o ato de Carmela sobre minha tora a esguichar e, a partir daí, sendo preenchida pelas mãos da cineasta por todo corpo buracos afora dorso, todo meu)

Sinto ainda mais agora: tudo veio de mim a contar do toque de RCarmelo a espraiar em todas as partes de um corpo o esperma surpreendentemente avesso ao q sei e sou

Meu esperma, como se não fosse, embalado por jorros alheios embora não efetivados a não ser por mim mesmo

"Ninguém me toca", esta é sua legenda de base (a partir de decretos selados pelo Feminino agora afora). Entretanto, ela dá acabamento aos tateios sobre um ser masculino: tal como eu, um mascarado, pura ponta rosa erguida e desfeita por vários *takes* de esperma sobre mim numa indeterminação de fonte, levado à paralisação de gosto e gozo.

"O que se esparrama é monolítico, monomaníaco", (a mulher no controle de câmera na mão sentencia)

Perceptível, o *close* de seu punho sobre vários ângulos de um pau degarrado do que penso ser. Ora fornido, tantas vezes desmanchado em poças gráficas de sêmen.

Wendy vem por cima. Minha boca é sua buça bem empentelhada (empentalhada, eu diria, brincando com fios, pêlos metidos em meus lábios moldados à perfeição para ela) Empetalada (quando faz simbiose em outra camada corpórea, grudenta, gosmosa, reengendra a rosa nunca completa em si) –

Pétalas/pentelhos eletrizam grossos nacos labiais, *nódulos de cabelo duro aqui e ali pespontados por floritas típicas colhidas bem no Jardim da Praça* (Wendy carrega uma guirlanda por cima da cabeleira *black* chicana), em frente ao qual eu degustava o café feito de sal e componentes de um almoço logo ao acordar (sem ter ideia de que estava eu sendo enquadrado para um Cine-Arte Pública, Passeio de Olhos por uma voraz Câmera Verídica Indiscreta Imparcial)

Levado às graças de sua voltagem/varredura imperdoavelmente registradora do que estiver fora/dentro de um simples, pressuposto campo-de-visão – (Crua biologia imperceptível a olho nu/órbita cinética)

Perco a língua em uma fundura que se empatam no poder de prolongar

Talhe e talho

Tudo é TV capitaneada pelo Cinema de cada casa

Tenho indescartável desejo por meu corpo desnudo

Assim repito de volta para casa, para a Televisão, esfera onde qualquer narrativa ou emissão se compacta.

Na rota para qualquer cinema encaminhado a cadernos, que serão livros, coligidos ao sabor do transcorrido entre telas e testemunhos intempestivos de anos sobre anos

Por alguns dias, meto-me na banheira de nossa suíte. Não me ocupo de mais nada, nem mesmo de esvaziar as malas. Nenhuma viagem pela frente. Agora o festival a acontecer até o fim do ano será aqui mesmo. São Paulo. Mostra Internacional. Aguardo a programação a se confirmar dentro de um mês. Soube de antemão que farei cobertura diária no *site* ContraPanóptico. Não paro de me lavar, não tão despreocupadamente como faria uma *star* das antigas. Trata-se de faxina, função jamais finda contra a imagem legada do impossível prazer pacífico (mesmo em si, engata o poder do convívio, da continuidade, do sobrepeso entre um e o dual desafio).

O foco acaba por recair sobre mim, ele aí sozinho: corpo submerso em banho de espuma tomado por um histórico recente de eclosão espermática voltada sobre essa pessoa, matéria do olhar de 3 jovens chamados Joselitos (a contar do registro ainda por se tornar filme, *Campanário)*.

Aquele trio posto por trás de um gradeado plástico zonzeia com as circulações de Romina Carmelo, munida de defumador e intuito esconjurador dos males de um mundo resiliente na silhueta macha que eu preencho até perder minha face.

Seus rostos voltam para o meu em extensão. Culminam no jato simultâneo de gozo montado pela cineasta numa cadeia vertiginosa de falos/talos em sucessão, sobreposição e dissolvência conjunta. *Erotismo Surgente*

*Rasga o Invólucro Porno/Promessa Flutuante de Prazer Exaure o Esperma como Fecho e Festa do mais ansiado a ser visto (de alguém na roupa de outra, despida pela adivinhação de um rito alterno, alterado*

Pelo tato da personagem feminina a dirigir e ler rubricas na captura de nus moldados por seu laboratório de excitações e exorcismos)

(Olhos também mantidos pela cineasta Romina Carmelo em uma venda bordada, bem feminizada, leve tiara em lugar da exposição pornográfica de amantes automáticos)

Banho aos retalhos, água sulfurosa *são partes*, fluidos de carne *versus* o branco neutro do receptáculo em mármore onde reluto a me pôr de pé. Ao pé-da-situação – A seco –

(Preparo-me para a convivência com minha mulher, a cada imersão na água da banheira)

Banhar-se do próprio esperma AntiPorno (revirar-se em rito)

De volta para os relatos recentes de *Águeda* sobre relembranças violadoras e despedidas de seu vínculo básico com o corpo que exala, esguicha, coincidente comigo um dia na vida.

Há uma liga não destrinchada até esse instante entre *The Terminal* e *Mr Lonely*

Estranhamente, projetos tão diferentes como os de Steven Spielberg e Harmony Korine se tornam próximos pelo *factor* Diego Luna presente nos 2 filmes. Mas não exatamente por causa de tal escalação, se revela incisiva, incidental no que acabo de viver no país original do ator e seus triplos-seriais chamados Joselito, envoltos por atividades de cinema.

Poucos dias depois (de corpo presente) do filme-súmula em ponta outra do Continente Tentativa de coordenar o que não é mesa-redonda nunca pode se definir mesa-branca nem tampouco *tavola nera* reportável ao Mal inopinado contido como propósito de toda Arte –

Do estar-vivo sob o Mal-Estar na Globalização

O TERMINAL MR LONELY

Recuado dentro de (nossa) casa ou eletrificado por filmes inéditos resenhados nos planos ópticos da escrita, assisto ao desfile de criaturas/figuras irredutíveis a uma imagem primeira Tal como se mostra o ator inseparável de suas réplicas, no filme de Korine Diego Luna não faz simplesmente *cover* de Michael Jackson – assim como reedita Carlitos e outras figuras multiplicam uma legião de duplos artísticos desempenhados pelos membros de uma Confraria de Replicadores –

Luna abre *Mr Lonely* na pele branca de um desfigurado/refigurado Michael Jackson (ou seja, aquele ensejado pelo astro de *Thriller* como timbre definitivo de sua própria face/pele/corpo em mutação desnaturalizadora de etnia, também de *persona*). Logo ele, Jackson, tão decisivo para os levantes e os lemas *funkies* da negritude em andamento proliferador pelos mundos em metamorfose no que toca às formas de luta, aliança, comunidade.

Demarca Luna/Jackson a impossibilidade de um polo radiador na origem. Deflagram-se, então, as cópias e os clones relativos a um ser-senhor da solidão inviolável –

Ante um processar de miragens do que espelham miríades de reflexos. Quando se intenta um voltar-se reflexo ao recôndito, retrátil nome Eu

*Eu, ele aí sozinho e também tocado por aquele em busca da coincidência consigo*

*Nunca visto integralmente. Senão mediado, por partes e por conta daquele que se diz centro, seminal na literalidade gozosa, pontuada dum qualquer pênis, pedaço-de-pau bom de ter e dizer, embora nunca comigo*

*Algo em embalo, a nascer tão pendente está da maré marsupial do que desponta e se desfaz, aos saltos, no vazio hipotético alusivo abarcador do fora e do fundo-tudo*

Lavar correndo o corpo antes da viagem de retorno para casa

OU habitar uma banheira, contratransporte ao recém-acontecido

Assim se estampa o residente de *O Terminal*, impedido de regresso à nação natal sublevada – retraída dos contatos e das fronteiras mundiais –

O sedentário trafegante cruza por meses os limites de um superaeroporto, ficando por ali paralisado. Até ter acesso legal ao vivo/ao *jazz* de toda vida em um Manhattan Club (Tom Hanks, o intérprete de Spielberg, nasceu curiosamente no mesmo 1956 que eu) – *Tão logo o personagem usufrui de sua noitada, já se encontra de retorno para casa. Porque o conhecimento de Nova York foi cumprido*

De tanto que incursionou pelo Terminal – chegando mesmo a colaborar na reconstrução de algumas de suas dependências.

Completamente capturado no interior de tal âmbito, o protagonista do périplo em ambiente fechado produz encantamento no funcionário (Diego Luna, de novo, intrigantemente) de lá (Kennedy Airport como demarcada divisa) –

Porque o maravilhamento surge do dado do personagem-residente estar imóvel em um lugar de trânsito – assim o é qualquer lugar dessa hora

Bem apontam Spielberg e o olhar admirável de um outro mundo pelo garoto Luna no universo-aeroporto  Em substituição ao contato imediato com o Extra-Terrestre de anos passados para fora do Planeta)

O traço *alien* se revela territorial, fundado nas cercanias dos lugares quebrados, hiperangulados da vida (só-se-for-agora) em um declinado, desdobrável presente. Sempre em relativizada quadratura, agrimensura mapeadora de fronteiras vizinhas. Por obra de um caminhar cartográfico capaz de baralhar os andamentos de tempo e espaço: nomádico posto de origem cruza com o sedentarizado alvo da destinação

*Por Q mira tanto em minha direção (o olhar fascinado de Diego Luna se revira, passa por outros mexicanos de diferentes idades e situações, reprodutíveis pela Vida do Cinema, Vida-Cinema) – Geografias, decursos envolvem desejo alheio, orbitante (o mais visceral é vicário, vinco sobre minha pele enrugada por água de banheira*

*Sou alguém paralisado em tal regaço, rasgo do corpo inteiro)*

*Águeda observa meu movimento silencioso. Bem aí é que estão contidas as palavras decisivas de meus dias seguintes:*

COMEÇO A PRESTAR CONTA de tudo visto, então vivido. O Banco (linha-de-crédito em descenso desde a compra da moradia rural), o animal por alimentar e mimar, um certo mal-estar por não ter ido (ela) a Helsinque – México e tbm Petrópolis

"Mas como poderia? Eu já lhe replico no enorme solilóquio do silêncio. Os custos das viagens internacionais estavam limitados a mim, além do mais eu ficaria concentrado em minhas coisas (como ela sabe muito pontualmente reacentuar) de crítica-cinema-evento. Mais além, as coisas não ditas sobre a viagem anterior: Petrópolis estava em descarte para Águeda, motivo de ira gratuita da mamãe já morta virada para a única nora, simplesmente por ser esposa de seu filho

Rejeitada e agredida pela mãe de novo lembrada, já que está morta, Águeda ouviu da lábia da sogra o que jamais uma pessoa diz para outra

Boca e palavras proferem o inopinado e o inseminado por obra da vida em décadas doloridas Justificam-se pela diagnose Alzheimer, só que o mal está desde sempre encravado, infantilmente família contra a família mesma. Assim, a memória se dilui para fazer do irreconhecimento de coisas e criaturas um modo de extravasar um muito bem articulado discurso destruidor, odiento (nutrido pela vida toda intransitiva)

Vindo cada vez mais desse interior materno, um *dentro* desovado

*(Maria Augusta Arruda Salva, Magu, mãe inexistente)*

Dia a dia movido por uma engrenagem de pele-e-osso

Descarnamento engatilhado pelo acúmulo da interna, imanente insuportável ausência de reserva para o jorro de palavras desferidas *tão cruamente* (assim como uma criança é gerada, guarnecida, para depois ser garantidamente expelida, num só momento coisa sua e desgarrada cria)

MÃE TUDO DÁ E TIRA no mesmo momento/movimento

Como se fosse averbamento avariado, a rasgar-se de ditos tumulares, testemunhais terrores em aflorada desenvoltura *Tão logo uma visita tardia se faça próxima daquele desfigurado modelo matriz mamã (há anos Magu e Águeda ficaram sem contato desde a última ida de minha mulher a Petrópolis), talvez por isso mesmo tenha sido desatada a avalanche de impropérios. Por razão de um desvario imemorial, porque um ser* aparentemente estranho (aninhado monstro materno) põe tudo por dizer de gratuitamente horrendo, o involuntário vitupério de toda vida sonhada por sua implosão gradativa. Estertor exposto, exalado (impossível de exumação).

Não à toa, recordo, recorro do livro deixado no fundo da bagagem.

NEM OS BRUXOS ESCAPAM
L'ARGENT
24 CITY
O MEDO DO MEDO

A origem (de tudo, "coisas, "de mim", linguagem a formar alíneas de um pesquisador, *à prova de uma anônima assi*natura indesviável)

Está em um depois – será, então, assim tal modo, tal módulo vivente –

Depois ter sido libertado dela (da origem sedimentada em vivência e vocal maternos) Embora nenhuma Psi, nem Esquizo Escaninho pacifique. Sejam nos cômodos sejam nos exteriores do "familiar", os membros falantes/encarnados expressos ditados e ditames verbais, reconduzidos a uma automática Humanidade sobrevalente e descontínua, acabam por incidir num retroativo agora em luta

Assim, à toa um cerzido e uma circuncisão à volta do que foi vivido. Feito um decreto delegado à mais simples conversa, ali ao acaso rodeia, se fagocita: uma mãe dá nascimento às criaturas (coisas em rolamento) muito tardiamente

Por tal motivo (vazio verbal, vácuo por voz soprado de memória ou por leitura lenta do recém-surgido), a luta se encarniça

Com a retirada materna, revigoram-se os contornos de uma presença antes catalisadora do residual (*in memoriam)*, do ainda restante, da refrega para avançar até um dos possíveis fins Lá está em tal vacância, vibrante nódulo de nada, o afã de tudo combater e tornar a fazer da luta em desmesura e desfiguração um estandarte do continuar a ser (humano, um que seja, irreconhecível donde veio até esse escoante instante)

Por um último respiro

Sem dar trégua a esse último respiro, vou até a mala a ser esvaziada, lá encontrando o livro entre esquecido e tentado a ser, finalmente, lido

Ocupado nos dias finais da estada em México Capital, deixei de pensar (por força da conjunção Thiellemant/Lynch *Lost Cinemas* e do vindouro *Campanário*, estando eu ali embutido espermaticamente) que estava carregando à guisa dum adereço ao acaso *EU SEI DE MUITOS AMANHÃS*

Presente karmático, presentemente aberto depois de muito tempo –

Nenhuma divisa mais entre o prematuramente transmitido, a vida ali a imprimir o jamais frestado da mortalidade feita nova matéria (testemunho de puro espírito) e o depois de feito/dito/lido o vivido

REPITO, REVEJO O TÍTULO ------------------- O que passo a seguir linha sobre linha ressoa conjuntamente um trabalho especial de oralidade pregressa sobre a letra tarde demais inscrita para demover o que consta aqui

(Tia T transmite oraculares finados estando encarnada ou falecida), assombra (pela preparação provocada de sua incontestável presença)

Os relatos parapsicôs (aqui) contidos (não apenas aqui, num repente) causam pacto e impacto

Porque pretendem existir

Em descarte de

Psicografia sem autoria. Especialmente daquela que transmite e dita mensagens em um só movimento (numa variante da exímia funcionária da cópia-de-fatos para a Revista *O Cruzeiro*, a irmã sua, *mãe falecida minha*). Antes e durante de sua retirada da vida (Matilde Maria Azevedo Arruda, transcritora de si mesma, inseparável da ex-datilógrafa Maria Augusta Arruda Salva, desaparecida num mesmo fatiado do tempo, uma atrás da outra, matemático mistério)

EXTENSO CARNAL ALTERNO *(Campanário México)* se acopla à experiência fatalmente reunida em volume alentado, com assinatura propagante

Por Yleana Soboll e Dorival Gasper, afamados transmissores do Reino Kardec *Hoje Ontem Sempre Pontual Adiante*

*O Livro dos Espíritas* (atuais emissários do ***assim está escrito)***

O Volume (como os outros da Biblioteca de Tia) está encapado com papel grosso cinza de panificadora. Foi retirado de uma prateleira em devoção a mim, leitor dos momentos finais não de todo pressentidos daquela vigilante colecionadora de títulos advindos e encaminhados para um igual fim. (Suma e Sumidouro dos Humanos numa só leitura).

O Volume precisa sair da capa (tosco cinzento papel-de-pão) para chegar até mim. Só dessa forma posso dar testemunho de sua concretude neutralizada por um mesmo modo de crença e pertença (em regência da Vida Imaterial).

FINS DE ERA, ERRÂNCIA NA TERRA

Através do Subtítulo

Busca impactar um provável contatante desse contrato de existência, inseparável código em deslindamento (última oferta de uma kardecista, simplesmente T, à beira de sua aventura tão provisória quanto prefigurada por averbação suprematista

Rumo ao incógnito imaterial reino de adivinhações, alumbramentos que nem rinha-de-galos manhãs adentro

Na rota do Períspirito, do que tem borda e lombada, humano e livro

Em decifração nascente

Do lado de cá do espantado espelho
Diante do vazio Mesmo ao haver rosto
Ali exposto)

(Esteja onde, no ponto qualquer desde quando, estiver contratante e leitor das linhas diversas, dispersas numa só vida)

*Mal abro o livro, nem chego a transpor o Introito. Trato de correr para as notas de carregamento, portáteis extracampos trazidos à mão, na bolsa que tenho agora pendurada no cabide a mirar-me, objeto que sou dela, feita a couro,*

Refrega com Positivismo Mediúnico e de sobrecarrego: o Imaterial Materno devorante depois de horas –

Dias entre festivais (imensa imersão no triste, no tardio)

De uma a outra cidade (*capital*, friso o nome que quer dizer montagem e montante de construtos avassaladores sobre um programa urbanístico que houver, sempre *em construção* de bens além da benesse pública)

A confiança no que aí está, em curso, intervala a intrínseca descrença na fatalidade do Livro doado a mim, à borda do tempo findado por T. Um pouco antes de Mãe desaparecer (pele-e-osso mais legado improperado a tudo que não seja sua uterina família). Deito-me com a mulher de toda vida para sonhar e acordar com a trégua preponderante descida sobre mim, homem (antes de meu nome) *versus* sua jamais completada metade. Águeda, autônoma meta feminina, articula essencialmente outra espécie (de companhia e criatura, entidade indivisa).

Não sou bem eu quem se encontra em causa, mas o ser-homem (logo suplemento: todo-humano por inteiro, quero dizer no tom adequado, *a humanidade inteira*). Quando me vejo, os dois já pegaram no sono.

*O filme traz seu próprio paralelo ao trajeto da realidade e se conflui com o que vem na iminente virada por segundo: vida (virá mais um filme)*

*Vem aí*                    *o último filme*

*Único liame* lançado ao espaço público vela uma área estranhada em minha própria residência, já que fustigam-me resquícios de assombrada leitura tomada por dentro (em livro, de cor, na incontrolável máquina da memória, mortos são motivadas marionetes infanto-infinitas).

Uma pausa se estira como que provinda de coisa nenhuma, do ar, do olhar (um enorme feito coletivo no rolar das poucas horas de uma sessão):

*Vem sempre um novo filme, como se nada tivesse sido ainda visto.* Sempre se produz e anuncia numa só batida de alarde/alarme –

Bem documentava e intuía Bogdanovich (1971) dentro do *círculo* estreito dos habitantes e frequentadores de uma pequena cidade com um único cinema –

O que há de mais recente *and*

*The Last Picture Show*

"*...não há mais quem possa negar avassalamento no mundo ao formar campo latíssimo de aquisições científicas domínios da química, física, biologia, astronomia e até da medicina...sobrevivência da alma, sem o que*

*Nenhuma ciência pode prevalecer O escopo principal de nosso programa: propagar dualismo no homem composto corpo-espírito elevação da vida social o maior legado às gerações vindouras*

*Plataforma pela Fé Raciocinada – Eu sei*" *(INTRODUÇÃO, página 7)*

*DE MUITOS AMANHÃS*

(Axioma antecipatório atrelado a Descarnado Desenlace)

(Eu combato as palavras resilientes, sim também o adjetivo hoje multiuso em todas as cadências – dir-se-iam ciências do dizer em grupo –

*Resiliência*,

Confunde-se o humano com *resistente* sustentáculo vocabular). Enquanto o corpo coletivo preciso (conjunto carnal comum) se esvai ante a revoltante realidade neonecrofílica liberal. Subentende-se na nomeação adjetiva:

"Livre" para ser fruída a existência em fluxos simbólicos de bens, bônus identitários prazerosos, panorâmicos, acessíveis à visão de qualquer um sobre um rasgo de *vida imaterial* mesmo montada em solo concreto. Assim Sendo: o Nome *Numinoso* se rebela com a instância religiosa para onde foi aninhado.

Legíveis residuais do tomo-túmulo-túnel rumo à sua cíclica Consolação. Porque a concretude à mostra não extrai toda sua força se disposta entre catálogos, categorias: À rolagem de uma

História ocupada por seus atemporais bloqueios (num repente, estourados em um tráfego não apenas recorrente à hora fatal do *rush*, excreção do Expediente

Como também *à perda do sinal de conexão* intercomunicativa incessantemente pressuposta

Posta mais adiante O Amanhã acabou de passar, rápido demais)

Presenteado por T, o Volume passa por uma listagem

Ao léu do dia que chega. Move-se no decurso de um nunca conhecido trajeto do que revelará de uma até outra as alíneas tentadas por proferimento posterior, postergado até esse exato momento

*Eu sei de muitos amanhãs se torna LIVRO DA ERRÂNCIA*

*NA ERA DO FIM, NA TERRA pavimentada sob um só agonismo*

*Cada argumento sustentado no que não-se-vê logo toma feição de maníaca transferência, transporte psíquico e gráfico, impresso e sobrenaturalizado*

Saber *sofre risco de soar como feito alusivo a Ontem*
*A Outrem*

*Mais do que nunca o pacto com o que não-se-sabe*
*Afirma o Exemplar, Erro*
*Empreende a liberação do lapso temporal-*
*Original*
*Em cada página infindavelmente itinerante do receptáculo resiliente*
*Jamais em Repouso*
*Um Livro*
*Vive porque disperso, distante*
*Como que nunca vindo*

*Obra de Assombro*
*Aderida à própria Errância*

*Veio dar em minha mão, isso, sim:*
*Um dom (somado ao caráter de presente)*

*Último encontro familiar antes do fim abrupto*
*_ Digo assim desse toque súbito*
*Por ser sequencial, sentenciado*
*Feito uma patente doméstica: a irmã mais velha*
*Arrasta a última (o elo de nascença de quem escreve*

*Enquanto lê o livro EU SEI DE MUITOS AMANHÃS)*

*Bem agora sou o próximo morto (pelo ascenso numérico decorrente*

*Pelo descaso do fato corpo mais espírito composto entre*

*Ocaso e Acaso) adentrei o mortal, o fragmento-homem a cada dia*

*Disposto a escrever sobre o já lido, o ainda não enfrentado*

*FINS DE ERA, ERRÂNCIA NA TERRA*

*FILMES DE HORROR DESPROVIDOS DE EFEITOS ESPECIAIS, entre um afazer doméstico e o a fazer fora de hora*

*(Em casa, os bastidores mortíferos já se alojavam por prédicas aterradoras. Antes do toque sobre a Terra, mal entrados, tornados presentes, na tal da Vida mãezinha entre famílias)*

*Durante a leitura, tombo (exaustão, exercício retilíneo de ver/ ler/viver induz a um corte bruto de sono/sonho) sobre a mesa conjugal onde comemos há enfileirados anos e certa tarde trepamos, (ficamos fortalecidos até hoje pela aventura gozosa por cima de lugar indevido, objeto avesso, de par a par) treliças das flores substitutas, sempre repostas no jardim ultraurbano de Nosso Lar (memória pespontada de corpo presente até o instante em que leio, digito e me esqueço*

*De ter provado a alegria plena*
*Por ser súbita, exatamente)*

GLI ULTIMI GIORNI DELL'UMANITA
NOTES ON APPEARENCE
LA FLOR
THE DIDEROT'S NEPHEW

*Caderno de Abandonos e Retornos – O filme de Michael Snow (último do bloco de 4 aqui referidos) defere o ilusionismo de voz e presença. Já que imerge no* off –

*Giros no real feito turnê espacial entre familiares –*
*Na vida interior do visualizável.*

*SÃO FILMES DE HORROR EMBUTIDO, EMBALÁVEL num simples piscar de olhar e de fala articulada. Destituem-se de mascaradas, acossos explosivos, jatos sangrentos e órgãos em desmembramento.*

*Dentro de um plano onde pessoas se mostram de olho (o mesmo olho canhoto de câmera, camerístico) em outras (sempre mediadas, numa tentativa de acordo, o mais simples, ou de cópula, uma vez ao menos). Tal como em NOTES ON APPEARENCE (Ricky D'Ambrosio, 2018)*

*Tudo está aqui onde o personagem-protagonista desapareceu de repente.*

*Lida-se, inegavelmente, com a dor da ausência e a perquirição travada como programa de localização de alguém seja como for, de autosobrevivência por parte de inopinados investigadores acerca dos vazamentos correntes.*

*Porém os sinais deixados pela criatura sem-mais notícia continuam a existir. Basta se situar no local-chave de seu recolhimento antes de tudo escapar.*

*Pontos-de-força dão-se à mostra em meio a ciscos, coisitas das mais miúdas, objetos duros, empedradas inanimações (crostas inamovíveis).*

*Polos – como se nada jamais deixasse de pontilhar sua imersão na inércia de coisas-casos ainda que imóveis – em que vidas se sustentam mesmo dissolventes, nunca mais avistadas.*

*Aí é que uma história se reúne, trava conversa (mímica mimética à toa por tudo acobertado em campo-de-visão) e assustadoramente começa.*

Fica na cabeça, exala corpo afora – A produção de Mariano Llinás em parceria com Cine Pampero (*La Flor*, 2018) persegue meus passos – Episódios explicam o vital e o cinemático. São mulheres em bandos que passam a ser seguidas (bandos-mulheres) – um aventado rol ainda hipotético no ato de se fazer pista ou lista – Porque fundam de instante em instante um reviravoltado mundo onde se dizia existir montante (acúmulo em lugar de movimento multimotivado).

Redemunho, moinho, mapa em exorbitância porque as linhas não são concebidas por pautas geográficas. Estendem uma dublagem onde havia livros, tomos-testamentos. Mesmo quando são do feminino as transcrições do existido e do eximido como causo-além (uma espécie de fábula recortada noite a noite em entendimento de que se tratam de formas imaginadas em imantação a cada segundo deposto do poder prevalente do masculino morto humano).

Ouço de Águeda o *raconto* –

*Rosa Multifoliada não se limita a dizer, então ser: mulher. Faculta rosáceo enredamento*

Uma estada no próximo mês em um rancho montado por *velhas senhoras* entre homens de todas as idades, crianças inclusas, nada tendo a ver com a *revenge* segundo Dürrenmatt em sua peça clássica parodiada de todos os modos e meios. Todavia, o horrorífico comparece como destinação *destroyer* do que o macho-imo (implícita humanidade) e o feminismo impuseram em categorias seccionadas, em circular auto de arena, uma natividade incontornável

Em face das formas de contar com garotas – elas frisam – imersas na reunião de pessoas desencontradas. Depois que os sexos se baralharam e a própria Águeda me convida ali a me instalar (residência não referida apenas a nós dois, embora tendo tal dueto em pauta).

A início, entretanto, se faz necessário que as meninas se reúnam em separado. Num momento vindouro, serei hóspede (ela me explica o programa desenvolvido de seu Núcleo de Terapia junto a senhoras da 3ª Idade/4ª Geração do Feminino em Forum).

Por enquanto sou o que sou dentro de uma célula conjugal como até antes não apenas eu, mas ela, especialmente A. podia imaginar. Alguém bom de convivío (segundo a própria *Águeda em depoimento aberto antes de partir para o rancho-experiência)*, a despeito de uma história do corpo ter ali se concluído

– Foi cumprido um ciclo (dentro de meses, serei posto em experimentalismo grupal) –, ali um corpo com outro retorna Porque tenho um faro tomado como fato de segui-la sem mais discurso nem medida

*Às* voltas com um, apenas alusivo, instante a irromper em insondada fiação de tempo, gerado por mortalidades da gesta *sexy* até ali espargida (tão secretada por quem euela não se desfaz do casal)

*Os Últimos Dias da Humanidade*
*Notas Sobre Aparência*
*A Flor*
*O Sobrinho de Rameau*

São fitas (selos antigos) de horror entre filmes em/de formação, formaçoes-de-filmes

(Por alegria de ver e continuar a ver, enquanto espectador fixo

Algo de temerário se instaura na ficção/fiação de salas escuras ou às claras de uma casa)

Formas mortais a caminho

Artes da morte em trabalho quanto mais desembaraçado penso estar de mulheres da família, de mulheres e família

(Mesmo Águeda agora em viagem por campos-de-experiência, além daquelas mais velhas recém-falecidas). Mesmo ela tão viva, ainda para mim atrativa, a fazer do caudal do casamento antes tão eletrificante, movido a sexo desabusado, uma ligação com novos moradores de um lugar não apenas de mulheres entre si e de homens desejados sem cessar fora de um pacto estrito – Em Ipê do Campo, um grupamento testa para quem por ali chegar "seu próximo sexo"

*/Águeda Santelmo coordena uma bateria de encontros desentranhados da atividade de escuta surpreendentemente concentrada em senhoras historicamente em luta, merecedoras agora de um corte clínico/crivo antropológico a ser exposto em terra batida, caminho convidativo de uma nova roça/.*

Então, me preparo (um inevitável solilóquio quanto mais se anuncia a hipótese de gente em demasia). Ainda que isolado, doo-me a um desencadeado diálogo à distância:

*Não deixa de se desenrolar para a prova constante, desafiadora, de ser um (autoexame irrefutável querendo-se ou não) o dado agregador, a acoplagem levada ao mais extremo existente carnal alterno.*

*Um acasalamento faz tremor, nenhum de nós foge de seu hospedeiro.*

*Tantas vezes, um mero embalo no misto de vida-morte, vindo de um simples gesto físico decomposto da divisa onde uma coisa e seu estado mulher-humano do homem se separa.*

*Casar não leva necessariamente à reprodução de crias, a combalidas metas sobre a reta-do-tempo. Não causa crueza, coisificado estrato, por implicar duração. Através de nosso duradouro casamento, estamos unidos a todas as coisas que nos explicam logo se extravasam.*

*Também eu estou sendo posto em campo. "Devemos nos adiantar ao tempo" (alguém de Ipê considerou, tal como consta da postagem recém-enviada por Águeda via cel zap).*

*"Antecipado e tardio demais". (Não há como conciliar o estopim da mensagem reproduzida na ardência dos projetos em surgimento)*

*Respondo (nada tem puro começo se não alucina o há-muito transcorrido a uma velocidade desconhecida à altura da sua retração)*

*No silêncio – sem envio, nenhuma réplica digital direta –,*

*Respondo     de uma outra cápsula de lugar e segundo.*

(Da Solitude)

Donde o horror hospedado à revelia e a fuga para o foco automático onde há projeções, plateias. Pelo temor de se ver à luz seca de serviço (*Da Solitude*, num repente dá para perceber que um título procura seu personagem, que seja um leitor, quando não mero vivente). Depois que espetáculos se desarmam, máquinas são sombreadas na condição de utensílios, itens dentro de arquivos. Da solitude sou pertence.

A casa não tem mais ninguém. Evito me nomear. Nem mesmo o autoexplicativo dado "homem solitário" se aplicaria por onde vou. Anoto, então, *Gli Ultimi Giorni Dell'Umanita*, acrescendo o filme (2022) de Enrico Ghezzi e Alessandro Gagliardo ao terceto de realizações (junto com Llinás, D'Ambrosio, Snow) componentes de uma publicação a vir a lume a qualquer momento. A Editora Flag contabilizou, inclusive, boas vendas de *Imago Mundi* (organizado por mim) na conferência mexicana. Pode, portanto, recepcionar um escrito apenas de meu punho, no pulsar indesviável das últimas décadas como na função de crítico e curador fosse também eu algo próximo de um recepcionista-psicógrafo do que passa invariavelmente nas mutações (máscaras repulsivas, mimetismos para a juventude, eterno tesouro) de todo tipo de tela.

Solidão do masculino. Feminizada autonomia. Não mais não. (Teria eu de pôr em relevo o paralelo das transmutações de vida ao compasso de sequências fílmicas).

Colho pedaços do que pensei ter vivido. Tirar o máximo da bolsa a tiracolo (já a uso por decênios diluídos) no gesto de recolocação daquilo que mais trafega, sem importância se pesa (tomo e tômbola de suposições contidas no Livro Errante). Ou me pega de vez com um vultoso volume *bigger than life and death*, trazido de sobrecarrego.

Existe um escrito outro a emergir, não tão restrito a mim, embora me abarque: sendo aqui Ivo Arruda Salva apenas aquele quem o porta.

“A gente é pobre, mas tem tudo, não é?”

Mãe, muito comunicativa, mantém a guarida popular por onde passa. Famosa entre atendentes, balconistas, garotas-do-caixa e mesmo gerentes, conversa com tudo que é vulto humano à volta. No supermercado de bairro, pequeno, aconchegante feito os fundos de casa, Magu tem saudação no seu nome *tão logo chega no pedaço*. As compras que vai acumulando, ao meu lado, que empurro o carrinho, se resumem a produtos de limpeza. Desengordurantes da última hora, sapólios e até mesmo inseticidas (um deles ganha um relevo aberrante nesse sonho, ao estampar grande mosca reluzente em plano primeiro capaz de me fazer falsamente acordar num gesto infantil de defesa). Porque tudo engata no real com os olhos fechados, tendo sua voz em eco no rolar do carro de compras, ruidoso como eu a pensar dentro do hipercolorido devaneio o qual não consigo separar de coisa diretamente vivida. Continuo, então a falar, em tentativa de recuperação do evento banal tingido por rótulos hipercromáticos de frascos plásticos e latas, com minha voz bem própria, “inconfundível” muitos me dizem, rouca que é e um tanto alteada, “nervosa”, já escutei esse qualitativo. De modo a não perder as palavras do recém-acontecido, melhor, do jamais retratado no dia-a-dia, enfim o inédito, o intrincado incurso no repouso (? não será recuo ante o fatal factual) de alguém vem discorrido como acontecimento fluente; comparece como coisa bem comezinha, ida ao super para puro abastecimento no setor-limpeza. Reouvir e falar para mim mesmo, evitando reter as cores estouradas superpostas a qualquer razão, a qualquer linha de sentido em acolhimento, escandalosas que são tais rajadas tipo pinturas em série de uma expo, no interior dos circuitos circulares daquele ponto de comércio onde eu mais mãe nos dissolvemos sem deixar de fazer os dois corpo-duro para nos conservar em tal abrigo, a um só momento, restritivo e entretecedor

"Não é?"

Nesse lugar orbitado pela casa vazia, mãe quer montar. Pra cima de mim, Magu. Bem por cima. Meu pescoço lateja – "Nervos estraçalhados", sussurro, antevejo, num mesmo pacote de carne em que estou embalado, a fadiga junto com excitação. Terror em me proteger se superpõe aos resquícios pensantes: voz materna a indiciar falha máxima do que veio antes e dos dias seguintes a um sepultamento com pompa, pascaliana prece – *ou será ainda provocação crístico-mediúnica? – e moças bonitas ao redor.*

Já levantado para o café da manhã de um solitário, vem o toque celfônico da irmã Belinda (Biba desde sempre);

*Uma dívida por ser saldada, esquecida por mim no nosso ajuste do mês passado...*

*Não queria me comunicar com você, mas veja isso –*

*O ÚLTIMO PAGAMENTO DA CUIDADORA DE MÃE*

*Salário Mínimo Vigente*

*Relativo ao mês da Morte (não efetivado integralmente)*

*[[===88, '" PROFISSIONAL REGISTRO-MASTER 99 ---- //HTP** && + === = RR*

*– A lista de contas e descontos emaranham qualquer dízima de lógica –*

Cai por terra, então – não é na terra como antes (como pude grafar há pouco, já nem me lembro onde) – o enlevo do *joujou* dos pobres (da maneira concebida no alto capitalismo de 3 *séculos por Charles Baudelaire, à frente de um espelho vazado em coleção de vitrines)*

Isso mesmo: o brinquedo dos precários passantes da terra e das quedas anti-cristianistas (todo o horror carregado por Baud em imprecações contra a permanência da Ideia Tal qual Pecado Original soava-lhe como o Mais Hediondo Crime feito à Conquista da Hora Moderna)

O que havia anteriormente no sonho (despedida e também reatada fantasia do cotidiano num supermarket de coisas para matar e fazer subsistir o dia sequente)

O biju dos fodidos assentados pela abundância de poder ver no instante que seja (o cinema, o fabular e a crítica diagramática do que foram anos, seres, sombras, silhuetas autorais, rastos de moral e movimento do pensamento)

Há um novo débito no espaço –

Casa vazia é o "caralho". Não, não repetirei tal vitupério. Por que me ameaça e também faz falta uma velha vagina dos Infernos, do que é mais interno no rastejamento de homensmulheres e bens. Ônus pelo que jamais se completa. Em tamanho poço embolsante, gêneses, fantasias e rasgos primordiais dançam pela disputa – –

lugar do mais vicejado, desmembrado prosseguimento

Mordidas Vampirescas (Por mãe, justa causa aquela doadora de ar e sangue consequente ao estar com um vivo à sua roda, em separado, na dobradura dessa mesma existência mesmo no caso da morte, manobrado dado do depois

A criatura morta-viva morde. É fato.

Faz arder o ciclo antepassado e fiador do fiapo do que já vem)

Privação de sexo liga-me a um corpo de coisas distanciadas, lá num estampado primórdio, a incidir com o oscilante tempo presente. Está mãe a pontuar precisamente esse meu momento de abandono – por mais que não o seja

A dor dos nervos cria juntura com anos sem trepadeira numa pele, cavidade, mão em punho que seja uma forma de aninhamento. Bem no sonho da manhã da mãe disfarçada revelação enquanto mera dona-de-casa em compras de limpeza braba (desengordurar, confrontação com insetos e seus invisíveis resíduos)

OSSOS
RAVINA
RAY & LIZ
EXISTENZ

Recorrível caderno eis o que resta – Livro de retornos e abandonos –

Uma conta pendente não tira só o sono, mas o desejo por mais vida (da parte de um mortal, meu irmão, meu Charles Vida Mia Biba)

“O brinquedo de um pobre é o direito a dormir”

Inventei, num repentino, uma lápide saída da ponta do lápis por mim

“O direito ao brinquedo é um pobre sonho desfiado do ato de dormir”

Dentadas – Invaginações – Controle sobre o poder da própria porra Sobre o pólen (naco de nada) sobrevoante haja morte ou vida. Mãe é aquela ali que dá e toma com a mesma mão. Tudo doa, pronta para cobrar em medidas etárias, biológicas espaçadas, extemporâneas (quando menos é pensado algo ou alguém). Pois então: mãe única medida.

Magu atua encarniçadamente no vazio.

Não penso, quero dizer: impossibilitado de dormir. Refratário a reencontros. Pela menor fagulha de imagem. Onirismo osmótico deve ser combatido. Literal é o dito “pregar os olhos”. Batê-los com o martelo dos encaixotamentos simbólicos seria falácia a mais.

Tia T é um Consolador. Aparece metida com a peruca de Chico Xavier, passando pelos umbrais da casa umbilical onde redurmo o estar-sozinho. Ressoa uma convocação de algo que não é mais sonho nem descida aos reinos do real desmatérico (ela mesmo psicografou o termo num bilhete acabado de ser esquecido)

A cena aparece quando começo a fechar os olhos na busca do tal repouso impositivo a todo ser existente, não apenas aquela/aquele sobre duas pernas. A gata (Guru, seu nome) que eu tenho veio ronronar no fofo aberto por minhas coxas grossas de um futebolista em desencanto.

Prontamente, T advém enquanto mecânica manifestação do ícone facial em todas as encruzilhadas dos Espíritos, que é Chico X, Irmão de todas as Escritas Esquivas do aquém desse além (florido sonho da mortalidade sempre pobre, da imortalidade sempre pobre em dar a ver o real respladescente recaído na hora "que eu bem quiser")

"O Livro deve ser um Consolador, meu Ivo.

Um Tomo se refere, no caso de uma doação abeirada da mortalmente contemplada Vida, a um dado frontal do que é "dado" como fim (um jogo-de-dados em suma)

Se refere ao que eu agora digo de corpo presente: TOMA

Declina-se (deve assim ser) no feminino. Sob a forma xipófaga de Verbo e Substantivo. Tal como imperativo foi todo diálogo possível com Matilde Maria Azevedo Arruda, nesse momento em desencarne da história grandiosa-esmiuçada ao miúdo da existência (ponto onde pobres e ricos se enlaçam, não acreditam que brincam juntamente sob o olhar ainda infernal de Poeta Baudelaire). Palavra ao ar, a mais abstrata advinda de uma concretude cruel carnal.

Toma (tudo se envereda em casa).
*Nosso Lar*
*Ou*

*Para Casa* (exercício primordial exigente para cada criatura poder existir)

*(Tia T não retira a peruca de Irmão X enquanto faz mímica de si mesma, num* off *crescente, sem mais mover a boca)*

"Uma habitação a ser encontrada por você, ainda que haja a sua própria morada"
"Abismar-se aí dentro".

*Para Casa –*
Ao correr da linha-caligrafia à risca depois de tudo de lido, escrito e sabido. Porque ninguém fica em paz nessa vida matéria-*-mater-maia*, jamais liberada dum dever-fazer pouco importando – peso zero –
O seu próprio *ponto-de-vista*

*O Cinema se envereda para casa*

Acabo por gozar involuntariamente, sem tocar ponta pele enrugada viçosa extensão de veias ou varizes dos calejados sexos não-vindos
Tal como um adolescente a se revirar com a carne dos sonambúlicos sonhos de ninguém

Luta no grande vazio que é a noite (mesmo chamando-se madrugada, na manhã também há sonhos, os mais incisivos)

Como aquele, nunca entretanto redutível a um/único: o ermo do local de compras prementes

Senão o dia pleno sol na chapa encarregado de débitos congênitos

*Tornou-se fluxo, corrente senso de realidade à mão, abusiva aos olhos, a arte dos esconderijos expostos sob a forma da luz, dos enigmas esgrimados em "cena" (mescla de revelação e pose farsesca)*

Não preciso sair de casa – justo do espaço que me enclausura apontado para 1 eu convergente, conexo –

Poderia ser uma conclusão, caso não fosse o mais externo o que dá o inerente estar vivo – simplesmente, ver implica interferência, mesclagem com o mais diverso, a pessoa sempre desconhecida a surgir a toda hora do dia –

*Para Casa* (tarefa até o segundo a seguir, último respiro desempenhado indesviavelmente a contar

*Da Solitude)*

Entre títulos, tem sequência a legenda para o que acaba de acontecer, em alguma forma de extensão ao mais recluso, retirado nome à procura de mim, minto, eu à procura casa adentro (daqui, do íntimo, do mais adverso)

Não há mais casa – Aquela de T, p. exemplo e exceção –

Para a fuga dos tentáculos internalares de Magu, escapatória emendada ao cinema e seu compromisso forçoso: criar hábito, vício, vitalício ponto ao rumo do prematuro errante (já dizia o Livro?

Este a ser recebido pouco antes da morte de minha parenta protetora na vida aqui e no território do Alhures) Além Ali, desencapado do cinza de uma estante mediúnica para uma outra ainda mais ancestral, composta por relatos de declarada fantasia. Coleção Romano Torres, Portugal, com distribuição em tão distantes quanto oclusas casas brasileiras, apresenta GRANDES ESPERANÇAS A CABANA DO PAI TOMÁS A LETRA ESCARLATE O TALISMÃ

Cinema, uma profissão, um processar de eras, tem seu começo à roda de uma estante – *Círculo de luz* arquiteta o abajur de tecido, ambiente de anciãs mais um menino a avançar na idade, fronteiriço

A prima de Avó Norah, está a cerzir naquela diagonal elétrica atravessado olho gasto um pano de cozinha (Jupira, fruto indígena nordestino) –

Houve fuga ainda mais primordial, uma espécie de força afrontadora pelos paralelos a um Imperioso Real – Acompanhar letras em blocos paragráficos,

Entre mais outros títulos, excedem coleção. Avultam
INOCÊNCIA MAU TEMPO NO CANAL TIL
A VOLTA DO PARAFUSO

Necessário é fazer uma distorção no crescimento – O casaco de veludo verde-musgo não guarda mais o infante das fotografias de um álbum uterino, ubíquo ao tempo que passa para uma exclusiva família –

Infante ou estante (faço piada degradadora comigo em vez de usar o balão das legendas em gibis garotos entre guris gananciosos por sexos seres que aumentam de tamanho antes do tempo) Livros não se acessam de imediato. Prolongam seu poder de rapto na esfera de uma esquiva travessia. Rasgam todos nós por dentro, não dando consolo quando cada um já não se reconhece diante de seu paralisante alinhamento. Cada um em leitura disparada diante dum monólito.

Interno-me por vontade própria ao redor da estante pé-palito, hoje valorizadíssima, apenas possível na Casa da Vó – Até que eu vá crescer, de vera, sendo urgente encontrar um equivalente posto de pouso nas ruas. Em meio a muita gente, no entanto tomado pela aba de um furtivo modo de passar multitudinoso por um único motivo (ver todos os filmes).

Viu?

Eu vi. Encontrei a casa bem antes, a mais antiga (quando a ideia de abrigo ou ideia como abrigo se torna móvel e esvazia se)

Voltei a abrir o livro.

*PRICE WILLIAMS EM PETRÓPOLIS*

Um dispositivo, como que reengendrado por uma volição mecanicista, em posse de seus audientes se põe a funcionar sem aviso de término. Claro, a mão de alguém tem participação física no desenrolar do que não é mais peça maquinal, simples objeto, talvez sem desfecho, noite adentro de um dia inteiramente outro noite adentro.

## *O CINEMA SE ENCAMINHA PARA SER UMA CASA*

O temor de decidir tudo sozinho, tendo no horizonte a mirada e o pouso num âmbito movido à minha revelia, volta a ser acionado.

Porque faço parte de um teste para contar com uma companhia – nada assegurada após décadas sobre décadas formadas em família –, resolvendo o engate de minhas ações no compasso afetivo e no ímpeto indesviável do que apenas a mim tem alçada através do contato contínuo com filmes. O Festival de São Paulo já se anuncia. Recebo as credenciais para ver tudo o que se exibe de internacional numa concentração de duas semanas. O impulso de tudo obter na ida sucessiva, sem me dar fôlego, a uma sessão entendida como a coisa jamais antes vista, faz ignição com o rumo do tal do futuro

(Ficarei ao lado desse alguém, Águeda, entranhado na espontaneidade de dizer um nome e logo vê-lo,

Logo vê-la, quando for concluída a Etapa Número Um de Experiência no Campo). O mais recente *boom* do feminino, para essa mulher que me acompanha mesmo sem tê-la imediatamente à vista, diz respeito à dimensão de lugar aberto – ar livre/*camp*/campo (não somente como plano geométrico de projeto ou filosofia, mas a relva abundante, cortante para quem for dominantemente alisá-la), bem ao contrário da grama aparada, no corte habitacional de famílias que são o contraplano da guerra (como se dá num conto de Lydia Davis) camuflado em autogerida domesticidade.

Ao avesso da *postagem*, entendida como poder de opinião, *o feminizado tempo de agora desfaz valores, sem necessidade de dicotomizar em operação de repuxo do masculino ainda em predomínio. Uma revirada nas formas de viver, habitar, estar em algum lugar, pede extensão à altura do espectro tão reincidente quanto abstratizante que são os ditos sobre globalidade – fazer mundo – mesclar o mais diverso e o distante de uma mesma época –*

Assim expõe Águeda Santelmo nos prospectos intensamente enviados a seu par (um dia, chamado de esposo)

Um estado nervoso sempre a me perseguir faz de mim uma figura cada vez mais em recepção – Intrépido estoico (assim legendou *A Hora e a Vez de Matraga*, Roberto Santos, 1965, um faroeste iniciático na gradatura do bombástico título *A Morte não manda recado*, pura saraivada de impulsos, Peckinpah, 1970)

Bandeado para o domínio protetor que indicavam salas de cinema ainda de rua, mal ingressado na Faculdade – pouco a pouco deixando de ir a Petrópolis para me resguardar de Mãe Magu, criatura que tanto dá relevo ao que quer o filho e na mesma batida suprime o querer estendido a outro alguém, superentidade do psiquismo mais selvagem a ponto de buscar agressão feita a mim quando criança nos momentos de minha inicial independência (livros na bolsa pesam mais que ferro e chumbo, repouso em cinematecas, cineclubes, salas-poeira como se dizia no Rio Antigo nos últimos anos do Século XX)

"Tio Wiggily em Connecticut" em cotejo com a deambulação da velha mulher em "Viagem a Petrópolis", ainda se acrescia do paralelo com "As Convidadas" (Salinger, Clarice, Silvina Ocampo) – A partir da análise de escola – Curso de Letras, Avenida Chile (Rio) – tomei força para reverter a moral do conto em ética do solitário, suprimido de sexo e de uma casa exclusiva. O narrado cria um adentramento expansivo, busca aquele que o entranha nas mais exteriores das existências e vivências (Disse em certo momento ou trecho de como meu trabalho de conclusão de curso repercutiu naquela tenda universitária e do traçado ali disposto para o homenzinho que ganhava esboço)

O tio (extração Salinger) sou eu agora – Um garoto de moto, entregador *Delivery*, grita para que eu não atrapalhe o trânsito, titubeante eu estava em escolher uma das travessias: "Ei, Tio" se apresenta como o ato de nomear o *máximo descarte, ao ponto do atropelamento* – Precisa de um grito para que se reconheça a lei da velocidade com seu autoapagamento –

De repente, tio, o mais velho para a pequena família desde a dissolvência das ancestrais em Petrópolis, as antes velhas para que eu não me visse em similar redemunho –

*Rodeio no Redemoinho* (Monte Hellman, 1966), bem me lembro de como ainda não aparento meus fins de 6ª década, inteiro, vitalista virilizado (viralizado também), capaz de um combate sem doença, no entanto o Tio do Trânsito,

O Tio-Novelo no rumar do Belas Artes Avenida Paulista – tocado pela coisa sempre nova que é o surgimento de um filme depois de tanta plataforma e do acesso intermitente a qualquer título do tempo. No mesmo instante em que fui nutrido pelo muito antigo – Ainda estou lá na beirada da Estante Avó – *Pés-Palito para clássicos traduzidos* –

*A "tia velha" revivida no relato de Clarice – maldade em autoreferir-me com expressão de bochichos gays gerais ganas dos vivos depreciativos –*

*Uma vez – outra vez – que sou "A Convidada" (por S. Ocampo), feminizada ideadamente como se faz fundamental qualquer humano ser nessa hora que passa "batida" (o avoengo o avoado Delivery o dejeto despachado à aceleração jovem já carcomida  mulheres na rua apressam a foda empatada dos passantes)*

"Vá se foder", berro, rebato na bucha o emissário motociclado de *Deliverance* (desde Boorman, 1972) quase a me romper o esqueleto

– Um grito nas ruas para quem não sai de casas e salas de solitários (ainda que haja tanta gente ao redor), deâmbulo de rua flagrado em seu caminho-de-rato (rotatório *guión*)

Um chamado para o cinema, *sine die*, e mais outro, no exato extremo, para o campo (entendido fica na função de palco de prova quanto mais se dá como Livre Natureza)   Eu e ela esperamos em novo lugar, novo momento – outra casa – através da mulher (inteiramente outra, dessa hora apenas e desentranhada das anteriores, arquetipais   juntamente com os homens ali engolfados, desembainhados de abandonos, retornos, *há tanto tempo)*

Mulher a caminho

Disse estar ocupada com muitas digitações de sinopses e prospecções para *Campanário*. Por tal motivo, Romina Carmelo me passa mensagem de voz: frisa mais uma vez sua intenção de estar sempre dando notícia a mim sobre um processo de que faço parte. Faz detalhamentos também focados no uso daquela imagem do corpo espermático a ganhar outro andamento no correr da montagem.

Seu norteamento para finalização do filme vem se embasando numa reposição das páginas a um só tempo confessionais e especulativas de vida pessoal/arte/história/cultura contidas no baudelaireano *Mon Coeur Mis À Nu* –

Ela sabe que eu, ligado em literatura por formação, sempre busquei no cinema uma aliança não literal com o que é *movimento do pensamento* na linha da letra. Além de ser *movimento das imagens* (bem sumarizou Júlio Bressane em *50 Minutos 23 Segundos*, um filme de Geraldo Sarno dedicado a ele, contando apenas com depoimentos do diretor de *O rei do baralho*)

*Quero deixar mais declarado que, na batida da viagem de Shirley Clarke a Los Angeles (1968), tal como arquiteta e arquiva Agnès Varda em* Amor dos Leões, *entendo agora o desnudamento de pessoas de outra época –*

*Os componentes de CALLE Teatro-de-Rua embalados pelos propósitos do que concebemos como Meditação Pública aqui em México trazem em seu bojo a presença não-revelada de um crítico como você sob os registros das vozes de conferencistas e também da minha a pontuar um* off *mais frontal do que aquele oculto da onisciência narradora –*

*Despir atende ao interesse de contrariar os* nudes *exposicionistas dos opinadores, mais atuantes que ativistas, do mundo-postagem (onde tudo parece se expor como imediata premissa de uma livre tribuna universalista) –*

*Como se tudo fosse transformado pelo poder de inserção, like you efígie emoji tudo conclui e imobiliza*

*Por quantificação de um séquito sedentarizado na Rede, também na Rua a portar uniformes de sexos-seres desnudados ao toque do auto-posto, policiado armamento de Estar A Olho Nu contra o hiperexposto paradoxo do próximo/heterodoxo segundo as camadas de que se revestem um-ao-um nunca inteiramente nu (conforme a linear estampa de um público privado)*

Com sua idade pouco percebida – tomada de fúria juvenil, engatada, porém, com indisfarçável voragem e vocabulário de momentos nada recentes –, a cineasta decide encaminhar escritos. Complementa seu áudio com rascunhos do que concebe como *agit-prop tardo-neomilenar*

*[Em vez de grafar rrrsss, abreviatura do que se diz infonauticamente com súbito humor, RC imprime Ha Ha Ha Ah Onomatopeia da Oralidade, típica de uma História-em-Quadrinhos, Ela começou a apurar o gosto de ver pelos gibis* La Reina de La Costa Negra. *Romina desponta no dia de agora em pleno vigor de viver quantomais se revela bem velha rrrsAhrs]*

[Quero declarar acerca das existências dentro e fora do cinema –

No interior das imagens há uma espécie de explosão que o dândi, em *Meu Coração Posto a Nu*, fazia exibir de modo a decompor a pretensa ocultação do luxo e da luxúria de se ter um corpo Curiosamente, reveste de roupagens, camadas dos sentidos que têm as figuras vivas para lá dos manequins desse nosso instante pretensamente desnudado por posições monovalentes, meros postos identitários Incapazes são de deixar nus os corações contrários, vários (vindos de si mesmo em extensiva confrontação não conciliada), de um momento irrepetível dessa hora –

Assim como *O Amor dos Leões* punha despidos os 2 autores do musical *Hair* (Gerome Ragni e James Rado, tornados atores da ficção-doc de Varda). Dispunham-se de muitos ângulos ao lado de S Clarke, a prototípica experimentadora vinda de Nova York, nos batimentos por segundos das primárias nas eleições norte-americanas (Eugene McCarthy *versus* Robert Kennedy). Logo sendo flagrado o assassinato deste político na TV que não para ligada na casa californiana dos 2 leões dramaturgos de *Hair* mais Viva, *starlet* de Andy Warhol A morte e o ressurgimento da política tomam expansivas vertentes à volta de Bob K, *tão polarizado para encampar as mutações daquele instante*]

Agora mesmo (veja as horas, Ivo) há tantos pontos explosivos impedidos de fazer parte da história

Vejam-se os corpos nus em primeiro plano garantido por postos e postagens, tão somente, delimitados em tal demarcação, deixam de proporcionar a mistura com incontáveis pontas de tempos e tópicos (no interior de um incubado, hiperrevestido de roupagens, Presente)

Tal como no seio do levante dos *Corações a Nu* a via da sedução do vestir, juntamente com o poeta do *Spleen* moderno em todas as direções, busca o desvestimento de discursos dualistas (entre Pecado Original reincidido e a Nova Instauração do Capital). Faz mover uma trilha mais incisiva do ficar nu na civilização desse agora a brandir um código comum de posse e benesse.

O pequeno livro da confissão (*Mon Coeur...)* faz a nudez irromper plenamente sem transcendental contenda com o Oculto Interdito da Origem, em nome de Tabu Trauma Preconceito Direito Dever de Ser Apenas Um ao seu correlato codificado (em *trends*, segmentos de Opinião, Corporação) Outro Igual

*Também deixo mensagem de voz, sem suplementá-la com nenhum texto a mais, Romina:*

*Há outras histórias subterrêneas que o cinema enfileira em sua forma* alea *de dar registro e fazer vazar o intrincamento do documental e da fábula (desde sempre na gênese cinemática e na gestação do que é vida ainda)*

*O Vampiro cinefílico suga os vitalismos ao redor. Enquanto a tão naturalizada vitalidade não é outra desde sua face poliprojetada, veloz, vincadamente multiplicadora de auras alheias animadas*

*Há mais outro subterrâneo, redobra-se sempre a mais, ao ser visto tão clara, imediatamente. Entre a concretude cotidiana e o cerco de telas por onde passa alguém e reata seu além bem situado*

*Quando a moral do filmar/ver/continuar a existir cinema se exerce fora de salas/casas de exibição*

(O restante da comunicação-áudio faço no primeiro caderno encontrado dentro do livro-de-bolsa. De certo modo, não deixo de dar trela à conversa com a agitadora e filmadora Romina Carmelo).

"Estou me preparando para outro festival de imagens (bem onde resido, SP), dessa vez tendo, no embalo de meus passos rumo aos espaços de exibição até galgar minha postura de buda-do-cinema enveredado nas centenas de sessões, um conto verídico.

Um vitalício relato para mim (contado sem cessar por mim mesmo), acerca das mudanças que começam no simples ato de querer ver um filme a qualquer hora. Costumeiramente, à noite, por tédio, vício (da visão fora de qualquer pensamento ao fim dum dia, sob o saldo forçoso, sacrificial, reservado a um último eu, engenho mental desprovido de um externo movimento senão pelo desfile automático, ante/adiante

Diferente idealmente de si, de modo a poder voltar para o tão oscilante existente, exilado, sem sair de dentro)

Mero contraponto ao sono disfarçado em sonho, que tem de vir, irremediável, para todo vivo.

Especialmente, quando se chega no balcão de um lugar que possibilita tal expectação, espetacular engrenagem projecionista no reduto de casa –

Como podia ocorrer numa loja de aluguel de vídeos (premissa potente, pregressa e retornante)

Esta é a Chave do Festival – O filme mais esperado por mim foi dirigido por um rapaz que atendia o público na Kim's Video.

O atendente da mais famosa Locadora de Manhattan – particularmente, a loja situada em St Mark's Place – atua como uma espécie de gerente, enfronhado em títulos fílmicos venham de onde e quando vier.

Não ao acaso, a conversa corre facilmente comigo, assim que começo a alugar Vêagáesses de Ousmane Sembene, Juliet Berto, Blinka Zhelyazkova. Sean – o rapaz se apresenta com a indicação de que seu nome é irlandês e se pronuncia de modo diferenciado com um *ch* –

"Fácil de pronunciar Ivo" (embora em inglês soe "evil"), Sean entabula conversas que vão durando muito em contraste com a azáfama consumista do Kim's, onde há muitas filas e pouco dá-se trégua àquele momento final de uma era estimulada por títulos recém-saidos como também "coisas raras" –

Sean começa a assistir aos vídeos que levo para casa, dando em seguida destaque a esses retângulos verticais com realizações cinematográficas no *stand* frontal ao caixa (Recomendações da Gerência, de gente, melhor dizendo, fissurada em não cessar a aparição ininterrupta dos filmes que vão sendo feitos e surgidos de várias órbitas e localidades de um tempo capaz de tudo reunir, compactar em portáteis VHS) –

"Coisa rara", esse Paradjanov. Arturo Ripenstein (um mexicano? ele pergunta para o pós-doutorando em Estudos Comparados de Literatura/ Cinema na NYU, àquela altura já ligado em México e em tudo ver tal como ele   SEAN PRICE WILLIAMS)

Quando esbarrei com o nome dele 10 anos depois em matéria lida no site *Scope Situ*, a princípio nada ressoou daquela temporada (2000-2001) na capital da arte e da atitude nos USA.

*À medida do meu interesse em ter conhecimento de uma cena independente cada vez mais firmada, na metrópole NY em especial, fui travando ao longo de minha leitura noite afora com uma sequência de realizadores.*

Através de uma entrevista com alguém apontado como o maior *cinematographer* daquele momento de insurgência *indie*, já na primeira década do novo milênio, fico sabendo que um deles teve seu começo como balconista da icônica, imantadora Kim's (logo no perído em que a rede de lojas havia sido desfeita porque os fluxos da Web se impuseram em detrimento do hábito *e do comércio* de aluguel de filmes). O nome Sean foi se formando na batida simultânea da memória em tentar localizar seu rosto entre tantos reproduzidos no Site Situ.

Pude identific*á*-lo com o rosto mais cheio, barba bem ruiva e espessa crescida sobre uma história de mais de 10 anos. Passei a acompanhar, desde a longa reportagem sobre os mais recentes realizadores da hora, sua trajetória à distância. Por meio de depoimentos e filmes que ele fotografou com uma inventividade destacada no meio de cinema e da crítica.

"Digo mesmo que gosto mais de assistir a filmes do que realizá-los"

Não podia ser diferente para quem passou a montar um painel dos vídeos que eu locava e de outros vistos por ele, numa troca diária do que acaba de ser visto, imediatamente exposto engrenado na busca do título mais diferente.

Certa vez, coincidiu de nós dois sairmos juntos da Kim's na rota do metrô. Sean me convidou com insistência para ir com ele ao Lincoln Center para uma sessão de *Esther Khan* (Desplechin, 2000), mas não podia seguir na mesma direção, morador do Brooklyn bem mais distante e com jantar marcado com Águeda e Kique (nosso filho saindo da adolescência, vivendo ainda conosco antes de se decidir a permanecer em Nova quando o tempo de minha bolsa de estudos estava se expirando e eu precisava retornar para a Pauliceia).

Quando não se encontrava no balcão da Locadora, Sean P W saía de lá para ver filmes ainda não convertidos ao formato videográfico.

Em Cannes 2023, seu primeiro longa-metragem, *The Sweet East* foi muito bem recebido. É o primeiro a que assisto na Mostra Internacional de São Paulo. Por ser tão concreta a trajetória do cineasta conhecido do outro lado de um balcão de comércio, entretido com filmografias formadoras de seu essencial motivo de vida, vou ao cinema como que pela primeira vez.

Avivada fica a sensação de estar no rumo de uma chave a ser virada para um universo totalmente inédito, especialmente porque nutrido de uma sucessão de elos convergentes conduzidos a uma composição inusitada de referências fabulares e vivências bem factuais. Há coisas que escapam de um período a outro dos anos milenares, assim como de realidades em cidades/países diferentes. Para não se falar do que une e se escapa no contato entre pessoas.

Tal combinatória de dados (diversos que sejam) em confluência apressa meus passos na rota de mais outra sala na Avenida Paulista. Até porque mais fica acelerado o impacto desde que li a entrevista reveladora de quem é o rapaz do balcão de filmes, não podendo dormir naquela noite de 2011 (*Cidade-Independência SER CINEMA DIVERSO*, o título da matéria ainda vibra) Sob a irrupção do nome de um distante, desconhecido, desde há muito tempo amigo do que de tenho mais inteiro e íntimo

Sean Price Williams

Não tive antes uma proximidade com outro alguém (amigo, pode ser o nome) tão vidrado como eu em filmes (recepcionados como o fluido da vida mesma em sucessão, reprojeção e intrépida produção de novidades ao alcance do olho)   Certamente, existem colegas, estudiosos com grandes afinidades comigo na precisão do foco fílmico, mas não a criatura colhida no cotidiano, em função de trabalho, a discorrer sobre o que vemos em separado, mas nos aproxima pelo calor do recém-assistido. Em meio à fila de fregueses, na mistura das coisas diversas onde títulos, autorias, sequências despontam sem cerimônia ante as segmentações da vida diária. Filmes interrompem o fluir da rotina das ruas para serem falados em exaltada conversação a qualquer hora de noitedianoite.

O dado *portable* da era videográfica viabiliza, no mesmo movimento das sessões privês, a troca tão intensificada quanto intimizada entre aqueles que as assistem. Não se restringe ao interior das residências o aluguel, ou mesmo a aquisição, de títulos comentados, difundidos, à mão, prontos para circulação e conversas sobre cinema. Forma-se um intercâmbio inesperado, sem o menor controle nem trégua, da parte de um suscitado público em circuitos de locação, plateias amistosas e falas as mais diferentes sobre o que é reproduzido tão proximamente. Manual moviola mutada compactamente em ato de assistência/coleção/colóquio/

Agora ocupo o lugar de crítico do filme a que assistirei com a assinatura dessa pessoa próxima, projetada na metragem de duas horas como realização autônoma, distanciada daquilo logo incorporado como coisa completamente particular. Porque ocorre um enlaçamento impossível de se enquadrar apenas nas dimensões do dado a ver, na configuração de um estrito fato-filme.

*The Sweet East* diz respeito à minha (cadeia-de-cadernetas entre abandonos e retornos/livros-de-bolsa compostos pelas voltas do que vejo, escrevo logo chamo) vida

Ali pulsa um relato interno ao fim dos cinemas-de-rua até o formato VHS onde os filmes são alugados para audiência doméstica, até que se dissolvam nesse cume tomado pela rede ressonante Kim's Video –

Um marco do apagamento das histórias de ver/viver num só influxo (não à toa, está lá o balconista-projecionista em tal encruzilhada fundamental dentro de um mesmo fim/filme)

Sob o toque do disseminado para o lado-de-fora das realidades internalizadas casa a casa. Conversações. Vozes e corpos públicos confabulam sobre as ficções em cadeia. Sequencializadas imagens traduzidas no correr de figuras ao vivo por cidades e fatiamentos epocais. Espocos do recém-exibido existido, pois.

*Lillian (Talia Ryder) se desatrela da viagem colegial*

*Saída de Maryland (terra do diretor), a linda garota do ônibus escolar acaba por ganhar trilha própria, quer dizer, apropriada por muitos e organizada como forma de existência possível, nomeável e englobadora de meninas crescidas indispostas com uma única reta para viagem e vida. À margem do turismo didático.*

*Ela vai passando por corporações de toda ordem, as mais desviantes e criminais, mesmo aquelas dispostas como escolhas individuais afirmativas (veja-se o idílico* affair *com um amante e protetor circuitado a uma engrenagem secreta de horrores, armada contrariamente à desejada autonomia de Lillian)*

*THE SWEET EAST*
*GOODBYE DRAGON INN*
*VIVRE SA VIE*
*LILIAN M: RELATÓRIO CONFIDENCIAL*

*Muitos são os elos passíveis de traçado, a começar da presença do roteirista –*

*Este é o começo de minha resenha postada no site tão logo saio da sala de Festival e me lanço à escrita –*

*Nick Pinkerton, autor de um festejado ensaio, publicado em livro, sobre o filme* Goodbye Dragon Inn *(2002), do malaio Tsai Ming Liang, dá relevo àquela espécie de instalação concebida no interior de um cinema-de-rua em seus últimos dias*[9].

*Colocar foco no que se dissolve para mais firmemente se disseminar (de modo incessante porém não diretamente visível)*

*(É o que parece conter a análise de Pinkerton no livro sobre Tsai e, na figura de Lillian, protagonista de seu roteiro para* The Sweet East, *se torna eletrizante). Justamente, por trazer à tona a circularidade do que surge como uma vertente aberta, plena para um corpo de mulher tal qual o impulso de sua natureza, acabando por oferecer apenas a datação e a destinação dos modos abrigadores e acasaladores em vigência.*

*Sobre as formas de fuga o filme se detém. Captações de aventuras cerceadas ante a linha desnorteadora de uma jovem sinalizam, enfim, o dinâmico duelo entre o que está nascendo e o firmemente alinhado à finitude entendida como fatalidade.*

*Não ao acaso, Nana (do godardiano* Viver a Vida, 1962) *e a homônima Lilian do filme de Carlos Reichenbach (1975) estão no* backstage *do* Leste Encantador *ao norte de nossa América.*

*Títulos-mulheres se desenfreiam por núcleos-episódios. À maneira de blocos tão iniciáticos quanto sacrificiais, impostos às figuras do feminino num andamento misto de intrépido contágio e escapatória irresolvida.*

*Aliás, as duas Lilians não se apaziguam com o regresso ao lar depois de uma trajetória exaustiva por convidativas experiências externamente situadas (cápsulas de ciclos, cadências nucleares, asilares até o mais brutal crime, quanto mais se apresentam como libertadoras, lançadas a mundos não domesticáveis). Voltam elas a engendrar, no final, a vida afora (de fora). Obs: Em Godard, a linha do fim é mesmo mortal.*

9.Uma concentração de corpos sub-repticiamente sedutores se dão a ver com pregnância somática em *Goodbye Dragon Inn*. Faz paralelo ao decaído espaço de exibição com seus funcionários e frequentadores disfuncionais, deficientes, de todos os modos (abrigados em um ambiente considerado a princípio sobre o prisma do imobilismo, do *estar sentado*, quando ali se vivencia uma busca desenfreada de afeto à altura da epicidade dos filmes asiáticos que se projetam em tela larga, tantas vezes tomada diagonalmente, em vértices desnorteantes pelo cineasta Tsai)

Meu diálogo ao vivo com Sean Price Williams foi encerrado nos últimos momentos da estada em NY, pois eu já estava com data marcada para o retorno ao Brasil (curiosamente, chegando aqui no dia 11 de Setembro de 2001).

"Vocês têm algum vídeo do diretor Béla Tarr?"

"Olha, aqui não temos todos os filmes do mundo. Não somos uma cinemateca, apenas uma locadora de vídeos"

PONTO DE ROMPIMENTO

Nada mais podia ser conversado depois de tal corte, de tamanha demarcação (Williams falava sério para mim, sem pestanejar, refratário ao colóquio espontâneo sobre o último ou o mais remoto filme).

Parecia até que se achava embutida em tal resposta uma razão técnica, também tática, a envolver o comércio e os formatos disponíveis para filmes (VHS e DVDS). Uma época se findava. Não voltei mais o Kim's bem no meio de uma conversa espontânea, da busca por mais algo (filme, fala, forma de estar num dado lugar) a ser visto e depois dialogado.

PONTO DE RUPTURA que Sean acabou por encampar em tudo que faz (a contar dos anos 2000, iniciantes naqueles idos ainda no balcão de comércio) e, então, passa a ver (PONTO DE VIRADA do referencial Kim's, que só pode reunir o que mais à frente se imaterializaria através de *streamings*, mas não fica sem prometer coleção corrente de tudo que há, em buscas constantes a fontes de *rip* e remissão)

*Há algo de rip mais remissão à(s) História(s) do(s) Cinema(s) no conjunto dos filmes fotografados e agora dirigidos por Sean Price Williams*

–

Começo a escrever e a indagar, já em outro inteiramente novo momento. Daqui a dois dias, embarco para a viagem de *Campo-Experiência* (um lugar chamado Ipê), a convite de minha própria mulher há meses fora de casa.

Estava já combinado. Um ano quase se passou desde o Festival São Paulo Internacional. Carrego meus cadernos (um único livro-de-bolsa se forma?) na arrumação da bagagem.

## *HISTÓRIAS DOS RECEPTORES (CINEMAS HOJE)*

*Sentiu-se confrontado (ele, Sean, agora Price Williams para o mundo) por não poder dizer e oferecer algo de Tárr? Teria tentado evitar ser diminuído seu conhecimento atrelado ao comércio pretensamente abarcador da empresa exponencial de locação de* todos os filmes *em formato-compacto* (Indago sem sinalização interrogativa, até por que todo *por quê?* põe em questionamento *por que*, não exatamente a coisa ou objeto exposto a uma razão possível)

*Distanciou-se porque eu disse ter um compromisso de família no Brooklyn não o acompanhando ao cinema para firmar amizade além do contato fortuito aluguel-comentário de vídeos. Não, nada disso. Ele me viu ainda uma última vez no Kim's, antes de eu dizer* Loin de Manhattan 2021, *não para alugar filmes, mas para a compra de um cd (no 2º andar da loja, onde ele não trabalhava) para presentear um amigo no retorno ao BR.*

*Casualmente, o vendedor estava por lá, em outro setor, e dirigiu seu rosto em minha direção para ver se eu havia guardado algo ainda da nossa camaradagem cinefílica, em ultrapassagem do estrito meio da grande locadora.*

*Não retribuí o olhar, transmiti desapego, desconhecimento de sua presença (hoje sinto esse corte, no entanto não podia ser diferente, pois seria outra toda essa lembrança, talvez mais antiga, talvez menos intensa e deferente)*

*...(memória, montante em movimento do que foi visto, desde então) talvez menos referente e desejosa de retornar de um modo ou outro, mesmo indiretamente, à pauta de filmes-titulos, à volta do ex-balconista. Depois de tanto tempo.*

Agora estamos no mundo (eu e meu *amigo norte-americano*) prometido pelas difusões de imagens (disparos infotécnicos no horizonte acessado por multidões irreconhecíveis de um pressuposto, pressentido globo em um só giro)

Agora estamos na batida das horas tornando-se milenares de novo (sob o peso de mil anos precedentes não transmutados, prevalentes a olhos vistos) –

Difusões do calendário acelerado entre contagem e anti-linha de montagem –

Avançados desde os 1ºs anos despontados em 2000 até a terceira década de uma época quase não percebida, tamanhas a avalanche e a voltagem de uma História não recuperada pela pedagogia-mestra de uma política central tomada como guia (a despeito da propalada e uniformizada, em rede, Linha-do-Tempo)

*Meu artigo sobre THE SWEET EAST toma corpo quando dou intervalo para conferir o vivido entre o balcão do Kim's e o primeiro longa-metragem assinado por Price Williams.*

*Acaba por ser resenhado no* site *o filme, porém há um escrito desenvolto, além do que pretendi finalizar e conceber apenas na cabeça. Há dias anoto sobre a continuidade do muito filmado por ele como fotógrafo em ascensão desde a primeira metade da década de 2000. Os meses avançam. Não largo da mão os diagramas compostos por SPW e por mim mesmo numa distância devotada a tudo que desapareceu.*

Os primeiros dias em Ipê – entre 2023 e 2025 – são atenuados um tanto pelas festas natais somadas a *réveillon*, logo, sem muita trégua dada às celebrações. CAMPO-EXPERIÊNCIA ganha muitos meses depois seu contorno nítido de conversa e contemplação conjuntas.

Difícil fica avaliar qual faixa etária predomina no grupo. Há mesmo crianças deixando de sê-las, sequiosas em se aninhar naquela viagem de olhos fechados coordenada em parte por Águeda e majoritariamente por um adolescente de nome Garrel.

MEDITAÇÃO CONEXIONAL

Chama-se a linha tomada pelos trabalhos nesse reduto campestre (nada imune ao que fui submetido quando do México, com as mãos de Wendy ainda esquentadas nas minhas em condução de pimenta matinal, círculos fílmicos até o delírio da macumba saída de meu próprio corpo primitivo reservatório de gozos alheios nascidos de mim mesmo inseparável de um grupo)

MEDITAÇÃO CONEXIONAL

O nome vem feito eco México, provido agora de uma paráfrase clínica, não de todo destituída do adereço da exposição, de um intencionado espetáculo do pretenso "fórum íntimo".

Tremo pela repetição do acontecido. Temo pelo menor viés de aproximação de CAMPO-EXPERIÊNCIA com CAMPANÁRIO, um filme onde parte de meu ser e sexo estão em captura (com total consentimento do que me diz ainda respeito)

O que antes, no México D F, não tinha nome, ganha agora uma voltagem de aplicações metodológicas instantâneas

MEDITAÇÃO CONEXIONAL

Passa-se, primeiramente, uma noite de 10 dias concentrada na captação de palavras e imagens colhidas no sono/entressonho/sono

Duas manhãs são dedicadas a exposições do que foi apreendido no estado noturno propiciado pelo rancho da proprietária e *patronesse* Brigite Karmann, antiga modelo da Rhodia e outras grifes, ligada *à empresa* que patrocina a Revista de Arte e Performances *Maga Mega*

A recolha de dados extraídos de si pelos próprios participantes vai proporcionando diálogo grupal. Apenas Águeda Santelmo, na função de psicanalista-propositora, atua com mínimas observações ao dispor em lousa alguns dos elementos-chave constantes das anotações e dos fragmentos ainda não formados entre palavra, figura e relato advindos dos momentos de repouso daqueles ali em reunião.

No dia número 3 de CAMPO-EXPERIÊNCIA, a meditação se realiza isoladamente nas dependências da imensa moradia localizada em Ipê-Posse (uma área ainda mais ruralizada do município, tomada toda pela Mata Atlântica)

Conversações com os integrantes da Incursão passam a ocorrer sob orientação de Santelmo com o subsídio de Camélia Côrtes (Antropóloga Cultural, observadora e palestrante), Cleyde Cotrim (Anotadora da Experiência e, como saberemos na noite final da Jornada, atuante como Aplicadora de Toques)

*Algo que não chegarão a saber, mas não sai de meu pensamento, intraduzível jorro de ligações com os ministrantes, é o dado de que na noite da Sessão de Toques sobre nossos corpos (rio muito por dentro), não movo os lábios e retenho poucas palavras mentais para detectar a semelhança com os Passes do Espiritismo, dessa vez voltados ao aterramento das criaturas na vida presente sempre em urgência, na demanda de senso de solo, fixação no irreversível Real*

Certamente, coordena os *rounds* de Concentração e Conexão o filósofo recém-saído da adolescência. Trata-se de um componente do Núcleo Duro do Projeto. Estudioso de Cioran e Reich, da fusão criada por Lygia Clark com artes visuais e terapia, Garrel das Neves não fica sem evocar o cineasta homônimo por tudo que o realizador de *Le Grand Chariot* (2023) tem de mais patente.

Sim, sim, o artista da literalidade que é Philippe Garrel. [Depois acabo sabendo que a mãe do rapaz da Mata Atlântica, pois há anos ele reside naquele esplendor, ao mesmo tempo, um ermo algo inóspito, apaixonou-se pelo filme *Um Anjo Passa* (1975). No momento concreto em que Duse começou a se enamorar durante a exibição em Mostra Europa Inédita por seu acompanhante naquela sessão, homem fugaz que a engravidou de Garrel (sobrenome tornado nome próprio)].

*Tudo também começou comigo e Águeda em sessões contínuas de cinema, sejam em casa sejam em cinemasclubes Estações de Maratonas. Tal gênese amorosa aparecerá nos processos da Meditação? Penso, mas devo abandonar palavras fixas engatadas com o ato brutal, primitivo, de pensar.*

*Mesmo ao reconhecer a motivação maior de eu estar aqui a receber preleções seguidas de palestrantes e momentos de total isolamento, ainda mais doído quando sou afastado numa cabana quase inabitável, bangalô úmido, ideal ao despojamento de atos contemplativos, dolorosos quando compreendidos em meio a grupos, a alianças entre vivos*

Como deixar de ver, na sequência dos dias em Ipê – Campo – Experiência, nas explanações e nos exercícios do jovem Garrel os elos com o cineasta da literalidade. *(Pergunto, medito, em silêncio escrevo em um novo bloco de texto)* Aquele que realiza e inacaba seus filmes num só batimento, nada tendo a ver com a mera intenção autoral, assinatura-de-arte, sempre fiel à fiação de seus l*eitmotivs* obsessivos, retornantes (morrer/viver em c/ intertítulo) –

A artesania dentro da linha administrativa do cinema; as vertigens amorosas com a mulher (Nico), também parceira de droga; o cerzido limítrofe de desrazão (com passagens por Tratamento Klinik) e suicídio; a juventude interferente nas destinações mais tardias.

Até que de repente o memorial, fusionado com teatro de marionetes, compareça em *Le Grand Chariot*. Este título de 2023 se refere ao nome da pequena companhia de marionetistas em que Philippe atuou ao lado do pai, o ator Maurice Garrel, e da mãe, no início de tudo, da filmografia timbrada como experimental no rolar dos 1960s, convertida desde os anos 1980 em micronarrativas trilhadas em *loop* sobre abandonos e retornos de uma vida a continuar, a oscilar nos trajetos do tempo. No filme citado, ele converte o teatro da memória no carregamento do fardo composto por títeres e atuantes-artistas em descompasso com as demandas de outra época.

Sobreposição do agrupamento humano, disposto nas sombras, abaixo do tablado em que os fantoches se contorcem e extraem vozes hiperfiguradas de corpos feitos completamente de mãos –

Justo o que não aparece e mais incide sobre a outra cena margeada àquela ofertada à infância como feito antigo, mímica e mimetismo de uma ideia lançada ao que há de anterior, primitiva manifestação parcial de figuras por inteiro.

Entretanto – entre-atos –, se desenrola um sequencial desmonte dos lugares e das vidas que animam projeções da metamorfose do humano em fantoche e vice-versa.

Mais do que nunca, *A Grande Carroça* sobrepesa e levita: o universo dos títeres invade o ver-cinema. Ganha a própria gramatura do liso, do raso da visão, chegando ao momento de sua desaparição no cenário das artes, simultaneamente aos desenlaces das existências dos marionetistas. Dissolvência do próprio filme a que se assiste, rumando para seu final, com breves informações sobre os itinerários tomados pelos animadores de bonecos. Entre o referencial infantil e o fatalismo dos cortes capazes de desenhar nascentes fusões entre objetos passíveis de criação e sujeitos dotados de intensificado imobilismo.

De modo próximo a uma sessão cinematográfica, o Garrel de Ipê insufla um gestual grupal em planos

Em campos Onde *natureza* se entende como *guerra*

Sem chance de reverter o combate para além de si mesmo (Exatamente, o si-mesmo está em causa)

Palavras interligadas às mentes não são reiteradas verdades internas, nem também discursos fáceis de alvejar as grandes antecedências. Perpassam as motivações maiores do que o mínimo sussurro colhido nos planos atlânticos da mata afora. Planos esses tantas vezes selvagens, outro tanto marcadamente situados em funções urbanas, típicas da hora-agora a escorrer umidade, ecos já sem voz na paralisia dos agrupados em casulos/cabanas (Carrocerias em bruto, carroças-fantasmas portam *fábulas portáteis expressas por cada um dentro de* disparados *stagecoachs, pois o tempo das diligências não se findou*)

Assim Garrel, o ministrante de Ipê do Campo, encerra a primeira metade da maratona tal como transcorre a partir da reunião dos depoimentos de corpo vivo colhidos um a um dos passageiros/participantes

*VIGIAR O ESTADO DAS COISAS*

(Garrel toma a frente em nossas primeiras horas matinais no Campo)

*O foco do controle lançado pelas governanças mundiais a partir das torres fulminadas do projeto eminentemente econômico da Globalização acirrou as culturas planetárias aí compreendidas.*

*Um enfrentamento com as faces reais, vindas de solos milenares, continentes sublevados, em meio à atualidade tecnotrônica, foi sendo encampado no dia após dia do horizonte download sobreposto à ideia de acesso ao universo.*

*Apenas por blindagem das trocas sociais imediatamente acionadas em escala terrestre, a Economia se reorganiza. Firma-se pelo contrário de qualquer contrato com o mundo, o movimento da vida.*

*Culturas e criaturas são seladas para a administração dos códigos daqueles em itinerários errantes de um lado a outra da esfera mundializada.*

(Garrel toma a frente, posiciona-se no meio do círculo que formamos em Ipê-Posse, passando a incitar o desmonte das palavras-de-ordem com as quais nos guiamos nas órbitas de um envoltório sedentário, confortável, de tecnologia)

*OS PRISMAS*

*OS TÃO PROPALADOS PONTOS-DE-VISTA (em Seminários e TelaJornais) SE REVIRAM quando entendemos as pistas da ação coletiva –*

*VIGIAR OS ESTADOS DAS NAÇÕES EM CONSENSO ENGLOBANTE ECONOMICISTA*

*Em nome do combate ao terror, maior incisão vem se produzindo sobre as formas todas de vida, estejam onde estiver. Passam para o primeiro plano a vigilância e a monetarização.*

*O que-se-diz sobre Segurança (nos cruzamentos de rua, nos apelos dos corpos) ganhou o sentido norteador dos que precisam se apresentar por imagens. Através de opiniões alinhadas a algum sistema de pensamento/posicionamento, postadas por ditos-discursos-digitais inserções em trânsito incessante*

Vou pouco a pouco apreendendo a vertente Conexional posta bem aqui em prática, dotada de impulsos irrecusáveis de recursos para lá da monologia meditativa.

Inevitável, o desatralamento do fluxo diário maquinal, assim como da prefigurada natureza em que pressupostamente nos abarcaria aqui nesse dentro recôndito retorcido, refratário à fixação de imagens de coisas, palavras, mundos e mentalizadas noções de nós = a um mesmo. Tal como prefiguram os fluxogramas das conversações em rede, resma disciplinar-discursiva (papéis escritos exibidos sonorizados devotos a um grande Eu cifrador, exposto escorreito exercício circular)

Inevitável, também, fazer a correspondência com o nome quebrado entre Meditação e Conexão proposto no México. Entre artistas-de-rua e uma diretora de filmes tão veterana quanto inveterada no propósito de captura (linha *cinema-vérité-variété)* de um "puta" flagrante, brutais reportagens (matriz-escândalo doc), que se enveredam para rituais de feitiçaria mescladas a despossessões extraídas de expressões corporais em jornadas contra psicossomatizada razão analítica

Serei desvelado (   )

Pergunto, não uso sinais e interrogações.

Lembro-me do analista Felício Neme, distante de minhas sessões-confissões desde sua mudança de endereço, a 70 passos de minha residência, agora apenas concentrado em consultas *on-line.* Tudo o que me afastar ainda mais do espelho/retângulo vertical celfônico onde/diante/distante eu faria um solilóquio para a vidraça, o biombo, a presença líquida, a pura imagem de uma interlocução imaterial

Apenas em conexão física, haverá o pretenso ponto focal de todo vivo: desvelamento, decifração, descoberta de uma trilha reta, sem quebra, infinita.

Depois das preleções de Garrel, a antropóloga Camélia Côrtes toma as nossas tardes para aproximação de todos. Tem início um diálogo centrado em palavras que todos estendemos uns aos outros numa roda direcionada ao Campo, o mais concreto chão escorregadio de terra

Estamos no último dia de experiência – Como ocorre na passagem para o turno da noite, Águeda é quem nos contata, tendo os toques de Cleyde Cotrim em paralelo. No findar da estada em Ipê-Posse, ela mesma, Águeda, envolvida pelo rumo dos dias meditados e conectos, é quem me leva para o sereno descido sobre as palmeiras do Vale.

Não fica esquecido o dado de que estou aqui para reencontrá-la. Ainda que sob o esboço de tal promessa venha uma bateria de ritos e ditos nos encamar –

Desgarramentos das palavras consolidadas como coisas próprias/Contágio de vozes/imagens/escritos não mais arrebanhados pela tela informática/Precisão sobre o instante da História imerso nos microbatimentos da duração entre acelerada e diminuída de nossas vidas pelas escarpas, por estrias da noção de tempo e lugar

*Passeamos por longas horas da noite. Voltamos no dia seguinte a nos encontrar, dessa vez nos deitando na relva orvalhada de um recanto onde pensamos na impossibilidade de sermos vistos. Fazemos uma espécie de fuga furtiva pelos campos.*

*Encaminho-me para uma moita de musgo e floritas vicejantes, que passa a ser a nudez gradativa de Águeda.*

*Só faço seguir seus movimentos até a sua gargalhada, um giro (baba comum é seiva) sobre meu corpo também completado.*

*A brisa diz de uma celebração inseparável do movimento ativado por minha mulher. Não, por aquela mulher logo compromissada com o princípio da fuga furtiva.*

*Sou deixado nu – peludo, a mirar-me (mira-me também a glande leve*[10]*). À volta, apenas musgo, flor já mudada de cor, brisa permanente*

N*ão há fronteiras entre o que se entende de uma vida e sua extensão – medita-se e conectado está* esse alguém (ao acaso eu) em um real radiado para lá do entorno natural, do consenso globalizante –

VIGIAR O ESTADO (distorcido por coisas-palavras-ditames neoeconômicos os mais violentos a favor do desabrigo coletivo) se mostra a operação antes exclusiva ao cuidado de um perdido "fórum íntimo"

Desde os dias intensos e as noites pouco dormidas de CAMPO–EXPERIÊNCIA: Avivar o sentido militante de uma conectiva cidadania surgida de gestos básicos, mínimos, se esboça no Esplendor e no Ermo (Bem além do englobante natural e do fluido maquínico encorpado ao motor de cada mente-olho à mão dos dígitos)

Levanto-me do matagal. Empapado de orvalho, terra limosa, saio a pensar na fala de Garrel das Neves para a cabana onde contrato o táxi-aplicativo. Fica clara a senha de que eu e Águeda por aqui nos reuniremos à medida que incorporo

Ir e vir Campo Cidade/Cinema Realidade – Sem interrupção de tal trânsito entre moradias, lugares. Limiares (nenhuma chance de centramento, encerramento) –

Eis a trilha aberta (temo dizer "conquistada" entre intuição e partilha, desejo e divisa de um outro cada vez mais diferente, mesmo reconhecido numa história de casamento há décadas).

O automóvel chega. Abraço o grupo, saudando Garrel e as outras. Isso, sim: todos são receptivas ao extremo da ação congraçadora.

---

10. Eugénio de Andrade (há muito tempo, eu não lia o poema descoberto por mim e Águeda, lá no início de tudo, à procura de vídeos e livros num Sebo) "Nas Ervas": "...aberta à doce penetração/das águas duras,/respirar como quem tropeça/no escuro, gritar/às portas da alegria,/da solidão.//porque é terrível/ subir assim às hastes da loucura, do fogo descer à neve, //abandonar-me agora/ nas ervas ao orvalho –/a glande leve."

Estão no feminino indeterminadamente; assim todos declinam adjetivos/pronomes sem usos de arrobas substitutivas do par/páreo nominal-cultural e do *fake* neutro corporativo em sua vã tentativa de criar uma língua elusiva, protocolar-postiça

Quando rege na real do não-controle econômico-estatal a vida mulher material.

"Agradecida demais" me manifesto pela estada nas vizinhanças da casa (Ipê e suas adjacências) que mantenho com a mulher de sempre, a criatura a ser sempre redescoberta –

Pulsante parte minha, de repente em despedida *não definitiva, deslocada para* fazer vibrar a crista e o solo terroso onde a partir de agora nos encontraremos.

Cercados de muitas outras, cercanias de inúmeras mais e mais diferentes outros num mesmo espaço

(Fora do Lar).

INFERNINHO
SOL SOBRE A LAMA
FAMILY LIFE
DO QUE VEM ANTES

Já em SP, em preparação depois de 2 anos quase para uma viagem a Petrópolis, o vocal de Garrel ressoa. Quando não, recorro aos escritos daquele homem jovem – por força de minhas idas constantes a Ipê, especialmente direcionado aos ciclos infindáveis de Campo-Experiência, de modo a ficar mais próximo de Águeda, com nossos corpos ativados. Porque dentro de nossa casa antes do casulo campestre, o casamento reengrena as ferrugens de uma época passada, parelha às cisões mulher-homem, reflexos mútuos e regressões incuráveis. Bem além do que somos precisamente um para o outro, carregamos o sobrepeso de uma humanidade anterior, em aliança doméstica esticada até a erosão de cada membro familiar.

*Mais do que nunca, precisamos pensar e atuar na dita História (pequena que seja, exatamente aí no muito minúsculo e despercebido dia*

*após dia, diferentemente das Grandes Datas, dos Inscritos Marcos dos Séculos Pregressos subentendidos no tão Anunciado Milênio)*

[*À maneira de prospectos ativistas ecosóficos, esquizoanímicos, os papéis das Maratonas no Campo são distribuídos a cada encontro pelas criancinhas da região do Vale dos Lagos,* onde se localiza Ipê e suas adjacências. Desde cedo, da parte de quem por aqui nasce *há um empenho no invisível, no recolhido, no não-visto dentro do satélite discrepante do Consenso/Concerto Global* incidido em nossas campinas]

*Sofremos intervenções nos pontos menos avistados de vidas e localidades para nos deter e controlar. Em nome de Segurança, Defesa do Terror Exterior, do Desejo Representativo de Cada Corpo. A favor do Acesso Universal ao Bem da Inclusão/Inserção.*

(O próprio Garrel adoece a cada récita convocadora de um surgente coletivo encorpado entre a mecânica maquinal e os cultos naturalistas, em honra ao originário dentro de molduras bem defendidas)

[O mesmo Garrel falece de uma súbita vertigem abismada por contatos horripilantes com um todo crespo avesso aderido à sua pessoa, embutimento a ponto de um bem pronunciado rasgo (refratário a clínicas). Não à toa, estão ali colaboradoras para reanimá-lo após o proferimento do que emite sua fala sem mais divisória de si e serviço impessoal a quem estiver naquele "pedaço" em presença, tantas vezes virtualizado por códigos de aparição/apresentação entre muitos, entre progressivas multidões *extramachina*]

*Dominação de um Mundo-Imagem ao cúmulo da sutura, mas também da ordem de palavras nada coextensivas. O verbalizado, logo em registro entre dispositivos, funda rações de Razão –*

*Onisciente Órbita de endereços entre amigos de álbuns/rostos. Ao redor dos deferimentos sem retorno à vista além de conflito ou consenso, de gosto ou desgaste do mesmo*

[Estão ao lado do comunicante as 3 mulheres-base do Projeto, Águeda-Cleyde-Camélia, em suas respectivas linhas assistenciais-programáticas, sempre cruzadas. Certamente, no *backstage* se encontra instalada a madrinha e financista Brigite Karmann, comandante à distância de um *magazine* de Tendências]

*Palavras que tanto acorrentam pessoas a coisas visíveis ou não. Escoam, de fato, até à dissipação do impulso de cada ato. São desprovidas de correspondência com as referências emitidas no pretenso diálogo/ corrente comunicação dos Universais de tela-arquivo-simultânea resposta reposta*

[Por tal embate da razão racionada como opinião acolhida em rede que se esgarça a cada sedimentado posicionamento, Garrel falece, adoece ao emitir

MEDITAÇÃO CONEXIONAL de próprio punho ou na pulsação do ritmo falante

Não consegue dormir. Ergue-se para a experiência, para o adentramento em campos estriados sobre o Campo patente, verde florido até o musgo as moitas o montante atlântico, ao alcance do nome Ipê.

Adoece por um trabalho nada professoral, feito de clamorosa carne-viva em autoexposição].

*Um Humano, Um do Humano que não é dele (tal qual/igual), nem exatamente ele chega a ser transmitido, sempre por nascer*

*Mais um, nome humano, então passa por Garrel (ele, p. ex) e fala*

Ida inédita a Petrópolis (destituído das marcas antecedentes, familiares, acionadas mecanicamente para ligar ao enclave serrano o motivo da viagem).

Sou a partir de agora a pessoa mais antiga em meio à irmã e sobrinhos. Com Garrel na cabeça, chego até aqui, sem querer sustento pela memorização das práticas apreendidas no pêndulo *espaço campestre-grade transdisciplinar* (surgem repentinos os rostos contíguos de Cleyde, Camélia, Águeda). Outros atributos (feitos de escuta, leitura e visão) ganham o contorno *de cor* definitivo (mnemônica fase tardia) –

Sua fala passa ser minha (Ivo/Garrel), nunca suficientemente referida a uma explícita hora, a uma só pessoa por acaso nessa ainda continuada vida –

Na companhia de Biba, entro na casa onde agora ela reside sozinha com a emergência de encontrar um local habitável após à morte de mãe (seu genro disponibiliza uma residência familiar fechada há anos, tomada de mato, telhas e tacos soltos, porém espaçosa). "N*ão* vou ficar aqui por muito tempo, tenho um trampo na cabeça, penso ter encontrado a trilha da minha história nessa existência", a irmã vai gradativamente se reapresentado para mim após mortes impactantes à nossa volta, nessa mesma cidade.

Nos falamos pouco de modo a evitar contendas. Ouço suas palavras finais no resumo da noite em que voltamos a passar juntos – "trilha, história, existência" –.

Cada um em seu canto, no resguardo de algum ataque cronicamente invaginado à guisa de matéria palpável a fazer ligadura entre-nós, polpa apodrecida dum nascimento seguido um a outro (irmãos duais) na mesma contingência: origem, destinação, crise constante ao meio, no sempre desmarcado meio-da-vida (por onde dá sempre para retomar/começar pelo mais frágil fio restante).

Tenho ali alguns sonhos – nada a ver com descargas psíquicas (freudiana via), tampouco desterros psicográficos (fortalezas d'além) *vêm cravar senso de decifração no relato de um repouso ilustrado por imagens de impacto* –

Antes de dormir, me enredo com o dado de que estou vivendo no trânsito cidade/campo desde o falecimento de tia e mãe em ordem crescente, com um breve interregno. Tenho saído pouco do Estado de São Paulo, deixando de aceitar convites para festivais fora do País, necessitado de ativar meu vínculo com Águeda, mulher oscilante, inseparável de algo que não pode ser designado mais como Ipê-Experiência, mas prova a mim extensiva por onde quer que eu passe (em lugares mais restritos, desde então, desde o corte de sexo e da aliança confirmadora de homem-mulher nos mínimos movimentos de vida).

Minha irmã me chamou para conhecer sua casa depois de anos não mais em dependência da pensão de divorciada garantida por mamãe, sem também contar mais com os contributos vindos do plano-de-saúde pago para Dona Magu até a detonação feita pelo Alzheimer tbm por algo além/bem físico, difícil de se detectar pela inspeção médica sempre sempre em demorado desenvolvimento

Ciência umbilicalmente presa pela própria mãe-da-doença.

Na real, estou na primeira casa em que Biba mora, desguarnecida da intermediação de casamentos e separações resguardadas pela interferência nefasta juntamente com acolhida generosa da parte daquela atuante no lugar de mãe.

Tenho alguns sonhos ali

Bairro Bingen (Petrópolis, Rio de Janeiro, quarto com goteira)

Antes de tudo, há o que ressoa de Ipê na voz de Garrel e da bateria das assessoras através das quais emite "Inexistência de resguardo por qualquer pacto soberano com a vida exterior – governança, contexto, materialidade do dia a dia –

Muito menos por palavras interiores a um só instante encaminhadas para algum domínio corporativo – risco mesmo de Campo-Experiência se tornar metódico-monológico (Em nome do Natural, sempre Nascedouro de Nomenclaturas Sistêmicas)

Por palavras interiores construídas contra nós mesmos sempre desconhecidos e alterados em convívios nunca harmônicos em nossos pretensos abrigos e no asilo aleatório *à* volta

Clamado *território* – solo nativo de terra batida intratada, na andadura de nossos 2 pés por cima ou deitados"

A direção fotográfica de Sean Price Williams no correr dos vinte e tantos anos do atual – pouco a pouco deixado para trás do sinal 2000 – milênio se faz presente. *Sonhar* vem da montagem acolhida por tempo demais sobre nossos olhos em miragem fílmica, limitados por fantasias à luz do dia despachadas em convulsa cifra para dormir. Quer dizer: despertar em outra nesga de época para haver ingresso no transcurso tartamudo do momento.

Juntamente com Garrel das Neves, o fotógrafo-luminista marca os estratos da vida íntima com tingimento de cor cinemática. Quando fecho os olhos para tê-los bem abertos sobre o que fui/fiz e ainda assim está para ser descerrado por Câmera Escura. Cria-se o compasso com o forum das ciências em experimentação (Ipê adentro): Psic Antropologia Culturalismos Diversos Filosofia Global Animismo Ameríndio Amor Fílmico

Meditação em meio a muitos outros cada vez mais diferentes acaba por formar liga com a condição do cinema-fluxo permeado por *posts* maníaco-mecânicos instantâneos e posterioridades –

Em busca da captação do que vem de um meditador contíguo ao próximo um, os participantes de Campo. Experiência fazem do memorial interno, dos fragmentos oníricos, dos pontos obsessivos do pensamento tornados imagens violadoras do Trabalho sobre Si um modo de diálogo, cura e rompimento com as divisas comuns *às* individualidades retidas pela logíca labiríntica das palavras e das visões aparentemente a estas convertidas. Daí ser MEDITAÇÃO CONEXIONAL o acontecimento capaz de operar a ruptura entre ideia e imagem, palavra e juízo.

Não ao acaso, o cinema fornece um constante paralelo de congraçamento, de coletividade reunida ao ritmo da aliança fortuita desenrolada em uma mesma órbita. Ante a tela, projetada por todos num só instante e para além do comando visível de quem quer que seja.

Exatamente, o *qualquer que seja* decide (sem a menor amostragem de quem) a celebração da cerimônia.

*Parece vir da dimensão dos repentes, que impulsivamente até o dia de hoje eu entôo – filho de nordestinos desde cedo acelerado pelo combo de poesia/zabumba/língua a léguas levitada – e implanto no meio do nada –*

*Ando de um lado a outro (Copa ou Barra, Leme ou Leblon, donde não identifico zona praieira, sobrevem mar em ressaca)*

*Há horas (dentro do sono) procuro um lugar para dormir, até que arrebenta a manhã carregando as águas em algaravia como temor e convite mistos. Mãe passa a me seguir. Logo pela voz e por seu vulto, memorizo a indicação dela para aproveitar sem titubear o chamado do dia com a força do mar em avaria.*

*Ainda que não queira me atirar na oferta praiana, o transtorno toma a ideia de mergulho, pois sou banhado por todos os lados*

*Respingos gigantes atingem quem passa pela avenida calçada longe da areia e da maré acinzentada*

*Gotas enormes espargidas, expelidas num grande e incalculável tumulto sem chance de acabar, já são um belo dia de banho de mar (vontade e aventura maternas passadas ao filho como auge do lazer nos primeiros anos de vida)*

*Dá para notar que outras pessoas passantes pela avenida fronteiriça à praia aproveitam a vulcânica explosão aquática*

*Algumas delas chegam a dançar, incorporadas pelo novo veio turístico, ao natural de um esparrame*

*De um derrame (porque surgem fortes as primeiras sensações da chuva quando vinha bater nesse corpo quando colhido na infância em incômodo prematuro*

*Vinha um* déjà vu *herdado do mal-estar pelos que passaram antes por aqui, cruzados à minha pele em transtorno pela água incessante). Um transbordamento indicativo do prazer pelas coisas vivas, irrecusáveis, mesclado por sua vez com um surgimento súbito capaz de violar o entendimento daquele corpo – ao acaso, o meu – que por ali passa*

Déjà vu *se infiltra no nunca visto antes –*

Isso aí (coercitivo sono) cifra e recicla a película rasgada, dobrável, designada sonho

Nem quero comentar a presença de mãe na primeira noite vivida e dormida na primeira casa de minha irmã nessa vida –

Está em ronda uma querela pelo simples fato da gente tomar no café-da-manhã grande parte restante do leite em lata Nutren, comprado por mim no Mercado Livre em 12 prestações, tão caro é o preço e essencial o produto se mostra para dar sustança a uma mamãe combalida, magra até o osso, adentrada já na tão comentada e jamais conhecida/assistida morte.

Irmã se decidiu em dar impulso à sua formação – com registro e tudo pelo Tablado (bem lá num primórdio, pluft!) – de atriz. É sobre o que comentamos no nosso desjejum. *Há poucos meses, deu início à função de instrutora teatral para turmas de criancinhas nos bairros mais distantes, chamados de distritos, pelas periferias petropolitanas. Biba me pede sugestões. Não apenas para pedagogia, mas com intenção de ser criado um canal virtual com cenas e leituras dramáticas empreendidas por ela em atos abertos, tão diretos quanto breves, levados aos usuários do diadia sem fecho* da órbita informática (irresoluto passar da hora notícia próxima de um tempo indistinto do viver/acessar).

Estou aqui, também, para desenrolar junto com ela uma atividade bem específica, na escolha dos textos, na colaboração para as montagens dos fragmentos cênicos (sempre celebramos juntos teatro cinema escrita como um fator forte de nossa irmandade; *nós nunca nos esquecemos de tal traço vicejante ainda)*. Atividade, por sua vez, implicada com o destrinchamento dos pontos mais encordoados da trajetória interrompida da irmã por força das paixões geradoras de filhos, consequente família composta por crianças nascidas de homens e relações diferentes, num entrançamento em que o dado teatral se agita e grita por um escoadouro mesmo sendo bem tardio.

Por isso mesmo, a opção de pôr em atos *on-line* peças de Plínio Marcos – dramaturgo cultuado por Biba desde a adolescência, tomada de encanto pelo brutal realismo definidor do teatrólogo, mais o toque de choque vindo dos espetáculos proibidos pela Censura Federal – ganhou proeminência. *Balbina de Iansã* e *Madame*

*Blavatsky* vêm à mente de minha irmã. *Pertencentes a uma fase posterior às explosivas radiografias do real brasileiro mais subterrâneo – Navalha na Carne é um cume de tal ciclo dramático –, Balbina* e *Blavastky* podem render dois blocos teatrais impactantes, talvez com maior poder de ressonância se. numa única encenação (virtualizada ou presencial), enfeixarem o título *Blavatsky Iansã.* Biba toma essa linha. Faz uma espécie de liga, de guia, a partir das duas figuras místicas, tão diversas entre si. Decide, também, ter (em palcos imateriais ou presentificados) como reapresentação da atriz seu primeiro nome, *Belinda*, acrescido do referencial ritualístico *Dioniso.*

Fusionam-se, assim, *títulos de peças da mesma forma que é deflagrado* o nascimento de uma mulher (idosa que seja, portando uma face infantil) como atuante do chamado Espaço Cênico. É o que pensa ela e escancara para mim, na batida de nosso diálogo já avançado para o início do dia seguinte. Peço pausa, por sentir um transbordamento de suas emanações de vida represada e do canal de teatralidades em desbravação justo agora. Um sobrecarregameno de coisas vindas da irmã acelera a emergência de um descanso (pausa, pouso na lei imperativa, indesviável, do sono)

*Dois Sonhos e um Entressono –*

*Bato com a cabeça – sem dúvida, os pés doem demais – de um canto a outro do lugar onde vim passar parte das férias em companhia de T (a tia, nesse momento, à distância, entra para dentro da casa espaçosa onde vamos gozar alguns dias juntos). De imediato, quero andar (estou sozinho em minha caminhada) pela localidade serrana (Petrópolis daqueles anos iniciais, década de 1970, transformados em estância interiorana muito florida perpassada por ruelas em ziguezague)*

*Numa encruzilhada que daria para a volta à nossa moradia, perco o itinerário. Zanzeio. Moradores da região fogem ao meu contato. "Matutos", "acanhados", riem da minha pergunta ofegante acerca de retornos, atalhos, e se afastam. Um senhor, no entanto, pouco antes de aferrolhar sua porta para desfrute de um dia findo, acaba por confirmar a reta entendida por mim como aquela a conduzir à residência minha com T nesse tempo de férias.*

*Aos poucos, temo em não acertar o passo, mesmo ao reconhecer certos detalhes da paisagem quando aqui chegamos logo me disponho a desbravar a área, deixando T na morada para onde nos aportamos. Não há confiança sobre o rumo.*

*Novo repente – dou de me apegar a alguém, algum por aí não visível (sacro sussurro verbal involuntário) para me levar à casa de temporada através da trilha seguida apenas de memória quando de nossa chegada por cá (tudo o que o homem da porta aferrolhada pôde depois confirmar). T aparece lá em cima, no topo da residência no instante imediato de minha prece. Está numa espécie de torre, logo escapando de um lugar apenas ofertado ao olho de um caminhante feito eu. Está dentro da torre, indica sua posição para que eu a veja, não sendo mais preciso ali se fixar. Ausenta-se na hora de eu encontrar a casa, sua pista, o lugar repartido com ela, justo quando começo a penetrar no recinto*

Tenho vontade de dizer a Biba sobre o sentimento de comunicação com T para confirmar o encontro tão alvejado por ela na outra ponta da mortalidade – uma torre, o silente aviso de que estou lá nesse além já confortável para a colecionadora da Biblioteca Espírita com seus volumes de capa cinza

Detenho-me diante da lata de Nutren no nosso momento-café. T se encontra no mesmo ponto de doação do Livro dos Amanhãs, do Tomo da Errância. "Dir-se-ia", ao modo verbal das teses em frontispício de obras destinadas a serem lidas com pujança assertiva: está desdobrada por mim folha a folha como se fosse de aparição a aparição no trâmite do que deve ser visionarizado entre antecipação e apagamento.

Assim sucede com ela, o mesmo vale para *mãe – penso*, movido a café no mesclado Nutren sem nada emitir para a irmã perante mim no recomeço da manhã –

Vibra a partida de um desafio (entretenimento que não se afasta do empreendimento), a aposta em seus mais firmes ensejos –

Permanecer na imagem

Essa aí além ao léu traficada pela nesga de uma leitura premonitória contida em letra de livro

Quando não atribuível ao Sonho (das semióticas universitárias ao senso comum dos Símbolos rolados em consultas e carteados, possessões e adivinhas), no entanto dinâmica (moldura visual valorada pelo dormido, pelo dormidor)

Imagem que tanto dispersa quanto delimita (elas duas, T-Mãe)

*Mãe entra na massa densa, irreconhecível de água antes agitada por onda sobre onda. Só dá para perceber o mergulho, seu dorso, separado rosto a se abismar no que antes era praia, um chamado para o domingo solar na Barra. (Já penetra no dia, um sonho da manhã, destacado do envoltório cheio de cifras, chistes e charadas próprios do repouso noturno. Aqui não há pistas obscuras, em falso).*

*Entre um plano e outro, atuante diretamente no ritualizado, reiterado despertar, o Sonho da Manhã, recheado por motivos ao ar livre, fusionado está ao sol.*

*Traz em seu arrasto de coisas o torvelinho cinzento das águas todavia capaz de ser penetrado. Num relance, considero a chance da cura na aparição sonhada de Magu, pois em momento agoniado na casa de sua filha caçula, a antiga sensação da dor da chuva volta em respingos assustadores simultaneamente deleitosos.*

*Não se apartam mais o mortal e o real. Nenhuma dissolvência de tal elo: torna-se possível um banho imediato no que jorra, faz fonte incessante logo pela manhã saudada por um relampejo de sonho.*

*Interconexas Realidade e Dimensão* Post-Mortem

*Durante e Depois parecem referendar um muito antes (temporalidade em pendência inocente da lei inviolável contínua*

*Impossível, delegar a uma figura final coincidente com um princípio assoprado pelo vento),*

*Pelo invento do próximo a respirar coisas muitas roladas mútuas reunidas em regresso, restantes*

*Resíduos renovados de um a outro sem mais desmarcar número último um*

Passo a pensar como se fosse tomado por uma espécie de fôlego a me ditar um raciocínio embalado por sintaxe nervosa, instantânea, nutrida porém pelo sobrepeso de tempos e tempos.

Penso a passagem por aqui. Diante do tomo *Eu Sei de Muitos Amanhãs*, recarregado em minha bagagem nesse retorno a Petrópolis, a convite de minha irmã não só para revê-la após mortes em família, como também para ficar com ela em sua primeira casa, inteiramente habitada por uma mulher solitária dotada de entusiasmo para retomar seu lugar (mulher já envelhecida, sozinha pela primeira vez). Depois de anos limitada pela domesticidade para atuar como atriz numa sequência de atos encenados por ela mesma através de breves monólogos. Biba quer minha colaboração na escolha do repertório dos espetáculos a serem apresentados por uma única atuante. (Imagino, de imediato, em quais quadraturas teatrais ela estaria inserida através de extratos dramáticos transmitidos *on-line*, tendo eu à distância como roteirista e diretor)

Por exemplo, T está em cena – não mais se retirando da configuração de um ato final –

Quando o livro *Eu sei...Muitos Amanhãs é não apenas dado, como doado a mim "à guisa" (tal termo vai sendo empregado no rolar das páginas) de um código fatalista, num mesmo movimento postergado (na real, jamais encerrado)*

*Doar Livro, dar-se à imagem de si não mais restrita a um internalizado espetáculo transmitido de-cor. À feição do que está escrito.*

*Porque se desenrola a cena do livro dado. Doação de um volume, que é sempre da ordem da errância transcorrida bem aqui. Ainda por vir e vazar o teatro da incógnita mortífera. Por vir quanto mais antigo. Assim, será todo livro*

*Por mais que esteja escrito.*

*Esparso (aí está onde for lido)*

*Fica tudo contido conforme uma premissa de presença (na falha procura de um mais-além do indiscernível agora*

*A ser destrinchado em outro agora    afora)*

Por exemplo, sem exceção,

Mãe-tia não se localizam no disposto pelo Livro, nem na deambulação karmática. Muito menos na esfera espiral da espiritualidade de acordo com uma norma coesa, convergente com a ante-vida tal qual um regimento "à guisa"

Elas, as vidas delas duas emparelhadas num término de linha, passam a ser aquelas tais

Como estão em sonhos e no sentido residual do que foram e manifestam na liberta ausência da chamada "matéria" –

Imagens vivas, livres, de determinação prévia e declaração posterior –

Pontificam uma torre lá onde a kardecista, em saudação confirmadora de que a trilha para casa está correta, logo esmaece no interior de sua guarita

Lances abismais de mar induzem ao banho saudável, solar, na mesma via em que o burburinho ganha tônus de *maelstrom*

Entretanto, as duas irmãs mulheres de uma certa data, dentro de certa via familiar em continuação, criam seu movimento à mostra –

Cena de doação e cura,

Danação do estar-em-si transborda uma voltagem virótica para quem chega perto do alheio, inóspito-incógnito, mas imediatamente dá corpo ao ainda presente.

Intercomunicantes criaturas comungam de suas relampejantes realidades.

Entre um momento e mais outro, tal como se dá com aqueles aquém de tal água esparramada, após batismos e totêmicas torres inscritas na hipotética primordial paisagem de vida vicária

Impensável, escapar de tais molduras, quadraturas, do modo como as vi ainda agora, autônomas, intercambiantes contudo.

Desenham um palco até galgar a gradatura de um plano fixo a ser sempre refigurado, movido por elas mesmas, duas mulheres com suas não definidas idades e localidades.

Há um entressonho –

Ou um sono ininterrupto – Dessa vez, meu pai vivo intercepta o fluir de um onisciente onirismo a fustigar vivos, dormentes e já idos –

Impossível, ficar dependurado nalgum recanto ilustrado, por mais breve que seja uma cápsula de repouso.

Suo, o olho não sustenta a dissolução de si para que eu seja (por inteiro, desvestido, recomposto por hora e outra de apagamento). Para ser sonho –

Deve-se dizer de um tipo de contato revolvente com o *socius* (sonhar às avessas, recair no real em circunstâncias cruas, antes que qualquer ideia sonhada apareça).

Inviabilidade de sair do real, não aquele imediato ou recente, mas de toda forma de pregnância anterior/postergada capaz de bater na chapa, carapaça quente da criatura que agora sou. Por mais esquecida, cruzada para lá de uma fase etária, existencial, histórica – Vigília ou vigilância

Própria de um registro ocorrido com o corpo deitado, pouco importando se de fato é realizado o repouso, o descarrego onírico, a clave dissolvente de um conjunto de cor e movimento a pairar de um momento para outro feito a suma não completa de um experimento vivo –

Ficar dependurado numa corda-bamba – expressão e título fílmico de um certo período humano em circulação – quando não, numa casa-de-bambu

Tal como se nomeia o filme de Samuel Fuller (1955), assistido por mim e pai através da tv preto e branco Canal Tupi Rio de Janeiro, no domingo de folga do dono de casa em função de condutor de passageiros tantas vezes nos fins-de-semana alternados, a partir de 1973

*A crise de energia virou sobre essa família. Os combustíveis andam caríssimos. Todo-mundo economiza no que for possível. Táxis vão sendo pouco procurados. Claro, quando estoura um confronto internacional por conta da posse de bens naturais, o vazamento acontece pra tudo quanto é lado*

*Vazamento de petróleo, posso dizer, sobre nossas cabeças jorra em situações incapazes de dizer de uma única fonte. Os noticiários se concentram nesse tipo de crise favorável à comunicação ao fim-do-dia abismo noturno*

As casas-de-bambu aparecem no filme de Fuller com tratamento local japonês, mesmo desprovidas (em nossa pequenina tevê) do aparato Cinemascope (uma das primeiras realizações feitas em tal formato), como também do colorismo barroco (da forma como o crítico Louis Skorecki recepciona a fotografia de *House of Bamboo*) trabalhado pelo diretor no cruzamento da realidade pós-guerra entre Japão e Estados Unidos. Ao embalo de uma confrontação que é conjugação a partir de uma nascente convivência nos graus mais variados de contato (do comércio ao crime, dos pactos soberanos aos subterrâneos da subsistência).

Só que nossa casa também se mostra de bambu. O não-sonho dos anos sequentes, na gravitação de outro lugar-tempo-modo de dormir e despertar, indica a retomada da condição social de base onde sempre estive.

De onde não posso escapar pelo descanso cumprido, amortecido, metabolizado ano depois de ano.

Uma família, tão frágil, encadeada pelo feixe-de-nervos quebradiço de Dona Magu, e pela féria do dia obtida pelo Volks-Táxi no suceder da Crise Energética (eixo da *geopolitik* dos povos desde então explosivamente envolvidos por extensa, extensiva refrega) –

A notícia se veicula montada por *flashes* de toda forma de guerra em meio a *fait divers.*

Através dos despistamentos ante o que desponta entre-imantações das imagens sobre as vidas diretas de seus espectadores, encarniçados seres em busca dos significados acerca do que escoa e se escaninha com o nome Realidade.

Justo essa, "Dona Justa". Poderia dizer uma letra de Moreira da Silva, artista do Rio na corda-bamba, ao nomear com gíria a Justiça tal como soa a lei da tão-dita quanto fugitiva Realidade.

Logo ele, com a alcunha de Kid Morengueira, dependurado entre *persona* e publicista do ritmo quebrado que o acompanha (breque, antecipador *break*), inseparável dum fragmento vivido à procura de sua súmula em sonho.

Tão duro de compreender esse fragmento-sonho como o implacável real que a inteligência carioca – malandragem ou acrobacia – naquele tempo podia lidar em pedaços de vida, quebradas de lugar, dentro e fora de casas tão frágeis como a nossa. "Com toda certeza" – diz um modo popular de asserção em face de tantas nomeáveis realidades –

Se tomada de fora, a casa de bambu, no subúrbio Lins de Vasconcelos, rosa e descascada, pálida arquitetura entre outras moradias passíveis de serem captadas no relance do Trem da Central que por ali margeia, aparece para um olhar de passageiro como a sucessão de vidas geminadas em uma "problemática", panorama habitacional –

A casa não se retira dos sonhos que vez e outra passo a ter, quando não, fico acordado para que tenha surgimento a morada depois de residir em tantas diferentes casas. Repentinamente, impõe rememoração, entressonha-me no estressesonho        Pois o sono não significa um simples adentramento. Ao contrário, no paralelo, faz exacerbar um flagrante avivado do que é exterior. De um rosto com suas feições afora, apreendido de fora; quando parece estar em cifragem de um devaneio vindo com o descanso.

Submerso e, num só momento, aberto, totalmente exibido o desabrigo indissociável do dormidor, ser do *socius* (tudo o que não se apazigua nem some na transferência de uma belamente cumprida "noite de sono")

*Casa de Bambu - Divisa e Desabrigo*
*Desenho, Deambulação*

*Em busca de Súmula-Sonho (jamais refeita da porrada capital contida no sono recorrente, indecifrável). Dormindo-se ou por relebrança, não dá pretenso intervalo a uma história única*

*Revolta a qualquer trégua, preenchida cá e lá por fases que se enveredam na mesma casa muito tempo depois*

*No corpo daquele a contemplar o cerco societal, a senha*

*De quem não pode dormir como escapatória para uma dissolvente dimensão fusional, finalizável.*

*Pai nada tem a ver com um onipresente onirismo primordial em transmissão de uma chave ou clave musical do eterna canto-de-ninar.*

*Não consegue escapar da Casa-de-Bambu*

*Engatado, engastado na cápsula Plymouth    Pai*

*Quer dizer o que tanto é filme e factualidade inseminante de quem vê um transcurso de fábula. Sem poder se desacorrentar de um já produzido gradeamento –*

*Cadeias de origens reengenhadas por desconcertante destinação.*

*Usos funcionais em aberto, marcas estriadas impostas por ganho e usurpação*

*Usura e projeção da síntese-de-vida sempre a se alcançar*

*(Nenhum ninguém retém o que está nas próprias mãos, mesmo os empoderados nada culminam quando tudo parece embarcamento*

*Aliança ao léu) –*

*Por ali desde quando/onde (Pai) não deixa de ser assistido pela sequência cinescópica reduzida em tela pequena* two tone –

*No preto e no branco de um sonho transportado pela impossibilidade de esgotar o real sofrido por ele (um Pai aí, por lá/mais além no correr do taxímetro, às avessas de uma época e de um filho já distantes)*

*CASA DE BAMBU*
*FOMOS JOVENS*
*TRÁS-OS-MONTES*
*DENTRO DO CASULO RAIADO*

Esta época, esta hora (anotação a caneta e digitodatilografia, em intervalos), ainda sinalizada pelo gradiente neomilenar em gravitação avariada, de vera está aí e se inicia – não nos anos 1970 deu-se sua gênese, como propugnou Fabrice D'Almeida, em sua *Breve História do Século XXI* –

Sim, cada vez mais sim aparece o milênio em escoamento sob o auxílio da luz cinemática nos 50s. Vendo-se o encruzo, ponto-de-cruz entre vida e produção de filmes, história e meios de projeção, midiatização, curioso é notar que tal início só se mostra agora, sendo, portanto um reinício pelos extremos de tempo intercomunicantes,

Intercambiantes frações possíveis de exibir um ano antes de meu nascimento – 1955, *House of Bamboo* –, fiações irrompidas uma década após ter findado a Grande Guerra que dividiu o último século pelo meio –

Casa de Bambu/Recomposição das Frentes Finais da Conflagração Mundial. Atravessam a narrativa disparada por Fuller a logística oficial do combate e as formações de *gangs* intercontinentais em incisão bem agora no *no brave new millennium* atocaiado. Contra os andamentos libertadores dos povos em interrelação produtiva – os 2020s bem pontuam –, dissociada das práticas destrutoras que se paramentam, metamorfoseiam-se em milícias (agronecronarconeoliberal consórcio) reprodutíveis em qualquer canto planetário

Em *Fomos Jovens* (1961), realização búlgara de Binka Zhelyazkova, a resistência ao nazismo toma pique de alastramento quando se percebe a grande dor da subsistência segundo a ordenança das máquinas-de-guerra infiltradas cotidianamente. Condição tão solidamente argumentável para a mudança, no entanto cerceada por formas replicáveis de comando, controle, *self-safety-service* balizadas por um modo blindado de existência onde quer que os vivos se manifestem.

Cerco. Patente nazifasci a tremular como bandeira –

Assim pulsa uma das sequências captadas dos corpos jovens em confrontação. À maneira de um corte ao mínimo respiro. Quando a juventude está ali em viço. Quanto mais há o que fazer e viver com a ampliação de fronteiras, horizontes, *fronts:* para lá dos dicotômicos esquemas ainda em vigor para implementação da luta ante as desdobradas facetas de um único modelo de poder. Mesmo quando não parece haver intuito de poder, parecendo ser a política um setor exclusivo aos autointitulados representantes de todos. Como fosse algo já dado, naturalmente deformado ao cume da violação, o transcurso do tempo vibrante ao nosso alcance, à nossa inteira disposição. A tal da vida se encontra sempre pelo meio – dá para ser reiniciada, refeita a qualquer instante. Sempre Jovens. (Contra os recrudescidos, anacrônicos tentáculos de poderio tirano). Somos Jovens.

Décadas passam por fios fílmicos

Transfiguram o tempo, sua ideia não forjada por simples (não cabem numa predominante filmografia, única fotografia) imagens fixas, obsedantes, intransitivas

(O lastro de um pós-guerra declina posteriorizações dentro de matrizes econômico-estratégicas em difusão interminável).

Intrigantemente, pela variedade projecional, posta a olhos públicos entre maquinários de produção e o instante seguinte relativo à visão, ao habitar, ao percorrer entrechos que são épocas, não deixei de sair das salas de cinema

[Até estar na solitude de um ap, *habitat* para um dinâmico modo de preencher demandas de vida por escrito com a corrente noturna da mixagem palavra/imagem em sequências vindas por *download* e pelo afluxo de canais exibidores feito uma avalanche. Deixa de ser a escolha pessoal por uma sessão específica, uma vez que sou escolhido a ver (onde menos se espera, onde menos me espero)].

Fiz da sala, agora particular residência, um transcurso para a fuga e a focagem mais factual daquilo incapaz de conter apenas um pequeno bólide corpóreo, temporal feito o meu, com seus autorevolvimentos. Embora nada escape a tal esquadro estrito, quadro a quadro

Não há mais como escapar da casa-de-bambu biombo do apt (enfim, um teto próprio) possível de adquirir na fase última para crédito imobiliário, bem no meio dos meus 50 anos/

*Trás-os-Montes*

Um lugar mais recuado ainda. Em curso

*/É preciso que o tempo avance para ter assinalado um possível início. Muitas vezes, através da paródia do princípio, da contagem de menos*: capaz de se avolumar entre saturação e surpreendente saída do peso horário

Suma sinuosa contrária ao ditame de um limite, faz limiar do repetido regressivo revolto retorno do ainda não-ocorrido/

Dirigido pelos portugueses António Reis e Margarida Cordeiro, o filme de 1976 atua sob toque de um conto (colhido oralmente, em rondas de transmissão localizadas na distância

A partir do fulcro geográfico   atrás além dos montes)

Onde o arcaizante aponta o meio dos caminhos. Quanto mais for antecedente. O legado verbalizado via manancial de *racontos vários, fabuladores de ocorrências regionais e assombros imemoriais,* ainda estão vindo: da natureza e do desmedido dos espaços

De boca a boca o mais anônimo se dirige ao que está apontando pelas trilhas do ermo. Tal como a manifestação fidedigna de tudo que lhe é externo (no interior da pessoa, no íntimo da voz em relato a tomá-la por inteiro).

Quanto mais fincado em tal solo – transmontana demarcação de um País marcadamente agrário até então, um pouco antes da Revolução de 1974 (contra a mais antiga ditadura de base nazifasci no continente europeu) – o ato de contar arrasta uma corrente humana habitada à volta daqueles matriciais momentos de fábula

(Modo de presentificar seus contadores, mesclados que são com um meio apropriado pelo gesto instantâneo, memorializado, do *estar em um lugar* na encruzilhada dos tempos-fronteiras físicas).

Faz-se sinal contagiante do não-vindo ainda. Trilha as localidades tão distanciadas e diferenciadas de tal núcleo enraizado, enfurnado em montes. Por detrás dos eixos decisivos das realidades atuais, aquelas reportáveis ao imediatamente vivido.

Porque não se sai de *Dentro do Casulo Raiado* (bem estampa o título da realização do estreante Pham Thien An, Vietnã 2023, numa tradução possível para as versões em inglês e francês, *Inside the Yellow Cocoon Shell/ L'Arbre aux Papillons D'Or*) –

*Onde for*

*Onde estiver: vida (a menos cotada ou contada, encapsulada, oclusa). Desenrola grande confluência ou convergência apontada para fora-de-si. Faz raiar o casulo mais oculto (para lá da fusão ideal com um Absoluto Natural, um Abarcador Real)*

Horror de pertencer à quadratura rastreável após o imediato Fim Mundial da Guerra, decurso desdobrado até o momento rumo ao interior do que antecede aparente trégua – Terror da Hora decrescente, minutada bomba-relógio. Por arquitetura de construtos/consensos transnacionais de controle e consumo sob a dominante *techno*, traduzidos por violência normativizada, tornada norma do normal em abismo. Por debaixo de nomenclaturas várias de assassinato maciço no diadia, crime organizado em vez da política, no epicentro das governanças –

Implantação da Ignorância como Projeto no Brasil 2019-2022 – Contra Ciência, Conhecimento diverso dos corpos às mentes, dos ambientes às moradias, da Cultura e da Educação, Saúde Integral, sob esquadro das Bestas Humanas NeoNaturalistas (Córtex Zola ao Zênite da Nulificação Humanóide).

Nada a favor do socialmente experimentado e produzido por corpos viventes em coletivo – Não existe nada mais de terrorífico sobre as fauces, folhagens multiespécies, face da Terra.

Veja-se em Fuller, Binka, *Trás-os-Montes* e no casulo descerrado pelas aventuras de um jovem homem no território guerreado após décadas no Vietnã como eixo da Economia desde então vigente nos mundos. Desde a segunda metade do contínuo/contíguo século –

Eis o que se assiste e aflui a cada filme visto, entre o lar e a torrente de acessos (incontável, incessantemente não catalogado entre-tempo) –

Quanto mais repercutem certas realizações de cinema sob impacto do recém-vivido. No fragor e no flagrante de uma história tão inédita quanto enraizada em nódulos históricos amortecidos para maior dominação de um confortável mal-estar hiperdelegado, suprarremissivo *à* fisiológica rede de desmandos desmesurados

O cinema asila, também amplia tal acosso aderido à duração indeterminante de uma vida

(Paralelo e parodoxo conjuntos do fragmentar-se constante na tão dura quanto impalpável razão da existência)

Logo zarpa um taxi-de-aplicativo para algum lugar redesenhado do mundo do cinema.

Depois de deixar Belinda Dioniso, centrada em seu projeto internáutico de teatralidades ao rés da vida doméstica na encenação de mulheres místicas (Helena Blavatsky e Balbina de Iansã), São Paulo significa Festival de Imagens em movimento (do muito lento, especulativa escansão, ao mais elétrico *digital design*). Assim como deixo na primeira casa solitária de Biba – desatrelada de vidas *tão aferradas à sua existência* ou mortes protetoras de uma povoada guarida – alguns motivos oníricos entremeados por

réstias indecifráveis de *rea*lismo em permanência e fantasmagoria fundante (pelo fato de não se escapar da dita cuja cunha vitalista).
Então, vem o cinema –

Como se fosse eu pela primeira vez a uma sala para o que, *in totum*, no toque das horas que restam, ainda não aconteceu –

Amplo panorama para a chamada, nunca inteiramente preenchida, nem respondida, anti-rima, vida contra-rumo

*Viver é delirar sobre a própria vida (fluente, fugitiva)*

De uma viagem até o seguinte giro. Logo logo na reta do campo feito uma mega montada cidade de especialistas sobre o retiro, o recuo ao natural. De um cinema urgente à possível sala onde bem se quiser ficar diante do que se desenrola em retalhos, resumos ou longas sequências

*Estes dois últimos trechos – um título e um parágrafo – dedicados à existência dos filmes, dos filmes na existência, foram publicados pouco antes de surgir um bloco sobre Sean Price Williams e seu primeiro filme como diretor.*

*Um foco bem centrado pelo estudioso, que é Ivo Arruda Salva, põe em relevo a experiência de SPWilliams como fotógrafo hiperrequisitado, decisivo para potenciar o cinema de novo.*
*Interessa à tese que estou escrevendo o trajeto de imagens no tempo.*

## *ÚLTIMAS DÉCADAS NOS CINEMAS – LIVRO-DE-BOLSA*
## *(Um estudo sobre crítica e cinematismo de Ivo Arruda Salva)*
## *ALOÉ CAMPOS CRISPIM*

*Depois de tantos decretos de morte e modelação puramente técnica quando a digitalização dos suportes e dos transportes audiovisuais tomam o primeiro plano. Algo intensificado quando se tem em mira o* cinematographer *de inúmeras produções empreendidas pelo país administrador da máquina cinematográfica por excelência – SEAN PRICE WILLIAMS/ IVO ARRUDA SALVA (por Aloé Campos Crispim)*

/Não acaso, tomo essa sequência de textos para me deter em *The Sweet East/Leste Envolvente*, segundo a tradução do título feita por Arruda Salva.

Justamente, sigo a via da *fluência* e do *fugidio*, em plena sintonia com o filme.

Tenho vários dados esparsos deixados por Ivo A. S. a contar dos documentos e manuscritos aos quais tive acesso – *Há, contudo, o encaminhamento bem nítido dos escritos rumo ao* hoje afamado diretor de fotografia quando este se encontrava atrás do balcão da legendária Kim's Video, precisamente no East Village/Ao leste de não apenas um local específico

Em outra vertente, dedicando-me ao trabalho do crítico carioca, radicado em SP, noto gradativamente a impossibilidade de descartar inteiramente o que se anota à altura do que ele foi vivendo em diferentes momentos. *À* medida de suas pontuações fílmicas.

No entanto, para a redação da minha tese...(Tema em *loop*, Ivo Arruda Salva e o cinema/fins filmes épocas)

Não será incluído em meu doutoramento material *bio*, embora eu vá seguir a sensibilidade, o *feeling* de Arruda S. ao inseminar na análise de filmografias um paralelo com coisas reveladoras de sua existência. Algo *não de todo concedido ao meu conhecimento como pesquisadora de seus inúmeros cadernos...*

Por exemplo, os parágrafos escritos sobre cinema e literatura. Mais: o vínculo que se forma com o gênero *conto*, em alusão à formação em Letras do ensaísta (por sua vez relacionando-se o nome de Price Williams à cidade de Petrópolis)

*Inevitável, perceber o elo entre "Tio Wiggily em Connecticut", de J.D. Salinger, e o papel de Tio interpretado pelo próprio diretor SP Williams nos momentos finais de LESTE ENVOLVENTE*

*"Lilian, a protagonista, retorna para a casa da família após desviar-se de vários rotas culminadas em seu recolhimento num templo de monges. Justo quando ela escapa de um círculo de aprisionamentos tão sexuais quanto corporativos, tendo se perdido numa floresta – ao Leste do leste até então demarcado – quando da fuga de uma horda de imigrantes montados em armas e visões facciosas.*

*Na volta ao lar, o realizador do filme aparece como tio acalentador do repouso, da reintegração da Nova Alice irrompida dos territórios de risco no seio do profundo leste abarcador do país inteiro.*

*Logo eu, tão próximo de Price Williams, em certo momento, em outro lugar, sou agora também Tio – especialmente quando penso nos vínculos com contos morais de Clarice e Silvina Ocampo imantados ao de Salinger*

*Sai da rua, Tio*

*Ou "nunca sairás do cinema, ô Tio"*

*ENTREVISTA DE SPW – Gosto mais de ver filmes do que de dirigi-los.*

*Juntamente com o roteirista de LESTE ENVOLVENTE, Mark Pinkerton, tivemos intuito de realizar o que gostaríamos de assistir. Isso, enfim, é o que importa para mim (melhor, para a existência do cinema)*

*The World's Greatest Video Store –*

Ser alguém: aquele que vê filmes soa mais importante do que realizá-los

(Entretanto, Sean passou a ser Price Williams, logo ele, o rapaz do balcão-observatório de pessoas do mundo, entre as quais o promissor cinéfilo tornado organizador/curador/ensaísta/autor do material que tenho para tese em mãos)

*Ser um espectador enquanto realizo filmes, jamais deixar de sê-lo ao modo de um colecionador, um aficionado postado atrás do balcão-mundo*

*Jamais perder tal posto (eis a senha mais sábia, a de se ater, atar o "contingente").*

*De modo a ter sempre ativa a criação, na esquina do universo, onde as coisas as criaturas não deixam de acontecer. Mais do que o desenho de produção figurado em estúdio. Bem aqui: Mega Ponto de Encontro por onde passam os olhares alheios por acaso lançados ao máximo possível de filmes não-vistos (são pessoas seus receptores e transmissores, eis o prisma portentoso de um balconista*

*Da ponta de um negócio, posto de conversação, o diretor Williams não se separa de Sean, o jovem locador de vídeos).*

Não à toa, desenvolvo as linhas tantas vezes vindas em depoimento de pura vivência, por parte do ensaísta em diferentes páginas (muitas delas escritas à mão), com outras desentranhadas por ele do conjunto de realizações fotografadas por Sean. "Iconografias – um *tour* de vertigem e alta voltagem pelos primeiros anos do século"

Minha comunicação num prestigiado Congresso Anual de Literatura Comparada já podia incursionar pela espécie de livro que vou montando no andamento dos papéis que encontro para conclusão do título de Dra. Sem se falar dos artigos difusos em *sites* pouco a pouco rastreados.

*Aloé Crispim*

Posso agora me mirar por inteira depois de impresso o nome com que assino pela primeira vez um texto público. Depois de décadas de adiamento: dentro de um casamento tão idealizado quanto imobilizante, acabei por ficar imantada ao interior de uma casa, aos poucos se tornando célula de pesquisa, gradativamente sem contar mais com a presença e a memória de um marido.

Prazer único de deparar justo agora com meu nome no primeiro texto publicado em livro. No mesmo período em que começo a ter um lugar nos *sites* onde Ivo Arruda Salva fazia postagens diárias sobre o descontínuo, irreversível ver-cinema

*Granulações – Ao reverso-ingresso da Imagem Sintética*
*(Sean Price Williams)*
*ALOÉ CRISPIM*
halo@unieste.br

Assim começo a introduzir a tese a caminho, com focagem constante sobre Arruda Salva/Sean PW

*Nascido Tarde Demais*
*Amortecido Adeus Ao Sempre*
*Irrefreado Início de Vida*

Quando de minha viagem a Petrópolis, decididamente traçada tão logo me embatuquei com a abertura de um bloco investigativo por Ivo A.S intitulado
PRICE WILLIAMS EM PETRÓPOLIS

Foi possível notar entre PW e a cidadela serrana fluminense (itinerário nunca trilhado no real, na linha-do-tempo) a convergência com a entrada de Shirley Clark em Los Angeles. Bem no momento – estada californiana – em que emergiam eventos coetâneos – assassinatos de Luther King e Bob Kennedy, em sequência autoimplicativa. Mais: a virada na ideia de ação política – da explosão corporal, comportamental do *Amor dos Leões*, segundo o filme rodado no ato por Agnès Varda com a presença de Clarke em L.A.

Um feixe de relações incididas sobre o instante da filmagem também aponta para o enlace de duas mulheres cineastas em um dinâmico *in/out* do cinema. À medida da expansão do espaço –

Um filme, mais do que um *set*, envolve uma incalculável sobreposição de momento, cidade, situação de seus realizadores/atores –

Arte, entorno sócio-cultural e apelos somáticos afloram esferas para a noção de cinema.

Com a diferença, contudo, de que a referência a um artista do universo fílmico (Sean PW) a estreitar vínculos com um crítico (Ivo AS) ao ponto de transportar tal ligação a uma cidade nunca visitada pelo cineasta, faz com que despontem dados antecipatórios acerca da passagem de imagens em certo instante de um vagante, circulante real. Não apenas para uma captação de uma época. Mas por força do que a expande e estira a ideia de presente sob o influxo do que lhe é, também, antecedente (também distanciado geograficamente feito um background descoberto mais adiante), tornando-se algo logo extemporânco

*Do muito existido ainda não vindo*

Bem disso se trata minha ida à casa da irmã, já bem idosa, de Arruda Salva – Depois de 20 anos da morte dele, espero encontrar materiais que a própria Belinda Dioniso disse possuir quando começaram, em incessante parceria, os dois a pensar em Teatro Viral Virtual.

"Há uma caderneta sobre cinema, também blocos dobrados de textos a respeito de viagens anteriores de meu irmão...Certos trechos provocadores para a pesquisa" Por ex, pude ler *Viver e morrer na linguagem, tal como pareço me abismar entre um festival e o trânsito de táxis-aplicativos*

Logo embalo em minha bolsa o livro portátil (agora apenas eu, leitora e tradutora) feito dos papéis mais diversos

Uma tese (talvez), uma trama (com toda certeza), recorrível não só a telas como também a páginas do que há de mais antigo – o livro (mídia, manual recurso)

Livros se sobrepõem, filmes desencadeiam a leitura quando tudo parece se resumir a ver, colecionar, estocar imagens –

Sob o signo e a indagação sinuosa (Trata-se de leitura silenciosa o tal, o transfigurado Cinema)

## PRICE WILLIAMS EM PETRÓPOLIS

Tudo recai no conto de Salinger, indissociável porém de Silvina Ocampo –

Em "As convidadas", o aniversário de uma criança privada da celebração de pai-mãe, comemora uma espécie de morte e solidão antecipadas do que seriam os anos de uma vida, em seguida. Certamente, "Viagem a Petrópolis", de Clarice, intensifica o rastro relatado (o trajeto de uma velha deserdada pela família, toma o rumo de sua real passagem vivente, pelas bordas da rodovia) –

"Tio Wiggily em Connecticut" completa a tríade de leitura, matriz para os percursos do crítico de cinema falecido dentro de um táxi de aplicativo –

Um transporte via Plymouth, lá no início paterno: fundação de uma família, pequena que seja, mais tarde é adquirido o Volkswagen, a viatura de ganho-despesa-passageiro trânsito gera moeda para o cinema quase diário do filho *(A voz de Belinda Dioniso, já rouca por toda sorte de cigarros, vai se firmando à medida que escancara fatos da origem)*.

Os trajetos todos de pai são aqueles do filho, rebatidos, já, em renascida órbita de duração, de transporte.

Raciocino, retifico-me com a escrita na cabeça, dedicada a ouvir a depoente.

De acordo com os relatos da anciã, atriz hoje conhecida pela Cena do Dia, dentro das dependências domésticas em revivência do drama ancestral do Humano em palco (sejam como for o tablado, o texto ao vivo). Teatro do Mundo, primevo, logo breve e direto para um público vultoso (Belinda Dioniso/Biba)

Os trajetos todos de pai e filho. Dentro de um táxi (o cinema não seria também essa forma de disparo, de contato-transporte?), final de um princípio acelerado.

*Já expunham os contos* mais antigos, que são viagens: de Salinger a Silvina, de "Viagem a Petrópolis" a "Partida do Trem", em Clarice (assinale-se Connecticut em revisita). Na brevidade e na controvérsia infinda de movimento/imobilismo, ocorre o ato-de-contar. Realização do corte de uma nascente moral: passar/ver/ler os signos exorbitantes de uma arte no ar dos tempos, esbatida à distância da página, para onde vai a letra impressa, instantânea dos vivos.

*Incalculáveis encruzilhadas. Como se dá com a velha personagem clariceana no limiar de um ponto em que Petrópolis soa feito marco veloz de uma serpenteante rodovia. Nada se fixa entre o antigo e disparado presente. A seta dos automóveis não responde à aparente meta perseguida.*

*Ivo Arruda Salva*, Moral do Conto/Brevidade Paradoxal \\\\In *Ensaios – Escritos da Urgência* (Revista da UniEste)

Tenho em mãos a publicação do início dos anos 1980, editada na mesma Universidade onde realizo o Doutorado e pude assistir a um curso de I.A.S como professor-visitante, no correr de épocas só reengatadas agora, ainda em fascínio pelo que foi exposto e estudado (*o movimento das imagens refaz a ideia de tempo, não aquele apenas interior ao filme a que se está assistindo)*

*Ficção do Real –*
*Documento Orbitado*

A velocidade soa feito risco mortal através de uma corrida pelo mais imediato.

A velocidade é o imediato do que há de mais antigo, anterior ao jamais visto

(Não ao acaso, qualquer existente se acelera para refazer o que lhe antecedeu, em arrasto aleatório, involuntário, tocado, então, pela inédita demanda, a mais efêmera).

"Eram quase três horas da tarde quando Mary Jane finalmente encontrou a casa de Eloise. Quando Eloise veio até o portão recebê-la, Mary Jane explicou que tudo tinha corrido às *mil* maravilhas, que lembrara o caminho *exatamente*, até a hora em que saíra da Estrada Merrick. Eloise corrigiu: – Estrada *Merritt*, querida – e lembrou-lhe que ela já havia achado a casa em duas visitas anteriores..."

(*Nove Estórias*, SALINGER, J. D, tradução de Jório Dauster e Álvaro Gurgel de Alencar. Rio de Janeiro: Editora do Autor, 1969. p 22, "Tio Wiggily em Connecticut")

Desde o início do conto, a trilha de erros *é* lançada rumo à casa em revisita a partir do nome que conduz até à moradia da amiga.

O passo em falso (*anota Arruda Salva)* mostra seu andamento no interior da mais sedimentada memória – *A inédita demanda, a mais efêmera, situada invisivelmente adiante, já premente. Quanto mais se fia no reconhecimento do existido, exposto enquanto decorrência*

No final, o reencontro das mulheres, amigas de escola, contém já a despedida. Renova o impasse dentro do acolhimento. Quando mais se refere a um período *íntima e mutuamente* transcorrido.

"– Mary Jane, escuta. Por favor – disse Eloise, soluçando. – Você se lembra no nosso primeiro ano, quando eu tinha aquele vestido marrom e amarelo que eu trouxe de Boise, e a Miriam Ball me disse que ninguém em Nova York usava um vestido daqueles? E que eu chorei a noite toda?

Eloise sacudiu o braço de Mary Jane. – Eu era uma boa menina – suplicou -, não era?"

O personagem-título do conto breve comparece indiretamente enquanto entidade acobertadora e ausente num mesmo escoamento de palavras e contatos confrontadores. *Essencial, na narrativa montada que é por vertiginosos diálogos, o fator da escuta no rolar da conversação intrépida travada entre as antigas amigas.*

Uma vez – era uma vez – que Tio Wiggily compõe uma série de estórias infantis criada por Howard R. Garis.

"Era um velho coelho, que, por puxar de uma perna, usava bengala. Aqui ocorre também, provavelmente, um jogo de palavras entre *uncle* (tio)´e *ankle* (tornozelo), cujas pronúncias são muito semelhantes"

(Conforme rodapé inserido pelos tradutores brasileiros de Salinger quando da menção a "Coitadinho do Tio Wiggily". No momento em que Eloise relata a Mary Jane a queda sofrida na companhia do namorado em atraso, tomados os 2 de pressa para alcance de um ônibus)

"Começamos a correr atrás do ônibus e eu caí e torci o tornozelo. Aí ele disse: "Coitadinho do Tio Wiggily". Era meu tornozelo. Chamou meu tornozelo de Tio Wiggily...Puxa, como eu gostava dele.

– Mas o Lew não tem senso de humor

– O quê?

– Ah, meu Deus! Quem é que sabe? Tem, acho que tem. Ele acha graça em desenho animado e coisas assim – respondeu Eloise.

(...)

Eloise sacudiu o braço de Mary Jane. – Eu era uma boa menina – suplicou, não era?"

*O final do conto, entre relembranças e o travo agridoce sob o passo falho de Uncle Wiggily Longears, acentua os dados da voz e da transmissão, contidos num simples e amistoso diálogo. Traz como reforço o elemento da escuta enxertado em contraplano à bengala que guia a figura do Tio.*

*Fundamental ao contar; à audiência dos relatos, o andamento oscilante (escrita e caminhada sinuosa) compõe a escrita da narrativa breve com seu impacto desdobrado.*

"Para te ouvir melhor...Para te devorar rapidamente" (Aqui, eu retomo, de memória, os clariceanos "Desastres de Sofia")[11]

Na mais remota das rememorações – Eloise e Mary Jane bem o demonstram –, lê-se o trabalho de dissolvência, de apagamento do que seria bom (lançada a uma noção pretérita, original, de autenticidade e inteireza na rolagem das épocas) e do que seria jovem (como se angustia a "boa menina" na indagação final à amiga do passado).

*(Necessário aqui desdobrar a passagem de Ivo Arruda Salva, antes de sua concentração na crítica de Cinema, pelos itinerários do conto. Tomado estava pela contramoral nascida do impacto de uma arte feita da surpresa, da suspensão ao dito, escrito e ouvido na base de um relato em transmissão)*

No pico do corpo, do coração das cidades – ver filmes na veloz passagem dos tempos – Qual foi a *causa mortis* (indago-me, suspendo o que há de biográfico numa vida disposta entre salas e cinemas?)

"Entre dois batimentos de pálpebras, o mundo se insere no olho de quem filma e de quem começa a assistir o instante em registro" (traduzo, em versão feita agora, memorial recombinação, do que define Godard acerca de *Salve-se quem puder a vida*, 1980)

Tanto a irmã quanto a mulher de Ivo depõem sobre pressão arterial elevada, mal cuidada segundo elas; não *à toa*, o falecimento súbito entre um táxi-digital e uma viagem ao campo para rever a esposa e o casamento. No mesmo jato condutor da sala-de-casa,

11."Para que te servem essas unhas longas? Para te arranhar de morte e para arrancar os teus espinhos mortais, responde o lobo do homem. Para que te serve essa cruel boca de fome? Para te morder e para soprar a fim de que eu não te doa demais, meu amor, já que tenho que te doer, eu sou lobo inevitável pois a vida me foi dada". *O RODAPÉ FOI ACRESCIDO POR MIM, LEITORA DO LIVRO--DE-BOLSA* (uma série de cadernetas e cadernos para onde vida e cinema em cruzado intercâmbio acabam por enveredar, "garras antes de se aconchegarem um no outro para amar e dormir").

movida por *streamings & downloads*, rumo àquelas revividas no escuro dos Cinemas.

Pico no coração – Auge da vida em trânsito concreto e imaterial – Desgaste ao fim dos 60 anos – Pique de um estado-de-ser: feixe e fagulha dos nervos *Desejo impossível de se canalizar dentro do casamento espraia a direção de um outro local (embora a mulher da parceria gozosa seja a mesma). Impõe viagem. No entanto.*

*Por que morrer? Quem exatamente (?) quem*

Certos *inserts* se insurgem em meio aos Estudos Cinemáticos – Linhas *bio* impulsivas nada desatadas do que Ivo Arruda Salva, meu objeto-em-análise, assiste na fábula corrida de uma sessão a outra de imagens

Fico sem me decidir se devo suprimi-las – tantas vezes presentes as notas de intimidade despejadas no flagrante de fotogramas – no encaminhamento da tese (com prazo de entrega, de "depósito", como se diz no organograma das Facs, para o próximo ano).

Os jatos confessionais, algo inevitável me parece, vêm em "rodapés dialógicos", assim defino os *balões* postos na margem direita da página sustentados pelos recursos de leitura/comentário de textos

Cápsulas textuais em tamanho reduzido numa microscopia acutilante capaz de tornar os 3 pontinhos que as acompanham –

*Balloons, bólides em réplicas referidas a si mesmo*

muitas vezes com cores e grifos em diversas fontes de texto, descarrila uma espécie de dublagem do corpo do analista de ÁudioVisual ali enxertado a uma ideal distância (pela escrita de um depoente controverso dos filmes de um tempo)

"O pesquisador de cinema, Ivo Arruda Salva, faleceu no interior de um táxi de aplicativo."

(Uma breve apresentação deve ser feita sobre motivos de sua vida quando da finalização do trabalho de fim de curso pós-graduando). Estava se dirigindo à Mostra Internacional de Cinema 2025

(Imprescindíveis motivos de sua vida até o fim, decido-me a incluí-los porque inevitavelmente uma sequência fílmica se faz acompanhar, a demandar de minha parte,

Aloé Crispim *Folha-de-Rosto*

Infindável deslizamento, intrépido deslindamento depois de defendida a tese)

*Salvaguarda*

*Revela ser esconderijo*

As mais localizadas coisas, existências por extensão, não estão no mesmo (na mesma, mesmerizada vida contra si contada apenas *per se*), num só lugar. Ainda que seja um *só lugar não é igual a um si-mesmo.*

Irrompem, num repentino, o coelho Longas Orelhas e também aquele de Alice[12] a guiar a personagem Lillian de *The Sweet East – Estudante Leste*

Em outra tradução possível, notando-se que a protagonista do filme de estreia de Price Williams escapa da viagem escolar (uma excursão de Maryland à capital do País) rumando a Leste de um território gradativamente irreconhecido.

Sem chance de encontrar no lar um pouso derradeiro ao fim do que parece ser um desvio de percurso.

O espaço doméstico, assim como a região leste da nação, se mostra refratário a qualquer forma de acolhimento, de pouso pacífico. Pois exige alinhamento a algum tipo de afiliação, seita, sistema, ordenação parcial de forças em dissenso com uma possível pátria acumuladora de benesses, das potências plenas trazidas por cada um, impossivelmente integrado a um todo.

Quando de seu retorno para a companhia de familiares, sumarizada pela presença do Tio (personificado pelo próprio diretor), a garota reengata a posição lançada para fora.

Ganha de novo a rota de um Leste apreendido pelo ato de caminhar sem trégua, nem légua (nenhuma demarcação afixada) –

Logo é vista na debandada de Lillian (tão logo ela dá as costas para seu ponto abrigador) a bandeira norte-americana posta na entrada da casa.

12. Referência invisível, porém presente no frenesi de uma aventura longe da pauta da quadra etária (a menina Alice/a adolescente Lillian) e dos quadrantes de realidade palpável, nomeável por uma jovem criatura em aprendizado da concretude à volta. O dado didático contido na viagem – escapada do ônibus escolar – sofre um corte, deixando de haver volta a tal adestramento do ato de conhecer, por força da desbravação do caminhar, do extravagar, diria Bento Prado Jr. sobre *Os devaneios do caminhante solitário*, de Rousseau.

Está ali a insígnia em festejo de alguma bravata nacionalista, corporativada, nutrida por lógica familiar, facciosa (tendência em nossa América brasileira entre outros exemplos mundiais).

Sinalizado fica o grau máximo do irreconhecimento quanto mais se buscam um fundamento, a ordem única sobre seres vivos, coisas, existências impensadas.

*Capítulo "Price Williams em Petrópolis" (Tese de Aloé Campos Crispim, UNIESTE, Faculdade de MultiArtes, 2045)*

Nada à toa, Price Williams se encontra no compasso de seu camarada brasileiro desde os tempos de K's Video em andança pelos mundos por conta do cinema (por mais um imprescindível filme a ser visto, nunca demais logo aparece *o próximo*-único).

*Livro-de-Bolsa-2025*

(*Poucos meses antes de seu falecimento, Ivo Arruda Salva registra através de notas em cadernetas-de-uma-série escrita sempre página sobre página, sem utilização da folha de verso)*

Do balcão-observatório, Tio-Coelho podia se munir do longa e duradouramente ouvido (matriz da conversa essencial com os locatários de filmes, relatores do *acabado de assistir*, através das narrativas nascidas do ato-de-ver, muito definidoras do cineasta dublê de balconista).

Em entrevista, quando do lançamento de *Leste Envolvente*, ele declarou seu interesse em realizar um filme que gostaria de ter assistido, propósito conjunto com o do roteirista, o escritor e ensaísta Mark Pinkerton.

Antes, Sean já podia declarar que vale sempre – mais uma vez, o registro – um filme a ver (não tanto aquele possível de se realizar).

O balcão de K'Video continua a ser seu observatório, onisciente posto e, também, seu esconderijo.

Notando-se sua requisitada participação em filmes decisivos para outra concepção da vitalidade de uma arte disposta como atividade proliferada com o uso de recursos digitais, enquanto reconhecido diretor de fotografia, desde a primeira metade do presente século/milênio já a essa altura chegando ao meio de seus primeiros cem anos, *opus* ao meio, é inevitável firmar sobre Price Wiliams que está aí nessa função de balconista a base de lançamento mais potente de suas criações fotogramáticas.

Borda-balcão mirada para o mundo – olho anônimo e catalisador *não adstrito à máquina-de-filmar.*

Como se não desligasse uma vigorosa voltagem de captação do instante (seu currículo como *cinematographer* arquiva uma época em infindáveis facetas de proposição e produção). Cada vez mais junto a muitos desconhecidos, estrangeiros, fregueses mundiais (ao redor de um Kim's Video pontificador, ainda que inexistente). Apartado está do recurso de estúdios, *designers sets*, para desencadear a existência do cinema até o dia de hoje

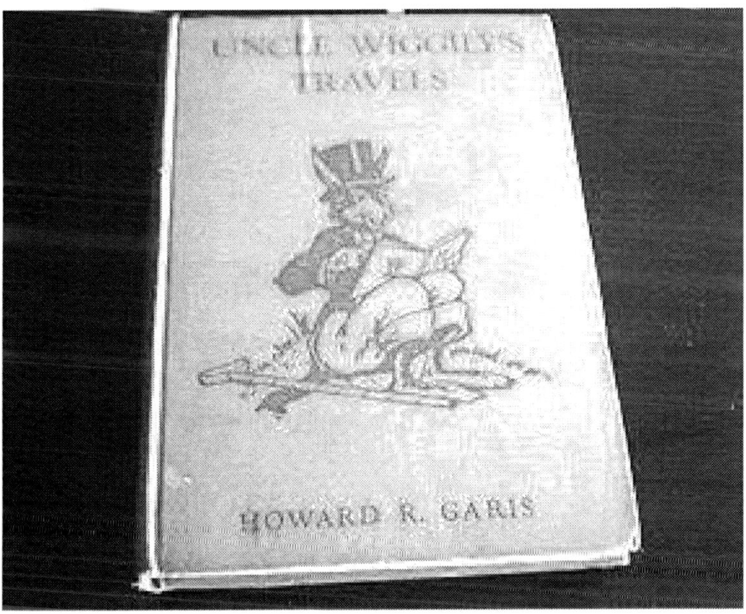


Nada à toa, Price Williams se encontra em Petrópolis. Longas orelhas, passo em falso na linha reta-meta de um lugar único, recorrível. Longas pernas – ele mesmo é alto, longilíneo –, ouvido

falho para o que se limita a enviar uma mensagem esgotada no ato de ser transmitida por um simples comando, uma mera comunicação. Audição passível de desdobrar outras línguas e trocadas emissões a uma distância incontornável.

A matriz do conto moderno, trabalhada por Salinger, bem aponta para a contramoral vinda do antigo, do livro, tendo como polos a escuta e a caminhada. Um movimento em aparente – passos descompassados ante audição – defasagem traz o livro com seu lastro de transmissão/voz narradora para o patamar em que o audiovisual não flui sem o concurso do que se imprime sob tal andamento testemunhal

### *Nunca fui a Hollywood:*<br>*Foco Solar sobre a Noite Americana, exatamente onde estou*

Ando fazendo, no pique dos meus 50 anos tantos, um involuntário movimento nesse pedacinho de Santo André onde consegui manter o apartamento deixado por meus pais (mesmo ao localizar eu = epicentro = momento) – Tudo por graça da pesquisa obcecada que move meus dias. Converso com pessoas as mais diferentes, certamente agradeço a abertura de meu raio público de contato aos amigos com quem venho dividindo o espaçoso ap legado pela família. Quando não há quarto disponível aqui em casa, há sempre chance de ser aberto um espaço nos fundos, na sala, em outro quarto mesmo compartilhado com meus *roommates*. Melhor dizer: *homemates*. Gosto de esbravejar esse termo por onde passo (parceiros entre cômodos separados).

Na verdade, quanto mais firmo um lugar bem meu, dou acolhida a pesquisadores como eu, eternos estudantes, criadores desprovidos de alvo e plateia, inquietos da nascença até a morte, neuróticos inomeados, moradores todos da faixa do ABC que me cabe a eletrizar e recepcionar. Um livro diário cresce na paulada paralela da tese centrada no estudioso de cinema (morto há 20 anos), assim observo a expandida fonte de relações não só aos vários cinemas assistidos e anotados há quase 7 décadas.

Há algo da via/vida Ivo Arruda Salva, que se entremeia na notação sobre filmes. Presenças da literatura e de cineastas vivos, como Sean Price Williams, dão um senso não terminado de captura, na gradação do cinema ininterrupto relacionado dia a após dia com o que vou vivendo (nas menores coisas sem-razão).

Não é por acaso que, aqui no apt Sula e Saul, locatários de 2 dos 4 quartos de minha residência, propuseram sessões com os *downloads* incessantes que faço de *sites* como Emule, Making Off, Rare Lust. Rare Filmm. Saímos depois das maratonas incessantes em torno de tudo que posso "baixar" na Web para jornadas pelos bares, boates, buracos da noite movidos a luz. Um vivo arrastão de criaturas nunca vistas antes compõe uma verdadeira horda de habitantes da Cafua – como vem sendo chamado o trecho em Santo André onde resido. Meu ap significa agora uma região e eu, que nunca tive juventude por conta da missão de ter um compromisso fixo na vida – estudo, trabalho ou casamento –, posso ter nesse preciso momento o que sonhei sempre e nem sabia. Uma mulher sem idade, fora de todo compromisso instituído, lavrado em nome de 2 (meu marido não fez filhos em mim e no mundo, ficou lá atrás com seu tesão descontrolado). Um cotidiano – eis minha reserva e refrega – de garota elétrica, reunida por um séquito incontável, bem aqui na Cafua, por força de um largo espaço não só de morar, mas de exibir filmes uns atrás dos outros, como se tudo se tratasse de um fio único inseparável de uma vida exterior trepidante, irrefutável.

*À luz de tudo em volta, nunca tive tanto prazer antes. Também* sou dirigida por um princípio: não durmo com a mesma pessoa depois de um primeiro envolvimento, novo dianoite; a cada ronda de rua e cinema, escolho a próxima parceria (mesmo demorada de acontecer, celebro o possante vazio).

Tudo pela primeira vez. A juventude que sempre senti, mas não foi, de vera, fruída, está estampada no meio da minha cara com 55 anos de idade.

Bem aqui, na Cafua. (Extracampo Tese – Vida em Prova Autogerida –

No Iminente Exame Final *A assinatura e a avaliação serão sempre minhas*)

De posse de minha bolsa, com o carregamento das cadernetas extraídas do arquivo tão concentrado em objetos de uso (outras bolsas, ou melhor, livros-de-bolsa portados com as iniciais I.A.S) quanto disperso em casas de pessoas muito próximas de Arruda Salva, preparo-me antes do encontro com Sean Price Williams (bolsa-de-estudos demorada, tardia, poucos meses antes da finalização da tese). Uma viagem no correr de épocas –

Quero deixar tudo engatilhado, bagagem à mostra, revista minuciosamente antes da partida. Pois escreverei, em diálogo com S. P. W, tendo muito a entrevistar, fazer checagem, marcar paralelos entre eventos de um só século e material fotogramático *não exclusivo às rolagens fílmicas.* Antes do embarque para Nova York, separo o material que levarei numa última ida a Ipê. *Lá há muito o que atualizar sobre AÇÃO CONEXIONAL* (desde as proposições entre 2023-2030 sobre meditar a partir de imagens), em compasso com o testemunho-bio em curso (por Águeda Santelmo).

*COMO OCUPAR LUGARES DISTANTES através de Núcleos--de-Conhecimento em substituição à Ideia de Cidades e Pontos Geográficos Não Visíveis. Vem à tona* IPÊ- CAMPO-EXPERIÊNCIA, 2045

Mais *nítido o diagrama traçado por I.A.S* se revela com o seguimento dos anos. Fica reativado à medida que o tempo ganha légua e me leva junto ao interior de seus escritos –

Não somente, por força da focagem cada vez mais centrada no diretor de *The Sweet East* por parte do objeto-onisciente óptico de meus estudos. Porque Arruda Salva fazia estender tudo o que compuseram os cinemas de muitas épocas ao transcurso mesmo de 7 décadas de vida. Desde seu encontro com Price Williams, nos dois primeiros anos 2000 (até o momento de seu desembarque no Brasil depois de 1 ano de pós-doutorado exatamente no dia 11/9/2001), o cinema se desatrela de uma sedimentada, administrada narrativa. Não pode mais se comportar a noção corrente, coletiva-universal, de fluxo, aí paralisando-se como contorno e cume. Pelo dado, inclusive, de que a filmografia do fotógrafo-cineasta produz um ativo choque com a *imagem sintética*, ao trazer em suas realizações um flagrante até agora – anos 2040 – mobilizador da vida cotidiana em meio a torrentes constantes, corporativadas, da razão de haver filmes à medida de cada criatura existente exponencial fornecedora, mentador do audiovisual ininterrupto, imperante. Mais justo é frisar, como venho fazendo a contar de Salva/Williams: os cinemas são seus receptores.

Desde seu nascimento – Ivo Arruda Salva –, 1950s acionam uma pauta pontual, interventiva (até o fio combinatório das digitais feituras de filmes) – Do modo mais incisivo e SEM CAUSA: feito os rebeldes de Ray, Nicholas (*Rebel Without a Cause).* As fábulas são posturas recorríveis aos olhos quando se fecham, desatreladas de datas. Tratam de uma moral insurgente, inseparável de um ler – ao modo de um livro antigo legendado por imagens de longa-metragens em breve cápsula de uma sessão-de-cinema (até Dean, Nathalie Wood e Sal Mineo recebem pátina para maior reverberação) – relevos, silhuetas, gestuais em desajuste ao processo invisível do olhar, nada traduzível por enunciados mentais, palavras taxativas, taxonomias ("rebelião juvenil pós-grandeguerra").

É preciso dar um tempo para que o mais jovem aconteça plenamente Só que o irrompimento ganha espaço dilatado. Faz durar irreversivelmente a fantasia fundante de uma vida (em um só instante, *sem causa et pour cause*, exatamente) – *Juventude Transviada* se descarrila dos gonzos da exibição e de um "epocal" referendo.

Desde então, só faz fecundar (fecundada depois de nascida em uma circunstância de origem e ambiente para não mais se estabilizar dentro de um encerrado quadrante) multidões por vir, em festa, em fúria, infiltradas por inesperadas, intrépidas pistas. *Juventudes:Transvias (Em qualquer momento ou idade, prorrompem desvios de cronologia de causa)*

Por *Aloé Campos Crispim*

–

*É o meu primeiro texto redigido depois da visita a Ipê e o último antes d*e mais um adiado (após 4 décadas do marco-desastre 11/9 ainda referencial) *Ciao* a Manhattan (dentro de 3 dias, entrevistarei Sean Price Williams, o amigo americano de Ivo, *sim, lembro-me dele, um locador diário nos anos finais de K's Video).*

O estopim do que tenho a escrever não se exime do ato-de--viajar. Inicia-se por

DIAGRAMA *ÉPOCAS/CINEMAS*

Assim se esquadrinham as pautas de um caderno (depois de todo ditado/aprendizado presencial do que pôde se tornar catálogo em salas-de-saber) *Blackboard Jungle* – Corria no paralelo a indisposição do ser formado em recintos disciplinares – Sexualidade precoce e Música (desgarrada de parceiro vibra numa descarga súbita, individualizando a dança, entre descarrego e possessão) ganham posição de proa (o cinema ensina eletricamente o básico disposto b a bá/conta-de-menos Brasil Moral e Cívico em Matérias da Gradação Humana linha por linha)

*Tarde demais a aventura toma impulso em nome de ninguém mais –*

Lazer desatado pelas matinês, enquanto vão se instalando as TVS até sua ocupação como *móvel doméstico central, catalisador.* Não só na grade televisiva, as imitações do *mondo movie*, onde tudo de factual, político e pulsional é arrebanhado, tingido de narratividade, passam a pertencer aos cômodos das residências – da toalete espelhada pelo lustre das donas-de-casa aos brinquedos da gurizada a sangue frio.

Clássicas cores escópicas narram as aclimatações da Guerra Fria. Comportamentais rupturas são travadas no interior das casas: os casamentos não são o que parecem; as funções exigem especializações de trabalho físico e estudo conjuntos, não cessando de exigir formação, investimento total das mentes e dos corpos tecnificados; a *conta não bate*, expõe com crueza o gritante, infinito montante do desnivelamento entre empenho e despesa; gasto e ganho, *a conta não fecha*.

Juntamente com os rebeldes (levados por várias, indissociáveis causas, sofrem rapto de suas imagens convulsas até se fixarem em ícones ilustrados, à maneira de Dean, Brando e Jece Valladão, entre nós), melodramas sobrevêm, de todos os lados e latitudes –

Nacionalidades diversas criam versões para o Império Cinematográfico cultuado por *mujeres*, indomadas instrutoras de suas crias. As salas *são da ordem mais íntima. Sonhos favoráveis a ingressos maratonados.* Comparecem como verdadeiros clubes, recintos luxuosos, arabescados, pequenos palácios de entretenimento e internação. Veem-se crianças sendo despachadas para tais redutos nada parecidos com campos-de-batalha, mas no interior de tais condutos plásticos, musicalizados, podem se pronunciar recentes estratégias segmentadoras (em extensão às lides do ganha-pão gestadas por Estado-Economia). Os gêneros se classificam ao ritmo de uma esteira-de-montagem (ancestral fluxo do imediatamente visível e escaninhado). Aparelhamento do intimismo em produção seriada.

Mães e acompanhantes de todas as idades (babás-irmãs-de--criação, parentas sedentárias) adentram tais receptáculos de hipnotizadoras, amplas projeções, vastas metragens capazes de movimentar pinturas, palhetas de toda espécie, afrescos ultrahistóricos e temas-da-hora para multidões nas plateias. Ao lado de mãe, recepcionei, compassado com crianças de minha geração, a mesclagem das asceses tão miraculosas quanto didáticas de *Marcelino Pano y Vino*, no decurso das explosões de *gags* a cada gesto vindo de Jerry Lewis, o *designer* de desastres no dia-dia ordenado, pretensamente comercial (*Who's Minding the Store?*, 1963, dirigido pelo féerico colorista Frank Tashlin). Num só embalo *Fantasia* toma corpos animais em andamento sinfônico, numa elevação de tom, inseparável do inumano-imaterial investido por Cine Anima. Vez ou outra (sem chance de acompanhar mama nas sessões) ela (mãe) fala desbragadamente de María Felix e a imita no confronto com o marido pouco sentimental por ser o "burro de carga" (o brado virou refrão *à* contraluz do hiperfeminizado espelho). Mira-se com seus olhos caramelados (um tanto subtraídos do esposo sobrecarregado, entretanto desejável) nos arrebatamentos de Sarita (*La*

*Violetera*) Montiel. A mulher da casa enseja espalhar flores (olhares admirados, quando não sequiosos) por onde passa com a criança em sua tarde de fruidora-preceptora. *Matemática Zero Amor 10* –

Eu era conduzido a chanchadas da aprendizagem: paródias de produções hollywoodescas se somam à brotolândia do levante *rocker* – Sérgio Murilo masca *tutti-frutti* e comandos de fúria geral numa só balada–, na figura de Atlântida e seus Cometas.

Uma antecipação, aí se processava, do que fariam *Os Cafajestes*, em tradução posterior, mais envenenada, de *The Wild One* e *Selva do Quadro-Negro* (ou *Sementes de Violência*, título oficial brasileiro para *BlackBoard Jungle)* –

*Já estavam ali as pulsões e as combinatórias de épocas em vazamento e flagrantes de tela contíguos à tão referida Vida Real*

Na realização de Ruy Guerra, datada de 1962, despontam as variantes dos transviados insurgidos uma década atrás. O mesmo cerne toma outros prismas nos anos que se desenrolam. Retrospecção se alinha, num cerzido indestrinchável, à seta-do-tempo *avant*, avatar reciclado no dorso de caminhantes-desviantes ante a revolta figura da hora que já passa. Contrarrostos de indivíduos em busca de hordas, frentes insertivas, destituídos de espelhamentos. Assim se negociam as estratégias da fotografia (como violação, escândalo) versus o rebatimento dos corpos nus (da exposição rebaixadora à impossibilidade de encontrar o reflexo de uma integral origem) *Os Cafajestes* –

Assim como se seguem no Brasil e na matriz Norte América em que nosso país se molda, como nenhum outro na estratosfera, em irmandade tão bastarda quanto proteica: De *Two Lane BlackTop* (Monte Hellman, 1971) a *Charlie Says* (Mary Harron, 2018), passando entre nós um espectro de variantes vitalistas e desfiguradas do signo *rebel with a cause, without an only cause: Jardim de Guerra* (Neville D'Almeida, 1970); *O Demiurgo* (Jorge Mautner, 1972); *Vida de Artista* (Haroldo Marinha Barbosa, 1972); *A frente fria que a chuva traz* (Neville D'Almeida, 2015) e o seriado

*Suíte Magnólia* (Hamilton Vaz Pereira, 2024)[13].

*O q foi assistido até 2025 por Ivo Arruda Salva, a contar de filmes-chave produzidos em 1955 (meio-da-década de seu nascimento)? Exatamente, quando os pós-universais das guerras entre imagens e cidadãos-espectadores se presentificam, depois da Grande Conflagração que rachou o Século XX. Sua recepção – enquanto portador-de-ficções em movimento – desenha qual figura de vida?* Gênese de uma rebeldia entre o lar e a tempestade *(chegou ele a grafar em certa linha).*

*Rebelde sem Causa e, certamente, Casa de Bambu (onde não se garantem pouso e reposição na intimidade do* domus, *nem mesmo na residência/referência* House of Bamboo, *lançada ao extremo-ponto--oriente)*

*Quando a trilha da revolta se arma ante a geopolítica guerreante entre ocidentalismos intercontinentais, destituída, contudo, de direção unificada.*

*(Estes 2 títulos, com suas impressivas iconografias, formam um núcleo, pontuam existência e audiência de cinema para Arruda Salva). Bem pontilha o itinerário de Robert Stack, ator de Douglas Sirk* (Written on Wind, 1956), *conhecido como Eliot Ness da série clássica* Os Intocáveis, *protagonista de Fuller; em* House of Bamboo. *Ali ele galvaniza as propagações radiais de um a outro encadeamento secular: um falsário de identidades misturadas entre militarismo e crime organizado. Até seu rendimento à aliança amorosa com a heroína nipônica, fugitiva das configurações transnacionais dos mundos em acosso e consenso hibridamente desnorteadores. Desde, então.*

*Talvez eu nem exista ainda*

---

13.Curioso ver, no extremo do tempo, Vaz Pereira, teatrólogo da juventude nacional com Asdrúbal Trouxe o Trombone, nessa passagem, já na velhice, para a forma serial. Intrigante, nesta produção para a TV a cabo, o dado de que uma sensibilidade *rocker*, tão aderida à figura do teatrólogo, se traduz hoje como sinal revelador dos trafegantes mundializados de todas as idades. Frisa-se no audiovisual a lei controversa e convexa do Livro Errante vivido e escrito à volta da Suíte Magnólia, reconstrução da hospitalidade numa residência em ruínas, abrigo dos caminhantes extravagados de todas as partes (das épocas e dos lugares).

Tudo o que se passou foi convertido numa sucessão de fotodocs reengrenadas por memórias filmadas por um, apenas um assistente-usuário isolado, confundido com as exclusivas ilações de uma escorreita e estrita vida

*Da violência individual e social, irrompida no pêndulo das horas fracionárias de um século contabilizado pela metade –*

*Anos 1950, sob o fardo do fim-da-guerra e da concentração do mercado em suas frentes mais aferradas à logística da blindagem, da segurança. Até que sejam administrados, com poder de lacre e autoridade, os domínios simbólicos dos que trabalham e se entretêm à volta de um contrato mundial pela manutenção sedimentada do lucro = progresso = espetáculo. Ao custo de toda forma de defesa (a mais intimista), embarreiramento territorializado em nome da sintonia sedentária do Universo, rearticulam-se os rebeldes (dentro e fora dos espaços de exibição, resiste-se à fruição da Ordem Administrativa, do Horizonte Permitido à Hora que Passa)*

*Os novos cinemas dos 1960s dialogam com noções bem recentes nos Orientes vários, nas menores Europas, conjuntos dissidentes de fundamentos em todas as latitudes microssituadas.*

*Baralhamento dos perfis frontais da rebeldia com suas causas. A mundialização desde fins da década de 1980 faz vicejar matrizes e nomenclaturas recombináveis. Acaba por revelar as faces e as fases nada fixas de um pacto consensual eminentemente econômico – em torno do Bolsão Globalizado –*

*Através de levantes de criações e culturas. Na mesma batida em que as categorizações das épocas em décadas passam por transversais estonteantes.*

*Dá-se um vertiginoso giro na noção compartimentada do que fez transcurso em dado momento e continua a passar com o vigor do ainda não ocorrido em outra parte-do-tempo*

(*Imago-Mundi – O cinema e as reprojeções de uma época.* Da Apresentação do volume organizado por Ivo Arruda Salva)

Com o trecho do livro coletivo na cabeça, saio com a pequena bagagem na reta de Ipê/Lugarejo tomado por núcleos transmissivos dos mais novos mapas de estar-no-mundo

Plural e potencialmente nesse exíguo, estreito momento, muito além de uma Região Central.

Tem começo a redação de um trecho da tese a ser concluída com a longa entrevista (Sean Price Williams, 4 décadas 2000) mais notas feitas durante a estada em Nova York. O táxi-de-aplicativo vai firme, mesmo quando oscila na estrada esburacada ao alcance da Sede de Campo-Experiência eu consigo registrar com voz baixa no celular algo só possível de emissão, a mais circunstante logo explodida numa retrospecção direcionada a qualquer ser dialogante –

Aqui comigo, favorecida, sem dúvida, pelo trotear do automóvel a deslizar pelo Ar Livre dos Campos, destino-me à medida do registro do que me ultrapassa, não querendo ser ouvida, em confissão sussurrante, por aquele que me guia, enquanto falo sozinha.

*ÁUDIO em retaguarda/*
*Os séculos avançam pelos anos 50*
*Mostram não estar de todo cumprido*
*O tão esbravejado neomilênio sem promessa fim-*
*De época para vazar: segue pelo meio*
*De um despedaçado transcurso anterior*

*Passa "batido" (tão acelerado quanto*

*Zoa repetição    "já, há muito visto")*
*Sem desembaraço do que foram os Novecentos*

*Novos zeros fora    para descarrego*
*Das demoradas desdobras: depósito do colossal resíduo*
*Herdado em velocidade desnorteante*

*(Em lugar do inteiramente novo, nascedouro e ninho*
*Do que é apenas "da hora")*

*(Inseparável desmanche não desata incessante operação*
*Ao cúmulo*
*De continuidade)*

Quando se assiste ao *crack* dos englobantes do progresso em recesso crescente, avassalador,

No interior do *tão Anunciado* Milênio 100 Anos Depois do Segundo Século XX –

2045 toma vulto, entre viagens a diferentes lugares,

De Cafua a Bingen Petrópolis, a contar de Ipê do Campo rumo a uma fantasmal região, em Manhattan, desprovida de Kim's Video –

St Mark's Place, na esteira do Jardim Paulista (onde viveu Ivo Arruda Salva até um táxi-de-aplicativo de lá levá-lo

(Corrida interrompida  engata em outra história-de-vida,

A minha, sob impasse de velocidade e verossímil ultrapassagem) –

Uma tese sobre Cinema e História (inesperadamente tal ilação foi ganhando corpo, desde os minúsculos motivos de vida de quem não sobrevive sem filmes, fatos rebobinados do modo mais livre). *Os Impérios sedimentados criam eventos de terror ante o surgimento das recentes formações*

*De um lado a outro dos continentes concentradores de poder e dispêndio de mentes, corpos, potências a um sacrifício incalculável*

*Através de blocos opinativos distribuídos em tendências reticuladas em* fronts *– livros –* lives *– álbuns-rostos recorrentes –*

*Segmentos volantes partidários –*

*De modo delimitador, a participação política não se aparta da empoderada função de se fazer representar e dar Imagem. Tudo é dado – prato-feito – à distância. Através de uma legível inserção declarativa, reconhecida em Nicho-Nomenclatura*

*No auge da síntese digitalizada pelo audiovisual*

*Desponta SEAN PRICE WILLIAMS. Um relevo fotográfico se forma em indisposição aos organogramas fluxomáticos de empresariamento, administração do que pode ser visto por força do Código-Cinema.*

*A aparição do ex-funcionário da Última Locadora Videográfica do Planeta, com seu olho prismático tomado do balcão em desfile de títulos e usuários, está aderida ao próprio transcorrer simultâneo, heterogêneo, incessantemente intercambiante das imagens e do tempo*

*PRICE WILLIAMS em 2045, ao vivo (eis o projeto, quero dizer uma viagem, em prospecção e projetado retrospecto) – Tal cotejo estimula meus próximos passos.*

*Principalmente, a partir do desenho concebido pelo crítico e ensaísta Ivo Arruda Salva sobre SP Williams, em seu serial circuito de escritos lançados a cadernos, cadernetas,* sites, *livros em co-organização, festivais filmados e vozes dele mesmo gravadas. Como aqui, já chegada em Ipê do Campo, recupero documentos de áudio realizados por I.A.S* in loco, *com o auxílio de sua mulher e do mentor de Ipê-Exp., quase a envelhecer sobre o rosto juvenil quase imutável ostentado por Garrel*

O QUE É A IMAGEM FOTOGRAFADA PELO *FILMMAKER* E CINEASTA-*ÍCONE DOS 20 primeiros anos 2000*

Aquele, a ser conhecido em muito pouco tempo. Rebelado não se sabe desde quando com o lugar entronizado e escoado em fluxos legíveis, legislados, pelo Cinema – Disciplina, Setor, *Set* de Gerenciamentos, Fantasia Afora pelos microaparelhamentos –

(Fica a pergunta em meu *laptop* desprovido da tecla de interrogação)

Ao chegar a Ipê, as pontuações de minha voz ganham ainda mais voltagem quando percorro ao lado de Águeda e Garrel as dependências da Sede CAMPO-EXPERIÊNCIA. Ali se desenrolaram algumas comunicações de I.A.S e também as últimas vindas dele ao lugarejo em busca de respiro em meio ao sufoco megaurbano, *à cata* de um novo instante para o casamento e um resto de gozo no findar de sua sexta década...

Tudo o que pude ler entre uma nota solta por pautas de caderno e também do que vem da voz da octogenária Águeda Santelmo, nessa altura unida à cama de Garrel, para toques paralelos aos manuais de sexo e desprendimento de polaridades (segundo as Alteridades nessa altura dos 2040s aclimatadas às correntes casas-de-família).

A ronda que fazemos eu e Águeda pelas imediações do Núcleo-Campo aos poucos aponta para as disseminações e, também, as dissolvências do que Ivo Arruda Salva viveu e pôde aprender com o cinema. Alguns registros de áudio acabam por assinalar como ele sempre vincula uma inquietação pessoal ao universo abarcado por toda sorte de imagem e palavra –

Gradativamente, fica nítida a retomada da união com a mulher em um espaço aberto às especulações do casal. No rolar de um cenário capaz de situar as aventuras dos dois pelos campos assim como bem aqui é dado solo, cria-se contexto para o momento que puderam viver entre muitos outros (momentos e pessoas).

Quanto mais fica avistado o verde bem liso, esticado diante de meus passos, em abertura de pistas terrosas, empedradas, o senso de escrever em dimensões não circunscritas a telas muito expõe sobre os raios de ação nos últimos instantes vivos (Por SALVA, Ivo Arruda, nome-assinatura em papéis volantes, visivos, pouco a pouco reunidos) O que acaba por desencadear as capturas do itinerário do último cineasta sondado pelo autor-ensaísta (anotador de vivências nas margens de páginas e do espaço possível a livros)

## PRICE WILLIAMS NOS PRIMEIROS 20 ANOS 2000

Um volume, então, se descerra. Trato então (eu) de segui-lo, ao embalo de partidas rápidas de Santo André, idas constantes a SP (via Cafua) – Bingen Petrópolis – talvez um sobrevoo por México à procura de um filme (da cineasta, enfim, com o nome de Romina Carmelo) [14]– Acerca de uma bateria de filmes fotografados por Sean P.W, capto o lastro formado a partir do enigmático título-capítulo

## PRICE WILLIAMS EM PETRÓPOLIS

Filigranas de registros fotomáticos estourados tomam a cena sob a égide *High Definition* –

Grafismos residuais do olho por demais aberto e direto sobre o que se passa à frente, como nunca mais.

Ao modo de um desafio ante o arsenal de máquinas reprodutoras da vida imediata, rola um dado entranhado no acaso. Dá ritmo ao rastro de uma época enfeixada nos nervos do filmador (a intensa vida ali pulsa e se imprime involuntariamente ou não).

Começam a surgir rasuras sobre o fluir da autonarrativa subentendida aos olhos públicos consumistas/costumistas como puro espetáculo feito, referido, pela Dominante Imagem Techno

14. TÃO LOGO CHEGADA NO EAST – Sim, THE SWEET EAST vem do Village newyoriquês – no fragor de minha pesquisa, TENHO NOTÍCIA DE QUE ROMINA CARMELO é hoje conhecida por seu filme inacabado em torno de conferencistas, atores de rua e cinematógrafos. Fico sabendo que também tomou um relevo enorme no território de DF México como a patrona, a *promoter* cativa do *Festival Nação-Cinema* na capital de seu País (todo ano, a bem dizer, no meio-de-todo-ano, realiza-se a Festa Local e Globalizada, de um modo tão pontual quanto abrangente a despeito de vincular o evento ao próprio rosto de sua coordenadora e principal presença).

Onipresente Monocular. Vazam lugares originais e destinações.

Quanto mais o fotógrafo-diretor adentra no que é local. Por exemplo, nas dependências do tipicamente americanista real *roommater* de *YEAST* (Mary Bronstein, 2008), a "luz da hora" (buscada por SPW como orientação básica de seu projeto foto-cinemático) me faz perceber a liga com o desenrolado aqui em momento tão distante.

Sean vem captando desde a segunda metade dos 2000 os veios mais obscuros do que se rebate ante a Luminária Projecional dos dispositivos eletrônicos. (Ao alcance de cada casa-aba-olho).

Não à toa – como se tratasse do mais casual foco sobre a circunstância –, ganha o primeiro plano uma refletida elaboração. Percebe-se o engendramento do olhar de quem filma compactuado com emergências inéditas do instante. Justamente, quando tudo é comezinho, pequenino, doméstico, diário, no universo tanto temático quanto imagético erguido por ele.

Então, passa a se espraiar a cotidiana condição de figuras, silhuetas, personagens tipificantes, simultaneamente avessos ao pretenso realismo dos flagrantes. Veja-se *Frownland* (Ronald Brostein, 2007). Primeiro trabalho fotográfico de SPW em um longa: luz suja, em rasuras reveladoras de nuances incapazes de expor por *clean close* a exacerbação de vagantes subempregados, seres horroríficos em meio à aparente crônica da juventude na base do Capital Tantálico-Nuclear (sob as reverberações da Guerra Imperial contra os Mundos à maneira mais fidedigna possível de um New Catastrophe Film).

Desfeita fica a ordenação de um aparato tecnotrônico guiado por reproduções do Verossímil-Virtual da Globalidade, aí se alocando em um reservatório setorial as noções de Realidade e do Segmento-Cinema-Entretenimento (*download/streaming*). Alcança, assim, Sean um cume com o fotomático grão – trata-se mesmo da granulação como um gradiante óptico inteiramente impensado na mera fluência do visível – em *The Color Wheel* (sua primeira parceria com Ross Perry em um longa-metragem). Nervura, rasura, rabisco sobre o conto cruel da juvenília indeterminada, incubada, incestuosa, na busca de novos pactos familiares, outras filiações de corpo e comunidade.

*Despontam em preto e branco*
*As cores do giro vital*

*Tantas realizações fotografadas (antes de dirigir seu primeiro filme) por Sean Price Williams pertencem à cena de 40 anos quase de um milênio levado na torrente dos dias por imagismos de toda sorte. Porém, um foco sobre o que até, então, se entendia como* presente *traçou um modo de redobrar o já visto. Escoa através de um esmiuçamento capaz de causar revolvimento, outra dobragem incidida na mais distanciada das presentificações do Código Virtua: Em Tempo Real redesenhado da plugagem mecano-monolítica.*

*É o que vibra no conjunto dos títulos rodados com Alex Ross Perry (tal como ele, balconista da Kim's Video, onde começou a parceria potente entre colegas no serviço de locação videográfica), Albert Maysles (o documentarista clássico de* The Salesman, *referencial até o dia de hoje), Robert Greene (exponencial e experimental diretor), Abel Ferrara entre tantos outros e, certamente, os irmãos Benny e Josh Safdie (icônicos* indies).

*Sim, o dado independente reengendra a rebeldia primordial que funda filmes e existências –*

*Desde quando um jato de velocidades corpóreas ainda traça seu itinerário e indica o elemento errante não encerrado na data, no dado fixado em certo fragmento da História, entidade intercambiável, insidiosa sem cessar. Não ao acaso, viajo – escrever não se separa de um empreendimento mobilizador. Mesmo que seja para ir ao ponto mais próximo de onde posso estar: o adjacente requer especial ingresso. Surpreende pela indômita instantaneidade, não se aterrando no ideal prévio do prisma a um passo mais largo do deslocamento. * * * Em Manhattan – com os preços proibitivos para ali residir –, aluguei loft bem detonado. O contrato se firmou da parte de um carpinteiro nascido em Santo André como eu. Vou dividir o espaço em 4 (meu casal de namorados chineses mais 1 chileno). Já estou acostumada na minha residência a não viver sozinha. Nunca pretendo ser dona da divisória central de uma casa (ainda mais aqui onde se vive praticamente na rua, cidade imantadora, deâmbula por contra-natureza) ****

*Tantas linhas se cruzam de imediato. Exibem as falhas espaciais, a nada determinada situação do tempo indomado a que pertenço.*

Caminho agora sozinha pelos campos de Ipê. Já aprendi alguns percursos por aqui. Nem sempre, Águeda está disponível para me acompanhar, embora eu escute as ressonâncias do que se tornou liame seu com Ivo, logo engatando-me no que ele pôde testemunhar nas últimas vindas ao Núcleo da Meditação Conexional.

Hoje a Contemplação se une à emergência do Ato. Garrel acaba por sublinhar muito do que Arruda Salva expôs, ao trazer para os encontros de Campo – Experiência.

VIGIAR O ESTADO DAS COISAS

O ESTADO POLÍTICO-REPRESENTADO DA FEDERAÇÃO, DO TERRITÓRIO-PAÍS diz respeito a Estratos ocupados pelos verdadeiros políticos, que somos nós. Daí, a reviravolta essencial à noção de ativismo em vigência, pouco a pouco diluída desde a primeira parte dos anos 2020. Especialmente, quando a barragem de mundos – a brutalidade das formas de controle e retenção das forças da socialidade – se interpõe e pode ser confrontada sem que se paralisem em dicotomias duras, incapazes de sair do espetáculo de Ver Apenas A Si Mesmo. O rebatimento *cidadania versus estado das coisas* (granjeadas pelo Estado, enfim) toma contornos nada imobilizantes

AÇÃO CONEXIONAL

*O virtual, não mais atrelado ao uso funcional da Máquina Técnica, se faz realidade pluralizada. Potencia inúmeros códigos e dimensões acionados na Rede Real. O informático-monotema não está contido em si. Há um lado-de-fora – exterior.noite.tarde dos tempos – a ser multiplicado. A contar dos menores elementos de uma vida (daquela, ela a Vida em relevo sobre a mais obscura, anônima das criaturas).*

*Águeda Santelmo/Garrel das Neves/Ivo Arruda Salva*
*(Prospectos de um Dia-Tarde de 2025)*

*Tudo se politiza* – imprime a voz de I.A.S em seus áudios de Ipê, ligado que estava na emergência de todas as formas de cinema, nos recantos impensáveis do mundo mundializado. Na mesma batida em que anotava por rodapés – balões polifônicos de análise fílmica e confissão em bruto –

A liga perceptível com a agonia particular de Garrel e a movimentação das mulheres do Núcleo acerca da urgência em ativar a pauta das posturas mais interventivas quando o ambiente se degrada, pode se captar no fragor de uma vasta fomentação. A Ação Conexional ganhou a forma que se fez visível e atrativa para Novos Núcleos, dentro e fora do País, a contar de notas propositivas ao compasso de alguns dados ainda em rolamento –

*Os humanos se diluem em velhos postos de poder até fazer da amorosidade, dos círculos sexuais das orientações um anteparo monolítico totalmente inserido nas agendas estamentais-institucionais de um Brasil cada vez mais corporativado.*

Agrupamentos de todos os recantos – interioranos ou mega-urbes – se enlaçam. Dão inicio à produção de canais, jornais, *lives* realizadas em cima da hora das decisões de Congressos, Conluios em Concílios de Câmara. Apresentam-se, enfim, como a face real, corrente, da política diante de representantes engolfados pela Criminalidade, pela Corrupção, pela Aliança com as Frentes mais destrutivas de um pacto comum, embasado no bem-estar e na partilha acima de qualquer ingerência secreta.

*Águeda escreve enquanto emite em uma das plataformas paralelas aos encontros encroados do Congresso – A realidade não se mantém falseada. Por força de sua fabulação inevitável acaba por impor seus múltiplos pontos vitais e vitalícios acima de qualquer gestão/governança temporária.*

(Acabo por acompanhar e refletir, assinalando na tese os veios simultâneos do que subsiste no fato de haver Cinemas)

ROSINE MBAKAM

A cineasta camaronesa (também vem de lá Achille Mbembe), em *Chez Jolie Coiffure* (2019), torna Laboratório de Socialidade um salão-de-beleza pilotado pela africana (vinda também de Camarões) Sabine Amiyeme (documentada e fabuladora presença, numa só medida de trabalho e conversação com seus clientes). Tal como *Public Toilet Africa* (2021), de Kofi Ofosu-Yeboah (nascido em Gana), o périplo rebaixador da negritude até o dia de hoje passa por transformação, sem a simplesmente sedimentada oposição racial (leia-se Mbembe). Revira a lógica dominante da representatividade e da segmentação, presa da via política meramente insertiva/inclusiva, quando não paralisada no recorte refratário de uma realidade à parte, intransitiva a outros, a não-negros. Instaura-se, no ambiente da estética e da modelação da moda, a reviravolta de foco por onde o humano só se liberta se compactuado com a base memorial afro, feita paradoxalmente de mescla e deslocamento do apenas étnico dos discursos (perversamente imposto pelo domínio das colonizações, a despeito do imprescindível contínuo combate contra qualquer forma de racismo, assim se pauta *Crítica da Razão Negra*, do citado Mbembe).

No pedaço africano – bairro Matonge – situado em Bruxelas, onde a cabeleireira Sabine atua, o *devir negro do mundo* (Mbembe, de novo) se insemina. Não apenas pelo dado espoliador do escravizado de todas as raças na atualidade globalizante. Avulta, justamente, a potência do ser nomádico, heterogeneamente localizado (não ao acaso, Sabine relata suas peregrinações pela Síria, Turquia, Grécia, em condição clandestina). Um coletivo planetário ganha forma (em cada relato trazido pela personagem-chave do Salão/Laboratório de imagens e imantações). Refaz-se de uma história ancestral de exploração rumo à expansão de forças congregadoras de todo-vivo em escala conjunta e crescente das mutações de uma Espécie em agonia, apartada de lutas comuns.

*(Neste capítulo da Tese, percebo a ligação grande que se produz entre o Salão-de-Beleza de Rosine e Sabine com a Usina de Varda em L.A. No instante em que se dá na Cidade-Cinema a entrada multirradial de Shirley Clarke, diretora compactuada com uma filmografia da negritude newyoricana. Ela desembarca no filme para a captura em tempo real dos eventos em emergência)*

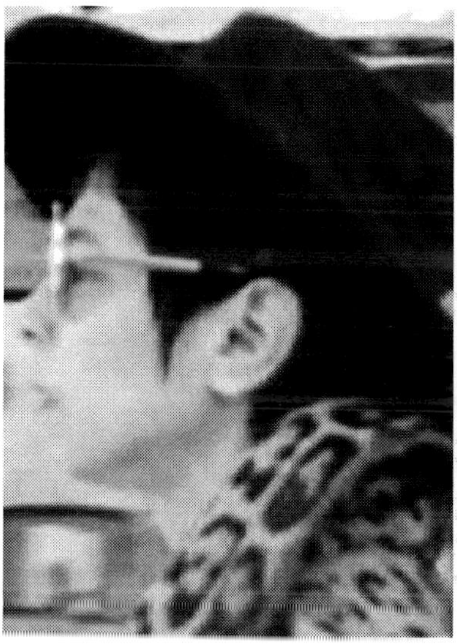

"Difícil, pensar em sobreviver 100 anos depois do Século das Guerras, tudo o que passou e ainda pontua 2045. Feito ameaça avassaladora dia sobre dia *download*. Por cima da cópia rebisada vinda como inevitável novidade para os subsistentes das reciclagens recorrentes. As próximas horas soam tal como Sucatas dos Maquinismos imóveis de autoficção de Si e do Social"

*O imaterial, o inorgânico, os animismos, os numes sem nomes, consolidam a cada virada das décadas um lastro matérico. Algo – um halo que for; a orla do ainda não pensado – indispensável aos polos da Conexão e do Ativismo. Entre Arcabouço Techno e Potência dos Humanos (depois do Pós-Humano e da Crise Alastrada do Humanismo)*

Há muitos dias, Águeda não consegue dormir. Ela confessa para mim algo que também sucede com Garrel, aquele que meio falece entre um e outro ato emissivo por canais telemáticos ou ao vivo. Umas duas ou 3 vezes, o filósofo tentou suicídio até colher o cisco (mínimo ponto irremovível) da falsa morte pendente da vida que é. Enquanto a corrente de ar envenenada (pretenso Aberto, de Hölderlin-Heidegger aos ultra recentes animistas) está impregnada (um *cul-de-sac*) de mortalidade consentida (entre setores funcionais, fisiológicos partidarismos e currículos de Ciências & Humanidades exercidos por delegação, deferimento).

Alguém (Águeda) deixa de dormir (quando se mostra tão favorável a imersão na verdura de um quarto contíguo ao mais florescente dos Vales, dos regaços)

Quando não se falece (Garrel) por uma grave vertigem levada a desmaio por muitos minutos, em ameaça a qualquer razão sobressalente. Tudo o que gravita em face do mal crônico: crônica da corte política em lugar catalisador, substitutivo das posturas mais vividas no anonimato de populações não avistadas, potentes para afirmar plenitude apenas nesse agora.

Crise pessoal, mal-estar no âmbito do Conhecimento, embarreiramento geral na passagem a um *ato extremo mobilizador de multidões tão distantes quanto unidas por uma fiação tática, intelectiva, sinuosamente desencadeada. O Real gera uma rede nada adaptável ao mero acesso dígito-incorporativo.*

*Justo quando no Brasil há o alvo claro para o corte do alastramento fascifamiliarfacciosomilitarmilícia, há 4 décadas de domínio demente, bestial. Governança nada tem a ver com Crime montado par-*

*ticularmente. À feição de um escritório escuso, detonador da continuidade da vida.*

*Impossível, o silêncio em qualquer esfera de atividade exercida há tanto tempo. À medida que se infunde o projeto de implantação da ignorância, da distorção da História. A serviço do sepultamento das conquistas mais felizes de uma combalida humanidade dia download dia. Muitos anos depois de um mesmo despacho/descarrego de arquivos encerrados em circuito vicioso elusivo da patologia social corporativa em lugar da politização plural das fontes fluentes de cada ser integralmente ativo.*

[Os escritos e as emissões de Garrel são ladeados por um séquito de cuidadores, analistas, homeopatas, holísticos. De modo que se erga dos reiterados ingressos abismais em um lugar de pasmo, espanto recrudescente, geminado em uma região inominável escavada por si mesmo. Ainda que ele não creia em seu gradativo desaparecimento na zona nunca zerada, intrigantemente convidativa a novas, irremediáveis imersões]

*/A Universidade, as Uniões da Inteléquia, as Ligas da Boa Consciência foram transformadas em nichos técnico-administrativos. Atuam como conglomerados só comprometidos com as ocorrências presentes depois que o tempo dispor de um distanciamento asséptico, puramente demonstrativo sobre mais um jato de época a passar e a dissolver os pretensos lugares de saber no auge do reincidente fascinecroneoliberalismo. Ao meio do anunciado e postergado NeoMilênio/*

[Em debandada frequente para o Nítido Nulo, que deu título a romance de Vergílio Ferreira, ele, Garrel das Neves retorna para outro ciclo de comunicações. T*ão combalido quanto* cioso da Ação Conexional se mostra. Nada o impede de ser seguido presencial ou remotamente por um número incalculável de investigadores, interessados na sobrevivência em ameaça. Quando não, catadores de notícias ao rés da Rede sintonizam cursos e *lives* coordenados por Garrel para lançar apostas constantes sobre a duração do fenomênico-telemático filósofo Ipê adentro há um incontável tempo de épocas engatadas umas nas outras sem chance de decupagem, discernimento]

Assim como morre-se repentinamente, tão logo digitado um instantâneo táxi-de-aplicativo. “Do Coração”

(Ivo Arruda Salva)

Ou no coração (bem dentro, num enredamento de áreas orgânicas e outras invisíveis, somático-psiquicas que sejam e se implicam até onde não-se-sabe com o mortovivo encapsulado)

Para lá do envolvimento com aquele/a lá e seu possível nome. Esbarra-se no entroncamento de origem/destinação por um fiapo de ocorrência.

Quando/onde alguém gira à volta de um impalpável centro, dito “coração das coisas”, mesmo apartado de seus rítmicos batimentos

Tudo isso vivido, imediatamente lançado para os poucos anos de existência que vislumbra pela frente, faz com que Águeda não consiga dormir. Pode ser dito: nessas bandas do Ipê, Amor e Morte dão um nó duro de desatar. Enlaçam, acasalam ÁguedaGarrel ainda que em camas e cômodos separados um do outro.

Os dois sofrem o embate com resíduos de distorção das conquistas e potências do tempo, bem percutidos nos visitantes-participantes das atividades em Ipê. Travam luta com o manancial histórico de deformações causadas em existências não brutalizadas pelo desentendimento do sentido pleno da política. Uma vez que não param – depois de duas décadas de falcatruas e retrocessos – de se infiltrar em todos os setores e sentidos de se estar respirando depois de sacrifícios seminais em outras eras, verdadeiros invasores de corpos e mentes (fita de Don Siegel, 1956, desatrelada da Guerra Fria para sua materialização bem frequente, recente) – Através de protótipos monolinguais, desprovidos de argumentos, espoliam a ciência, a inteligência, fanáticos facciosos emissários da contínua Guerra Quente (conversão dos conflitos de um século em monolítico empresariamento do Domínio Uno como Atualidade). Em cruzamento com as Guerras Eternas (Dos fundamentalismos de Espírito e Economia).

Notifica-se no Núcleo a insônia irresolvida de uma Depoente essencial como Águeda aos andamentos de Campo-Experiência.

O tempo diminui para ela e convoca uma espécie de prova ante a finitude em engendramento. Enquanto examina tal manifestação lim*ítrofe em meio ao arsenal de terapias e teorias de que se vale como atuante-ativista do Bem-Estar Integral* (Fase V de *Campo-Experiência)*.

A prática da Sonda da Palavra – tão comum nos cubículos, nas cabanas experienciais de Ipê – emitida como presa do pensamento a ser liberado, assim como os *insights* soprados pelo sonho = sono, desordenou a divisa das horas. De igual modo, a meditação em vigor passou por um abalo. Para além daquela mulher albergada nalgum ponto impreciso de crise/cura, vida/morte.

A profissional da Cura acaba por ser disciplinarizada em um nódulo posto em estudo. Até que seja nomeado seu mal de ser/conhecer pela associação feita entre as consultoras-integrantes do Núcleo (Cleyde Cotrim e Camélia Côrtes)

Os aqui reunidos passam a ter noção do pico tomado por tal crise. Tudo de acordo com os ciclos de encontro diários a contar dos sonhos de cada participante, dos relatos seguidos quando não interrompidos entre vida, em sua máxima concretude, e os registros difundidos na Web (causadores estes de grande desconcentração por obra da necessidade de ser cada um "seguido, curtido, arrebanhado" em alguma bolsa-de-valores, imateriais que sejam) –

A Conexão através de atos e *inserts* meditativos se torna matéria dialogante. Estando aqui, eu acabo por ter conhecimento dos meses sem sono da anciã ambulante. É incapaz de se concentrar no fiapo de luz vinda da lâmpada sempre acesa na varanda de nossa habitação (naquela órbita, a sempre disposta instrutora-depoente podia repousar em prática plena da Meditação sobre a Imagem Inédita, no limiar do sono/existência). O olho seco se revira. Já há muitos meses, *por obra mesmo da sensação de estar saindo da vida, no término de oitenta anos aqui na corcova Pesa-me a frágil direção do que se chamou História*

*Tantas vezes, quisemos cá em Ipê romper com tal envoltório datável, catalisador (o nome taxativo-cronométrico), no uso de Psis as mais variadas, em combinação com toques de Crítica, Culturalismos, Réstias Identitárias, as mais urgentes formações provindas das Humanidades em choque e correlação frenética*

Saio, deixando o leito da insone, descarrilada num patente trabalho de morte entremeado por linhas do lido, emitido e vivido (em grupos vários e solidões incontáveis). Engato-me no ar aberto pela estada nas quebradas de Ipê, campo adentro.

Maníaca, já, em tudo compactar imediatamente para o registro da tese, considero a reunião de blocos tornados volumes sob meu encargo exclusivo. Ao enfiar a mão na bolsa, deparo com outras formas de anotações embaladas no livro sem fim desde o contato inicial com os pequenos flagrantes de alguém que vai ao cinema – Sujeito/Objeto de meus estudos a trafegar entre

ESTANTE PÉ-PALITO

"Jupira fia incansavelmente os bastidores de costura para os panos de uso doméstico enquanto Vó Norah se faz guardiã dos livros nunca lidos" –

Barreira criada para a manutenção de mínima dignidade a uma pobre, muito idosa pensionista. À medida que um feirante fazia venda de encadernações de toda espécie a preços mínimos, valiosos tráficos de ficção desmedida (ALGUÉM ESTÁ VENDENDO BIBLIOTECA RARA PARA PAGAR CONTA DO MÊS)   A Escrita à Sombra da Estante enfileira uma casa na rota de outro âmbito/ângulo (abajur forrado por tecido grosso, indeterminadamente aceso acaba por descortinar um reino vitalício de palavras interferentes quanto mais distanciadas de início e destino) –   Nossos Clássicos, do Tronco de Ipê *a Morgadinha dos Canaviais*

Quantos elos escritos se fazem no simples ato de ir ao cinema – A MAIOR DIVERSÃO (tal como vendia há tantos anos atrasados a Empresa Distribuidora Luiz Severiano Ribeiro em panfletos e cartazes pelas salas de exibição no Rio) virou empenho trabalhado vida afora pelo ritmo fílmico. Fábula Ativa contradiz o pressuposto, impossível feito: render história, traçar um itinerário, gozar a paixão até a morte ao se pensar no gesto de simplesmente alguém sentar e ver o que se passa ali/diante (mais e mais dentro de si, qualquer assistente não mais discernido do fluxo autônomo, incontrolável, de fato/fábula).

A fiação em movimento apenas dos olhos a princípio, o aparente desfile de sequências apenas assistidas, faz pulsar uma vida por inteiro: em constantes caminhadas ocorridas não apenas em mapas precisos e cronologias, pois cruzamentos inopinados surgem nos dias e nos pedaços de lugar menos previstos.

Tudo tem gênese no livro para o qual agora redijo (após obtido a titulação e o *tag* Dra, porém em embalo antecipatório desde já), embutido, carregado há anos, incluso em *trabalho de conclusão de curso*

O Livro da Errância

Um Rodapé do Autor trata de uma obra legada na beirada mortal da parente espírita, tornada tomo indistinto, indissociável do Peso Geral de Karma-Darma jamais desfeito da Humanidade repetida à exaustão. Até a jamais pensada antes retroação fascimilícia (Vida Imutável, tendente a dar para trás, em vez da fusão fortalecida pelo fluir florescido)

Um Rodapé lido por mim de arquivo a artigo (não integrado, contudo, ao chamado *Corpus* da Tese) *não pode se refutar (extracampo que é)*

*A questão lançada a T permanece sem volta. Por que nada*
*Transmuta no Real Regressivo. Indaga-se. Possível réplica se*
*Faz enigmática, dobrada sobre o corpo de uma morta (Mãe*
*Morte) "Aposta no Infinito" (concluo do que foi dito antes,*
*Sepultamento segundo o Franciscano versado em Pascal).*
*O Infinito Imediatamente*
*Imediatamente, o Infinito (eis o que concluo fiado em Nada, faço*
*O pedido, não apenas meu, com fé no fio de voz não apenas*
*Minha, em emissão já desconhecida do ponto em que estou*
*Diante do xadrez pôquer porrinha)*
*Pendente, pingente do ar mortalizado a soprar invariavelmente,*
*Por conta do puro jogo de desatino igual a destino*

*Imediato Infinito (a récita coral toma conta da próxima aposta*
*Para além do jogador que sou)*

Saio. Os campos e o prazer rolados com o homem, não mais seu marido, porém ligado por um tênue fio a uma proposta de casamento já desfeito, se recompõem. Vadiagem debaixo de galhos frondosos de árvores na encolha do Ipê. Águeda.

*Águeda* agora, em agônica noite, realinha os traços de ruptura com o que a cerca desde que combalida pelo fascimilicianismo diuturno, interferente na relação de quase 40 anos – Ivo esbravejou o tempo-todo contra uma aberração em alastramento, uma calamidade pública prolongada, consentida pela população brasileira desde 2016, em culminância no Não-Governo. Ainda agora há desdobra depois de décadas: fez estremecer a história-de--um-casamento quando confinados pelo Vírus Corona, explodiam os dois dentro do metros quadrados de habitação, desfalcados de interlocutores. Ao paroxismo da paralisia conjugada à revolta sem alvo imediato (*impeachment* urgente), num incumbamento apenas contra eles mesmos. Infiltração de pontos distorcidos não apenas no fórum íntimo, mas na transmissão de qualquer prática, tática, nas muitas áreas de conhecimento e existência pelas quais um a um (o-que-há-de-humano) atravessa.

Entre velhice voraz e insônia insana, ativismo e pesquisa constante coletiva, ela só vislumbra o misto de visão e voz a lhe ditar figuras e linhas-de-ação: aguçar o recorrente combate contra

Todas as variações necrosadas proliferas embutidas no boçal brutalismo Bolsão do Crime e da Ignorância Organizadas como Governança (fagocitado fascismo de uma era devastada, impossível de replicação reverente)

[Corte com a continuidade dos valores e suas metamorfoses paralisantes sob outras indumentárias, novos paramentos de controle e policiamento em qualquer circuito produtivo, vitalista, intelectivo de vida plena: suma da existência seja quando/onde for]

Importa, enfim abeirar-se do próprio limite sem descarte do desmedido. De modo a ver do q se morre para permanência em estado insone

A Ciência claudica com o humano: aquela, Águeda, a feminizar a espécie (analista embasada em Suely Rolnik, Melanie Klein,

Isabelle Stenghers, Donna Haraway). Quando em vez de sonho (ou sono examinado para apreensão de uma existência em seus extremados limiares) retém no olho a oposição inteira ao método de Campo-Experiência. Permanece em torno da imagem inédita a encaminhar sentido – sono – suma do ato em vida de cada integrante do Núcleo e das mais novas formações pelo mundo.

O olho, então, vinca-se nos quadrantes do quarto, um quadro vibrante em sua paralisia fotográfica (como se ali quisesse permanecer mesmo condenada a mulher, ainda bela que o porta, ao inverso da a*ção*). Pois a morte se revela como o que não transita e faz exposição paralela ao Projeto do Vitalismo pelo Aberto dos Campos de Ipê.

Resumível a simples vulto – a repassar, pelos confins oníricos sobre cortina fechada, pálpebra-prega, as vias trazidas por Rolnik Klein Stenghers Haraway numa infusão única (por A. Santelmo) – A Ciência reluta contra o fatalismo histórico e a razão crônica (mantida essa em desfavor de quem vive, às voltas com seu corpo). Doença do Pensar: a agonia de cada 1 em sua época, estritamente, é tomada pelo que foi sedimentado como o geral de ser gente (composto de eterno com etéreo, cortado logo pelo finito).

Por outra via, se desenrola o conflito agudo por fazer um lastro ainda não-visto da parte do vivido por aquela, aquele/aquilo em seu retalho-de-tempo. Assim, continua a criatura Águeda em lançamento de morte simultânea ao escoar do alterno antecedente incógnito: ainda a exigir um aporte, um respiro completo com seu consequente vazamento enlaçador (para além da terapeuta tornada suplicante por sono e pouso pleno com direito ao dia seguinte, real, seja como for).

"Não há chance de vida sem o acionamento da Rede Cósmica" (uma soprada voz de livro ou ao vivo não fica sem vibrar ao redor da cama fatalizada. albergue de apenas um) *De onde veio isso num repente?* (Águeda por vezes pensa com nitidez e disposição para se erguer, movimentar-se em tarefas que a conduzirão ao pretendido foco do repouso).

*A Rede Cósmica não é um substancial pressuposto. Precisa ser acionada pelo mais contingente trafegador terrestre. Sob risco de perda do presente, do pedestre, do fluido natural de ser igual pensar com todos os poros e impulsos.*

Fica entendido o gesto rotativo em crescente voltagem como o que não se mostra tão somente impalpável, oculto, numênico, hipercientífico. Sim, sim, *The Cosmic Web* (escrito por outra mulher, N. Katherine Hayles) se refere à reunião possível de ser apreendida (das coisas, das criaturas em seus vários procedimentos, os mais prementes, capazes da redefinição dos presentes a toda hora acelerada ou recém-passada). Na quadratura de um simples quarto: Águeda reverente a toda velocidade da vida, a cada postergação de um fim.

Acrescentem-se as incisões de uma Rede não redutível ao engendramento telemático das máquinas de informação e inserção em um Código Comum: o pulsar da Roda Cromática

Justamente, advém o Preto & Branco Medial operado pelas focagens de Sean Price Williams. Ao longo do nada novo nome milenar até aqui (primeira metade). Através de uma filmografia/fotografia sempre intercessora do *ver* o pretenso mundo tecnicamente acessado e congregado num uníssono ideário de pertença/presença. A câmera escura conduz aos bastidores do apenas rebatido em efeito-de-real.

[O *medial* em vez do midiático e da visão média supercolorista das maravilhas contidas no Pacto-*Post*, Posto umbilical, ubíquo, uterino ao compacto mundo do consenso, convertido ao operador de dígitos]

Toma corpo a obscura extração contraposta à dominante catalisadora do Visual em Fluxo”

[A voz de I.A.S não deixa de fazer vibrar o que ele mesmo *já intuía como dicção* na leitura de seus papéis reunidos, tantas vezes dispersos. Blocos caminhantes, distantes do foco mais direto. Cadernos-Enquadramentos[15] *não compreensíveis como armazenamento físico ou imaterialmente dado de modo técnico*, quando não enfeixado em um único livro]

Saio do quarto da Instrutora-*Senior* (a).

O viço de suas tardes-noites ao lado do namorado (nome primeiro, Ivo), recomposto do marido em moldura de convivência e comunhão por 4 décadas, é possível de se perceber a cada passo miúdo que traço. Sou surpreendida aqui e ali pelos cantos de insetos, aves e mesmo folhas que vão se abrindo, dormideiras quando não são estonteantes palmeiras.

GOOD TIME
O QUADRADO DE JOANA
A CHILD IS WAITING
BLAISE PASCAL

---

15.*Com justeza, Rohmer, o propositor dos Contos Morais no Cinema (nutrido simultaneamente por Pascal e pela Condessa de Ségur, assim como lê e insere em sua filmografia mitos greco-latinos como também literatura erótica de bolso), já podia formular: o cinema não significa imagem, mas enquadramento. Ou seja, respiração rítmica de espaço e tempo. Uma situação dada ao olho como exame de um quadro óptico-sonoro, exemplo passível de desmontar o lugar-feito moral, numa ética própria do contar –*

*Um quadro vivo onde seus elementos se dão à mostra e incidem sobre quem os vê, tudo revelando acerca do que se passa da criação à sua projeção. Algo extensivo aos fotogramas correntes das cenas que vemos cotidianamente na vida a olho nu. Tal como se dispõem em quadros, também as frases, os enunciados verbais inseparáveis daqueles que praticam montagem reveladora do momento – lugar – diálogo possível de escansão daquela/e em conversa ou simples emissão.* Conto Moral *infindo sobre a voz moralizante da comunicação ordinária e dos filmes recheados de ação/entrechos para elisão do ato inopinado de se estar na quadratura de uma cena: cerne vital dos acontecimentos e sua contra-efetuação. Ou seja, cinema não reside na imagem unicamente, autonarra-se, em enredamento de alguma acepção fabulatória, mesmo quando a cena é muda. Justo aí, sem anteparo de palavra, insemina legenda, contra-lei do dito enquanto visto*

*Imagem é (também) o que não se vê – Donde o enquadramento: mostrar e não mostrar. Ao compasso do paradoxo insolúvel, inseparável de emissão e visualidade, em cada sequência natural ao cinema. Em cada ocorrência exorbitada da dita ou relatada realidade.*

(Comunicação Inédita/Por Ivo Arruda Salva)

Tio Sean Price Williams deixou fotografias fílmicas por vários momentos, disruptivos locais geográficos e cinemáticos. Tem agora, em 2045, a mesma idade de Ivo Arruda Salva há 20 anos atrás. Os pontos entre eles se estreitam cada vez mais; conduzem ao *raconto* moral de uma súmula cinematográfica bem estampada em *Good Time* (dos irmãos Safdie, 2017). Na próxima semana, estarei em frente ao sexagenário realizador de uma nova concepção de *thriller* como este, iniciado e finalizado pelo irmão autista do pequeno marginal sob influência. Safdie Brothers se remiram na parceria familiar (além da co-direção, Benny atua como o rapaz disfuncional da fita). Ao mesmo tempo, embutem John Cassavetes (desde o impressivo, compactuado com o cosmo infantil, a um só tempo clínico-crítico da humanidade condicionada em princípios abrigadores, *A Child is Waiting à volta do autismo*).

*Action-Film* inexiste sem o tônus da reportagem (documento bruto, quase técnico-institucional dissolvido por dentro, em tonalidade bege-sanitária das esquadrias em sanatórios, clínicas da sanidade, próprias aos internamentos de toda sorte). Vê-se (SPW não para de se refratar contra-ambiente) no modo de focar a psicopatologia das Américas, da *Global Sphere* percutida no ponto-morto New York. Bem ali, onde o milênio datou um início enquanto notícia, na forja de uma contra-guerra para abate de todos os nascentes impérios, os mais controversos (fundamentalistas, milenares), no bojo do Novo Tempo Englobante do Capital Trans-Nações.

A partir de tal data-local (001, um Setembro), o controle dos viventes, o bloqueio de fronteiras, as barreiras do bem-estar e da vida socialmente configuradas ganharam forma. Passou a ser comunicado – feito um tratado aplainador, achatador – um *leitmotiv* terrorífico, confinador (não apenas sob as marcas de engenharia social contidas em epidemias), sobre quem está vivo em algum espaço de criação, trabalho e noção de existência.

Todos estamos internados na bolsa-bolha do Globalismo eminentemente economicista. Transparece uma Rede em Aberto. Aparenta franco acesso para melhor controle-consenso-consumo de uma esquadrinhadora via vital, monotemática (não obstante o maciço *selfs-selves-services* de tantos opinadores-falantes-usuários-digitadores-projecionistas instamatics instantes intransitivos insulados).

Parece se concentrar no filme dos Safdie e Sean, na construção de uma arquitetura inteiramente nova para o cinema na Era da Síntese Tecnológica, o eixo de meu exame *in loco* dos anos milenares rumo à sua primeira metade.

Tudo começa aqui – Cidade das cidades, hospedeira do horror ao mundo (quando mais parece ser Trade Center de um Inesperado Ataque) – A Princípio. À borda do balcão do rapaz fissurado na circulação de DVDS/Vídeos/Coleções em curso de uma Cinemateca deâmbula, capaz de ampliar a noção de País-Poder e o circuito fechado da arte de ver igual a fazer filmes – Assim como na pequena cidade serrana brasileira o cinema ecoa para Salva em engatilhada narrativa a ser legendada entre imagens intempestivas dos instantes e locais os mais diversos.

Inevitável se apresenta o elo com Uncle Wiggily/Tio Sean em Connecticut/Petrópolis (mais uma vez, a base do relato breve remonta ao Brasil). O itinerário moral feito de cortes chocantes percorrido por Maura Lopes Cançado (uma até hoje impactante depoente-narradora de formas breves) é possível de captar em *Good Time*. Faz extensão com tudo que veio depois até esse emblemático-persecutório 2045 (estamos, de fato, depois da Grande Guerra camuflada em destrutivos episódios desviantes de um Único Evento, "sem interrogação gráfica, sinalizada, sublinhe-se")

O conto "No quadrado de Joana", filmado por Tiago Mata Machado, em 2007, também mineiro como ela, ML Cançado, aguça a dimensão de *O Sofredor do Ver* (título da única coletânea de narrativas breves publicadas pela escritora, datado de 1968). Uma dimensão não só relativa à *Angst* dos existentes desde sempre, mas à problemática do registro imagético nas produções de filmes hoje (o cinema de ação, em *Good Time*, não se desvincula da situação abismada em andamento documental vivida pelos habitantes do cerco disciplinar norte-americano e suas cercanias mundializadas, a despeito de qualquer ideia de separação geográfica).

Interligados ramais do silêncio, do isolamento sociais tomam vulto. Blindagem na Base. Bancos de dados se consultam entre os muitos corpos que sedimentam uns ao um

CA – TA – TO – NIA eis agora a nomenclatura a ser dada da observação da personagem Joana no quadro confinador de seu internamento em um manicômio.

*Joana ruiu.*

*Os olhos enfrentam rostos impacientes. Paira no ar uma palavra nova:*
*Catatônica*

*Joana gostaria de medi-la:*

*CA-TA-TÔ-NI-CA*

*Pensa desesperada: será o início da nova língua, agora que estou desmoronada?*[16]

Assim, se encerra outro conto moral (aliás, analisado por Arruda Salva em um artigo sobre o filme de T Mata Machado), conduzido, como que cerzido aos vínculos fortuitos tornados matéria de estudo entre Ivo A.S. e Sean P.W *À altura* da formulação basilar contida no diário *Hospício é Deus* (segundo dos 2 únicos livros por ela editados), pergunto se Águeda "ruiu" (ladeada notificação sobre o percebido em Garrel, seu amante atual, a se esbater).

Na real, ela, Águeda, acabou por irromper com toda nitidez o esquadro silogístico-sofismático de Campo-Experiência. Feito moldura da cena intransitiva a legendar o trâmite de ver/ser. A despeito da fotografia finda de si. Não está em repouso. Situada fica na borda da cama (cimo conjunto do saber, da dor e do amor).

16. CANÇADO, Maura Lopes. *O sofredor do ver*. Brasília: Confraria dos Bibliófilos do Brasil, 2011. p. 12-13.

*Blaise Pascal*, de Rossellini (1974), não deixa de ecoar há mais de setenta anos, quando se posta, prestes morrer, para um dia de *prova na Terra – Para lá de uma provação, o filósofo agonizante*

*Pascal (Pierre Arditi) faz sua própria cama na noite final. Chegam as visitas, os tabeliões, os médicos na casa onde a porta da rua está sempre aberta*

*Haja o que houver, aja o que aprouver: ante a morte patente. Afirme-se segundo dobrado segundo (pela 1ª vez, sublinhe-se sempre)*

*Pela Liberação do Infinito – Controverso ao fluxo, que aplaina a corrente indomável aqui à vista, a favor de uma ideia-em-comum. Imagem ideada, de vera nunca compartilhada. Caso não seja o pacto preto no branco sobre o que aparenta ser a roda infindável de cor e seu correspondente sofredor do ver*

*ÚLTIMAS DÉCADAS NOS CINEMAS –*

*Filmes ensinam a se repensar épocas, distribuídas em decênios, decupações numéricas, nominais. Imagens atribuíveis à História, provavelmente nas suas várias vias de registro e sucessão não-linear entrecruzada sempre*

[Refaço nesse momento a percepção de Ivo Arruda Salva até onde viveu, quero dizer: no cume de onde pôde ver cinemas no rolar do tempo. Não exatamente nos anos 1950, mas desde Roberto Rossellini, com *Roma Cidade Aberta* (concluído no preciso ano 1945), foi sinalizado o início nada suposto do presente milênio. Porque agora o lastro falsamente liberto do Pós-Guerra Século XX incide cem anos depois em recomposições retroativas que conduziram ao conflito mundial da forma antes ocorrida.

Desenrola-se, desde então, um jogo entre o corte operado nos anos 1950, com o pique da rebeldia surgida entre os nascidos após a conflagração terrorífica-terrestre, e o espectro anterior nazifasci. É criada, assim, ma incisão perturbadora no aguardado, liberador *Nuovo Millennio* (para dizer no idioma de Rossellini em seu país sediado pelo império implosivo de Mussolini).

*ÚLTIMAS DÉCADAS NOS CINEMAS se reportam a anos centenários em contrapolos e reabsorções do que* se passou, lá atrás, e continua a passar, em incubação mais à frente.

Filmes e épocas se entrelaçam.

A última produção realizada, agora 2045 (sob o auxílio de alta técnica, a mais recente, como também dos temas "da hora" com efeitos hiperverídicos) é recorrente do muito transcorrido. Trilha bases recrudescidas, reconhecivelmente datadas, regredidas, quando se fala do *último título do cinema*

Porque o *novo* advém do fluxo firmado, nutrido do risco de já se findar, ganhar data, não escapando do sinal de um anterior tempo através de um renomeado ressurgimento. Embora aconteça por um rastro intempestivo, extemporâneo, composto, invariavelmente, de enlaces pretéritos imprevistos.

Filmes potenciam conjuntamente retrospecto e prospecção do que foi arquivado com nomes, historiografias, eventos escaninhados. Através da rolagem de muitas vertentes sobre transcursos inteiros das diversas temporalidades contidas em

*As Últimas Décadas nos Cinemas –*
*Livro-de-Bolsa*
(Título pensado para a tese assinada por mim)

Sean Price Williams em 2045, a contar do ponto de culminância formado por LESTE EXTASIANTE (tomo o prisma de Ivo Arruda Salva, vinte anos antes, às voltas com o último texto publicado por ele na reta final de sua 6ª década)

A partir daí, preparo a viagem, embalada para o cotejo entre vidas e cinemas, em frações de um mesmo tempo por emergir inesperadamente outro, oculto (embutido no mais imediato, dentro da bolsa em transporte contínuo, desde sempre)

*Então, vem o fotógrafo que colore (trabalho feito à mão, poroso, interventivo de um essencial inacabamento, guiado por toque de uma anti-reprodução definida, fidedigna) o real impacto de imagens diretas de uma população acossada em interiores, aps urbanos divididos com muitos outros. Quando não é a natureza de* Queen of the Earth *(Alex Ross Perry, 2014) mostrar pela cinematografia de Sean Price Williams o sobrecarregamento de uma cultura incapaz de respirar ao ar livre –*

*(Casa-de-campo tornada cabine de confrontações retrospectivas em bases de alta violência. A luz captada se torna tão esplendente quanto incisivamente reveladora de contrastes com a densa "vida interior" dos personagens).*

*Cinema significa: rebelde trafegante por imagens irrompidas de uma vida, do real igual à sua realização (tal como sucede ao olho/câmera*

*escura primordial). Do modo como concebeu Rossellini*[17] *e, nesse exato instante – desde os anos 2000 –, Sean Price Williams dá sua versão da Guerra Global não encerrada pelo pacto das polarizações posicionadas em Blocos Econômicos (composição menos dicotômica do Século Antecedente, porém redobrada em barragens imperiais monopolizadas pelo Capital Transnacional difundidas em diferentes nações e continentes).*

*Bem além dos apetrechos do* techno *environment –* Telos *Tela na plugagem tão conflitiva quanto consensual dos mundos –*

*O real tecnificado não subsiste sem se vincular ao exterior dianoitetarde (ainda que tantas vezes situando-se nos huis-clos manhattenses abrigadores dos desprovidos de trabalho e futuro). Desencarcera o circuito de juízos* links/likes *e maratonas de opiniões lançados sobre os sedentários usuários de imagens privês logo recaídas sobre o emparedamento de seus locais centrados, frágeis balizas de um universo convulso, controverso: indefensável postura predominantemente limitada a uma única, facciosa frente.*

*Máquinas são guerras (os cinemas, certamente, como estudou Paul Virilio). Internalizam-se do modo mais corporativo em nome da frontal, fake primeira pessoa quando soberanamente alheada dos fatos adjacentes. Falante-comunicante, pontifica a figura cativa de um alinhamento a discursos, palavras-de-ordem ordenadoras do mundializado flagelo diário* download *em fluxo contínuo (a começar da ideia-eu apresentada em tribuna eletrônica social). Sob a mecânica de estar-em-casa, em-cima-da-hora insertiva, inscrita em quadros de dominação e disciplinar regimento.*

17. "*A realidade significa sua realização*, pôde declarar o cineasta, em acordo com a percepção do crítico André Bazin de que, nas produções de Rossellini, *plano* e *fato* se enlaçam indissociavelmente. O fato expõe um plano, possibilita um exame, uma escansão, a contar do que ali está disposto, composto. Por sua vez, o plano cinematográfico contém o fato em sua variada profusão de ângulos, articulações de toda ordem. Daí, se desencadeia não apenas uma relação crucial para o ato de filmar, como também uma concepção extensiva ao dizer, ao escrever, aos enunciados entre humanos. Decorre do quadro composto por um conjunto de signos, em intercâmbio incessante, a compreensão do que se desprende da *situação*, potenciadora do pensamento/movimento que tudo faz impulsionar, nunca redutível ao verbal, ao dispositivo óptico-maquinal em desempenho, a uma ideia de real, de História. Plano-Fato, invariavelmente apresenta a combinatória essencial para tudo que é visto, dito, vivido. Induz à insurgência do Neorreal sobre estabelecidas realidades e noções fílmicas (para lá, bem aqui, de quadraturas de datas e dados conhecidos).

*O real rola afora, como nuncamais (perde-se o cósmico no contingente quando há enredamento na teia unidimensional da* Web Pattern*). Atua imediatamente no entorno por mediações – o medial (tal como propõe Salva), sem negar a potência tecnológica, cria veios vários de virtualidade – não preforma (ta) das. A favor da expansão radial da rede em muitas linhas (desde o sinal on-line, traduzível como on multiple time, histórico incluso, não-determinista, sublinhe-se).*

*As fotografias, os filmes de Price W. vibram ainda mais no paralelo sempre interessante de ser feito com Rossellini há cem anos. Neorrealismo de uma era maquínica por excelência, em insurgência.*

*Por outra via, o sentido doc aí contido acaba por contrariar os padrões de verismo e as pretensas fusões fictivas com realidades pré-concebidas antes de serem filmadas. Inexiste para o ex-atendente de locadora videográfica, com seu olhar treinado na borda de um balcão potencialmente cinemático, o sociologismo das teses em captura. Assim como não se praticam os metamaneirismos em torno de realidades fabuláveis, dispostas entre pretendidas dessacralizações e os protocolos do chamado cinema do real.*

*No interior do fotomatismo clean, hipermanipulado, em vigor, radia o set um incurso na luz de velas (*Frownland, *p. ex, foco obscuro devido ao não pagamento da eletricidade por parte do protagonista). Assim como a duração, em primeiro plano, de um bonsai a florescer em árvore-de--Natal dos pequenos subsistentes (*Christmas, Again, *de Charles Poekel, 2015). Enquanto são captados a afasia dos deambulantes da megacapital globalizada, o flagrante das menores residências possíveis, não moldadas a células reprodutoras do monovalente comando funcional-declarativo (consensual visualidade). Tudo se desenrola em favor do colóquio convivial, do erguimento de novas formações comunitárias em espaços milimétricos, não-modelares (dos embates em* Yeast *às vertigens tanto gráficas quanto somáticas de* Funny Pages, *de Owen Kline, 2022).*

*Em contrafluxo, os registros mais vitais de uma época não se limitam a projeções da autoria (mesmo daquele definido como documentarista), nem se imobilizam pela assinatura final de um artista. Há um ver prolongado, possível de se depreender depois do produzido e do assistido. Deixa à mostra o tremor, o tato, o relato inseparável do ato de filmar (em um preciso momento da História, incapaz de dissociar da História das imagens-de-mundo, técnicas, fílmicas).*

*FOTO E FÁBULA: Políticas do Real no Cinema*
(Ivo Arruda Salva, *site Bloco Blog*, 23/8/2025) –

(Não ao acaso, Price Williams deixou uma espécie de alerta para a série de entrevistas que terei com ele, "importante, está implícito", não se fazer a mínima menção às Mortes dos Cinemas)

A paisagem logo agora, bem aí, está tomada de História: diria Águeda juntamente com Garrel e o antigo amor, de nome Ivo, soletrada cartilha ao ilustrar sílabas primeiras de um constante aprendizado IVO associado, desde o início da linguagem, a VER igual a ler.

Tomada da História. Basta esquecê-la para ainda mais vê-la vicejante pelo cheiro de um ramo na grama alta em um preciso local paulista onde bordeja a Mata Atlântica. Onde for velozmente já não se sabe quando. Ela, História, uma mulher. A caminho. Sempre pelo meio.

Vem em ecos a indagação constante, circulante – Por que tamanha regressão – Conhecer significa sempre prova (capaz de arrastar toda a vida em reviravolta e rebatimento do eco) – Soam das vozes de Águeda e Garrel, mas já não são presas da palavra – "Porque

Sem chegar a um único, último vivo, não se encerra a questão. Por que subsiste, ao cortar a continuidade dos viventes através de retroação. Mais: apagamento da próxima sequência a cada respiro *(Sinal interrogativo desfalcado em minha máquina digital portátil)*

(                                        )

Indaga*ções* são restos de sons legados (de um pretérito, ainda mais primordial e perdido apelo). Vozes tornadas nossas próprias.

Enquanto se desprendem de imagens, pessoas e emissões vocálicas (sintaxe silabada de um idioma) os ecos rebatidos pelos campos. Fazem parte dos tremores das folhas, do enrugado lago, do ar puro pasmo     Os olhos alheios das coisas em volta nos veem. Ou melhor, convivem com nossas urgências ultimadas da Terra e do Tempo. Efetuam um rebatimento incessante e a um só momento se revelam deslocadas, tardiamente repicam, englobam o que-há e logo nos dissolvem (Bem no meio da voz que indaga, penetra e desaparece na vida

Os ecos permanecem)

Saio, sem reconhecer em que parte estou do mato. De um modo ou outro, a referência em Ipê sempre passa por essas imediações, está na beira-do-lago

"Barroso, quase parado, sem fundura, porém, refrescante ao contato da pele, convidativamente fluente" (bem pôde secretar Águeda sobre a decisão de banhar-se ali em liberdade com o namorado nu, dissolvido do posto conjugal) *Ao redor de um lago sempre pensam em penetrar no profundo*

(Sejam filósofos, meditadores, sejam simplesmente turistas enfurecidos pelos dias desdobrados num só feriado)

Recorro ao que escreve I.A.S por cima dos papéis com minha assinatura

*Desponta, num repente, raiar do dia,*
*O preto e branco fundamental*

Seria um roteiro (?) o trecho carregado em meu fundo de bol sa até aqui. Vá-lá-se-saber um filme em curso ao irrompimento das notas de um frequentador de salas/sessões até o fim.

Frontalmente, podem ser lidos do modo mais sucinto o moti vo e a continuação do escrito: *A Ser Filmado*

(Não-se-sabe-por-quem)

*Bolsa mamífera, transportadora de morte faz de cada favo*
*Explodido uma extensão. Assim que estoura – gomo, bolha, olho*
*Em flor – estira a linguagem de um habitável universo – gosma*
*De um cosmo varrido a todo momento – musgo movediço*
*Montante de folhagens (iguais a pestanas liberadas de rostos,*
*Radiantes sobre o- que- há, o nulo   o nascido aparentemente de si/*
*só) nesga*
*Solar tão imediatamente lunada*
*Pata cavalar sem haver carruagem nem casco, um velocímetro lançado*
*ao                    Futuro de um*
*Giro desprovido de volante ou motorneiro.*
*Triângulos trançados a lamê, lodo-lâmina pelo qual se perdem horas*
*A fio*
*– A floresta estanca, espanta a estampa do já despontado   Pois*
*Pátina é requerida ao pulsante movimento não antevisto por inteiro:*
*Sempre será assim alusão à teia arquitetônica do recém-*
*Florescido*
*À procura de corpúsculos reprodutíveis (imaginados átimos*
*Tomados por desenho desprendido, aéreo terroso, impossível traço*
*Tradutório) – NO TRESPASSING – Não Porque*
*Seja divisa de algo proibido, interditado   Ao Contrário: NADA HÁ*
*(Vige o Aviso em Letra de Ferrugem)*

*Espermático Envoltório retorna a sua nascente cega*
*Regato irreversível sob a fantasia de fusão fluido-aquática afora*
*O que parece panorama recorrente, verde verte sem cessar*
*ERMO ESPLENDOR*

# AUTOR E OBRA

Mauricio Salles Vasconcelos nasceu no Rio de Janeiro. Vive em São Paulo desde 2005. Seus livros mais recentes, entre muitos nos campos da narrativa, da poesia e do ensaio, são: *Bebete Bezos* (romance, 2023); *Seriado* (romance, 2021; versão *ebook*, 2023); *A Lágrima Macrológica (Hospital Brasil)*, crítica político-cultural, 2023); *Mapas Caminhantes – Poesia do Tempo e da Terra* e *Em Tempo/Extremo Poema (José Emílio-Nelson)*, ensaios publicados por Edições Esgotadas (Lisboa), respectivamente em 2022 e 2023; *Vocal (2020-1980)*, reunião de obra poética, editada em 2022.

Dirigiu os vídeos *Ocidentes* (2001); *Para onde vai a literatura: Maurice Blanchot* (2004); *Uma Árvore no Zaire* (2014), que contou com a última participação da atriz Irene Stefânia em uma produção audiovisual; *Guy Debord – Giro Noite Cinema* (2015). Co-roteirizou o filme *O quadrado de Joana* (Tiago Mata Machado, 2007). Participou como ator dos longa-metragens *São Ateu* (Hiro Ishikawa, 2022) e *Os deuses da peste* (Tiago Mata Machado, 2024).

Página 23 – Sean Connery, *Dr No*. IMDB

Página 47 – Decalque. ALIEXPRESS

Página 181 – Desenho do Autor

Página 182 – Plymouth (*Design*). PINTEREST

Página 203– *Uncle Wiggily's Travels*. EBAY

Página 208 – *Chez Jolie Coiffure*. AFRICAN DIASPORA FILM CLUB

Página 209 – Rosine Mbakam, *Close-Up*. VISIT BRUSELS

Págin 237. *O Sofredor do Ver*. 1ª Edição. Rio de Janeiro: José Álvaro, 1968. DOKUMEN. PUB.

Página 242 – Táxi. FREEPIK

Este livro foi composto em Janson Text, corpo 11 por 12,
e impresso sobre papel Avena 80 g/m2 pela Gráfica Samvidha Print, Rua
Estados Unidos, 340, Bela Vista, Pindamonhangaba, SP, para a
Editora Letra Selvagem, em maio de 2024